TOブックス

目次

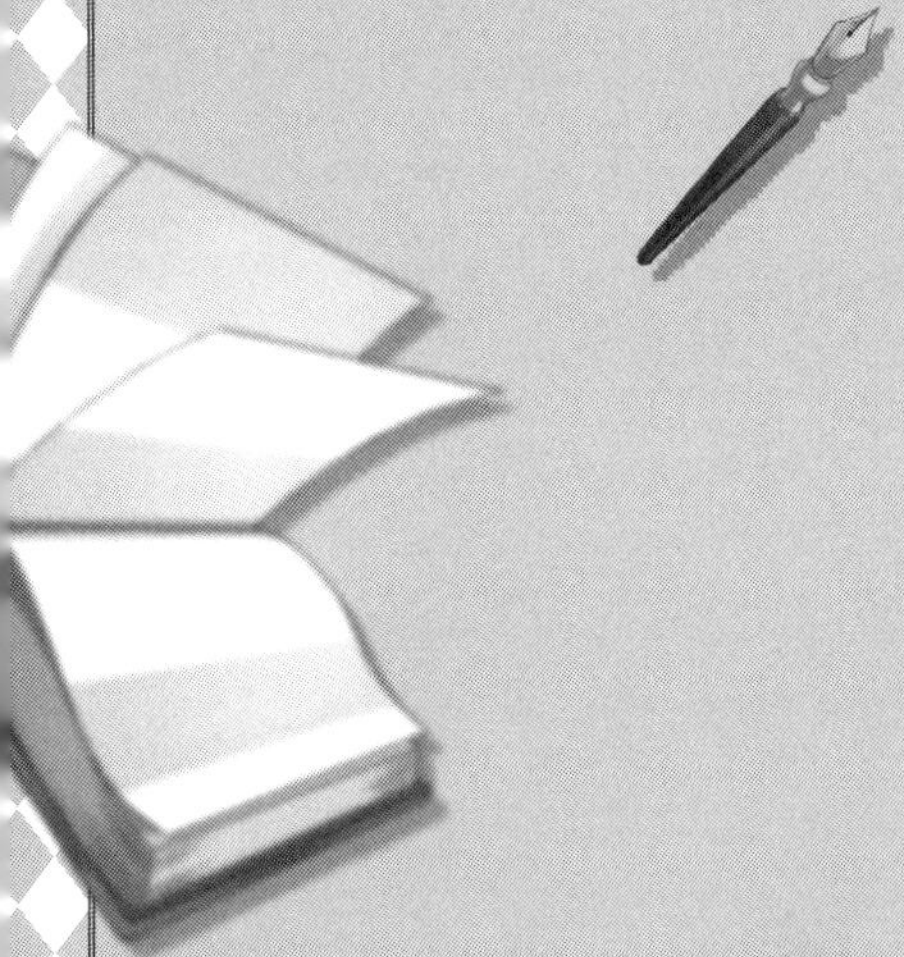

第四章　闇との対決

第四・五章　冬から春への旅

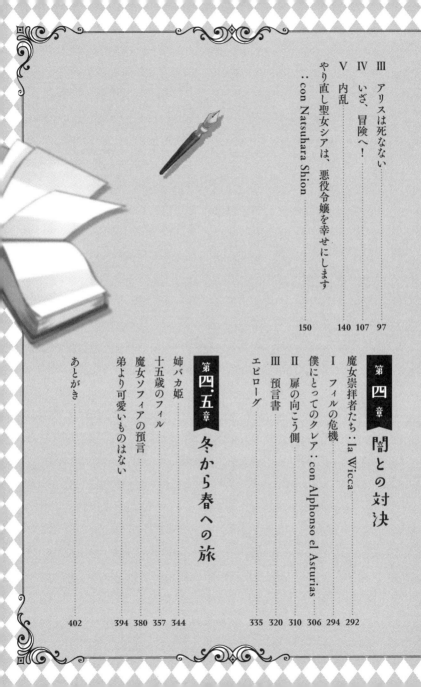

イラスト　さくらしおり
デザイン　長谷川有香（ムシカゴグラフィクス）

プロローグ　聖女と悪役令嬢と

ここはカロリスタ王国の王立学園の講堂。

緋色《ひいろ》の絨毯が敷かれ、豪華なシャンデリアが輝いている。

普通だったら、穏やかで優雅な雰囲気の空間だ。けれど……いまや騒然とした雰囲気に飲み込まれていた。

「クレア・ロス・リアレス……今、この瞬間をもって、貴様との婚約を破棄する！」

美しい低音の声が響きわたった。

声の主は王太子アルフォンソ・エル・アストゥリアス殿下その人だった。

アルフォンソ殿下は金髪碧眼の美男子で、誰もが見惚れるような、気品のある顔立ちをしている。

十七歳でありながら、王族らしい威厳も兼ね備えていた。王太子であることを示す緋色の衣服を見事に着こなしている。

周りには多くの近習の少年がいた。いずれも容姿に優れているが、その中にたった一人小柄な美少女がいた。

彼女は聖女シア。

銀色のつややかな髪と真紅の瞳が印象的だ。簡素な白いワンピースが、かえってどこか神秘的な雰囲気すら感じさせる。

そして、彼女こそが王太子の最愛の人であった。

不安そうに、聖女シアは王太子アルフォンソの服の裾を握っていた。

一方、王太子の瞳は怒りに燃えている。

もしわたしが他人なら、「まあまあ、何をそんなに怒っているんですか？」と聞くところだ。

ところが、王太子が怒りを向けているのは、婚約破棄を言い渡した相手、元婚約者のクレア・ロス・リアレス公爵令嬢。

……つまり、わたしだった。

わたしは王太子の従者たちに取り抑えられ、鎖《くさり》で拘束され、床に組み敷かれていた。

わたしはぐるりと周囲を見回した。

王太子たち以外にも、騒ぎを聞きつけた学園の生徒たちが集まってきている。

誰か一人ぐらい、わたしの味方をしてくれる人がいるはず……。いや、いないようだった。

王太子の怒りの理由は、想像はついていた。そして、それは自業自得の結果でもあった。

「クレア、貴様がシアに行った仕打ち、すべて露見《ろけん》しているぞ。あまりに陰湿な嫌がらせの数々、聞くだけでもおぞましい」

わたしは言い返せずに黙った。

わたしも王太子殿下も、そしてシアも、王立学園の同級生だ。

で、わたしとわたしの取り巻きはシアをいじめた。それはもう、徹底的に。

……いじめなんて、わたしだってやるやつのことを軽蔑していた。

わたしは「品行方正」な公爵令嬢で、人から後ろ指をさされるようなことをしたこともなかった。

王太子の婚約者として、未来の王妃として、わたしは幼い頃から努力して、それにふさわしい女性となろうと決意していた。

だから、わたしはいじめなんて卑劣な真似をしないし、する必要もなかったはずだった。

けれど、わたしはシアに嫌がらせを行い、そして殺そうとすらした。

わたしがシアの敵になったのは、最初からじゃない。

二年前、最初に出会ったときは違ったのだ。

☆

シアは学園でたった一人の平民出身の入学者だった。

他は王国や外国の貴族の子女ばかりだったから、「下賤《げせん》な生まれ」のシアに敵意を持つ生徒は大勢いた。

そもそも貴族の作法を知らないシアは、それだけでも人間関係を作るのが不利で、いつも孤立しがちだった。

彼女がいじめられるのは、ある意味では当然の結果だった。

たった一人、シアの味方をしたのは……わたしだった。

シアは心優しい少女で、なにより、とても優秀だった。さすがは平民で唯一学園に入学しただけのことはある。

天才といってもいい。

わたしはそんなシアを目にかけた。将来、わたしが王妃となったとき、彼女の才は有用になる可能性がある。

そんな打算から、わたしは彼女に近づいた。

しかも、平民出身のシアは、話してみると、なかなか面白い子でもあった。貴族社会のことしか知らず、貴族の友人しかいないわたしにとって、シアは新鮮な存在だった。

わたしはシアを友人として認めた。わたしは、国内有数の名門公爵の令嬢であり、王太子殿下の婚約者だった。

だから、わたしがシアの味方をすれば、表立って彼女にいじめをする者もいなくなる。

そして、わたしはシアを婚約者の王太子アルフォンソたちにも紹介した。

ここまではすべてが順調に見えた。

同時に、わたしは愚かで、傲慢《ごうまん》だった。

シアに目をかけてやった、友人にしてやった、いじめをやめさせてやった。

すべてが上から目線だった。

そう。

わたしとシアの力関係は、常にわたしのほうが上だと信じて疑わなかったのだ。

だけど……。

王太子アルフォンソは、一瞬でシアの虜になった。わたしという婚約者がいるのにもかかわらず。

理解はできる。

わたしがシアよりも優れていたのは、身分だけだった。

頭の良さも、魅力的な話術も、庇護欲をそそるような可愛らしい態度の見せ方も、わたしにはなかった。

わたしは自分の美しさに自信があったが、シアはそれを上回った。シアの持つカリスマ的な華やかさも、可憐さも、わたしにはなかった。

わたしは王太子のことが好きだった。王太子はかっこよくて、なんでもできて、紳士的で、そしてわたしを理想の婚約者だと呼んでくれていた。

王太子はわたしのことを愛してくれていると信じていた。

王太子の心が離れたことを知ったとき、わたしは衝撃を受けた。

友人のシアに、婚約者を奪われるなんて。

それでも、正式な婚約者はわたしだった。シアも王太子の告白を受け入れなかった。

このとき、わたしにはまだ余裕があった。シアの友人でいられた。

ところが、シアは教会の聖女に選ばれた。奇跡を起こす、神聖な存在。それは、ただの公爵令嬢よりも、ずっと立場が上だった。

学園の生徒も教師も、手のひらを返したように、シアをちやほやしはじめた。

以前はわたしに媚を売ってきた女子生徒も、わたしに言い寄ろうとした男たちも、みんなシアの歓《かん》心《しん》を買おうとした。

少女たちはシアの才と容姿を誉《ほ》め称え、少年たちはシアに魅了されていた。生徒だけでなく、わたしの従者の少年すら、シアに言い寄ろうとしたという。

そして、反対に、わたしからは人が離れていった。王太子がわたしとの婚約を破棄し、聖女シアと結婚しようとしているという噂が流れたからだ。

わたしは追い詰められていった。これでは、まるで、わたしがシアの引き立て役ではないか。

そう気づいたとき、わたしのシアへの友情は、憎悪へと反転した。

ある日、学生寮のわたしの部屋に、シアがやってきた。

シアは寝間着姿の可愛らしい姿で、わたしを真紅の瞳で上目遣いに見つめた。

わたしはその姿を見るだけでも、嫉妬《しっと》と憎しみに狂いそうで、でもシアは友人だから、快く部屋に迎え入れた。

シアは相談があるという。困ったように、シアは頬を赤くしていた。

シアは、わたしの弟のフィルから告白を受けた、と言った。

わたしにはまったく懐かなかったあの弟が、シアのことを好き？　フィルはわたしとは姉弟といっても、疎遠で険悪な仲だった。

なのに……そのフィルもシアのことを好きなんだという。

信じられなかった。

「私……フィル様のお気持ちを受け入れようと思うんです」

「でも、アルフォンソ殿下もあなたのことが好きなのよ？　告白されたんでしょう？」

「それは……一度お断りしています」

「けど、殿下は今でもわたしとの婚約を破棄して、あなたのことを婚約者にしようと思っているわ。殿下より、フィルのほうがいいってこと？」

「……殿下はクレア様の婚約者ですから。あの……私がフィル様の恋人になれば、私のことを諦めてくださると思うんです。殿下もクレア様との婚約を破棄しようなんて、きっと言わなくなります」

ああ、つまり。

シアはわたしに遠慮しているのだ。

だから、王太子の想いを受けいれられない。

いいえ、きっと……わたしのことを哀れんでいる。

だから、わたしの弟の恋人になるといった。惨めなわたしを王太子の婚約者でいさせるために。

わたしは……感謝すれば良かったのかもしれない。

シアは友人としてわたしのことを想ってくれていた。

けれど……。

そのとき、わたしはシアに平手打ちをした。

シアは呆然とした顔をしていて、わたしも引っ込みがつかなくなった。

こうして、わたしたちの友情は終わった。

わたしはシアと一緒にいることに耐えられない。すべてを手に入れたシアに、哀れまれながら学園生活を送るなんて、できない。シアへの憎しみを抑えることもできない。

そして、わたしは、少なくなった取り巻きたちと公爵家の家名を利用して、シアに様々な嫌がらせを行った。

シアの大事な時計を盗んだり、部屋をめちゃくちゃにしたり、物置に閉じ込めたり……。でも、シアは一切、弱った様子を見せなかった。わたしが犯人だとわかっても、王太子に言いつけることもしなかった。

そうしているあいだに、シアの名声はますます上がっていき、反対にわたしはますます惨めになっていった。

あの子さえいなければ。聖女シアさえいなければ。

わたしは幸せだったはずだった。王太子の婚約者として、完璧な公爵令嬢でいられるはずだった。

そのための努力もしてきた。

なのに……すべてを奪われた。

そして、わたしは最後の手段に出た。

シアの飲み物に神経毒を混ぜ、男たちを差し向けたのだ。

手筈通りにいけば、シアは男たちに襲われ、その直後に殺されるはずだった。

でも、駄目だった。シアの聖女としての力は、神経毒を浄化した。男たちはシアに手をかけようとしたものの、駆けつけた王太子たちによってすべて捕らえられた。

そして、男たちの口からわたしの名前が出て、現在は罪人として講堂に引き出されて、捕らえられている。

☆

王太子の近習の少年たちも、他の生徒たちも、わたしをまるで汚物のように蔑んだ目で見ている。

たった一人、シアだけが、わたしを悲しそうに、哀れむように、美しい瞳で見つめていた。

王太子は青い瞳で、冷たくわたしを見下ろした。

「クレアは……やはり魔女だったのだな。その腕の禍々しい刻印は、見るだけでも気分が悪くなる」

魔女？　……なんのことだろう？

いつのまにか、わたしの腕には幾何学的な模様が浮かんでいた。四角や三角が複雑に組み合わさっていて、まるで文字みたいだ。そして、その刻印は……真っ赤に輝いている。

これはいったい……？

わたしが王太子に問おうと、口を開こうとすると、誰かがわたしにコップの水をかけた。

びしょぬれになったわたしの髪を、誰かがつかむ。

そして、頬を強く張られた。さらに別の人間に腹を蹴られ、さらに殴られ……。

わたしは声を上げることもできなかった。

みんながわたしを罵倒する。

「おまえは魔女だ。夜の魔女だ。災いをもたらす存在だ」

わたしにはその言葉の意味はわからなくて……でも、みんながわたしのことを必要のない存在だと、あってはならない存在だと言う。

誰もわたしへの暴行を止めようとしなかった。

王太子の命令なんだろう。

もう、わたしはおしまいだ。

聖女を殺そうとした。王太子の不興を買った。罪は重く、許される余地はない。そして、わたしは……「魔女」なんだ。

魔女。教会の憎む異端。世の災い。どうしてわたしがそんなふうに呼ばれるのか、わからないけど……でも、わたしがみんなから憎まれていることだけはわかった。

やがて、一人の少年が、わたしの前に立った。

黒髪黒目のほっそりとした男の子だ。

肌は色白で、まつげは長く、女の子といっても通るような、可愛らしい顔立ちをしている。

だが……その瞳には……何の感情も浮かんでいなかった。

「フィル……」

わたしは弟の名を呼んだ。

フィルはわたしを見下ろし、無表情に言う。

「姉上は……罪を犯した。シアを……殺そうとするなんて」

フィルの手には短剣が握られていた。

まさか……わたしを殺すつもり？

王太子は何も言わず、フィルにうなずいてみせた。

……死にたくない。

何もかも、わたしが悪い。わかってる。

でも……！

わたしはフィルの前にひざまずき、そして、すがった。

「た、助けて……。わたし、あなたの姉でしょう？　か、家族でしょう？」

「姉上を……あなたを姉だと思ったことなんて、一度もありませんでしたよ。……魔女は死なないといけないんだ」

次の瞬間、胸に焼けるような痛みが走った。

フィルの短剣が、わたしの胸を貫いていたのだ。

激痛と流れる鮮血に、わたしは死を覚悟した。

だんだんと意識が薄れていく。

誰もわたしが死んでも悲しまない。

王太子の婚約者でなくなったどころか、家名に泥をぬったわたしは、両親にとっても切り捨てるべき存在のはずだ。

取り巻きの少女たちも、誰一人、わたしに手を差し伸べようとはしなかった。彼女たちも、わたしを友人だなんて思っていなかったんだ。

かつて好きだった王太子は、わたしを蔑んだ目で見たままだった。

親友だったシアも、目を背けるだけで、わたしを助けてくれようとはしなかった。

当然だ。……わたしは、シアを裏切ったんだから。

そのとき、フィルの黒い瞳から、一筋の涙がこぼれた。

フィルが……泣いている？

どうしてだろう？　フィルも……わたしを憎んでいると思っていた。だから、わたしを殺そうとしたはずなのに。

わたしは自分の身体から流れ出る血を眺めながら、不思議に思った。

目の前のフィルは、身をかがめて膝をつき、そっとわたしの目を覗きこむ。

「姉上……ぼくを許してください……」

フィルは、わたしだけに聞こえるように、小さな声でささやいた。

仲の悪い、疎遠な姉弟。わたしとフィルはずっとそういう関係だった。

わたしはフィルに、何も姉らしいことをしてあげなかった。

だから、フィルに殺されたって、何も不思議じゃない。わたしだって、フィルに何の愛情も持っていなかった。

けれど、目の前のフィルは、自分で殺そうとしたにもかかわらず、わたしの死を悲しんでいるように見えた。その宝石みたいな黒い瞳から、ぽたぽたと涙がこぼれている。

フィルはわたしの命を奪った。でも、フィルだけがわたしの死を悲しんでくれている。

わたしは薄れゆく意識のなか、フィルに微笑みかけた。

「フィル……ごめんね。悪いお姉ちゃんで」

フィルは驚いたように目を見開き、そして、何か言葉を口にしたようだった。

でも……もう、そのときには、わたしは何の音も聞こえなくなっていた。やがて視界が闇に閉ざされる。

真っ暗ななか、わたしはひとりぼっちで、そして、次の瞬間、意識が暗転した。

……こうして、わたしは命を落とした。……はずだった。

第一章

弟がやってくる

Ⅰ　やり直し

「……お嬢様……クレアお嬢様！」

わたしの名前を呼ぶのは誰だろう？

友人の聖女を殺そうとして、王太子から婚約を破棄され、弟に殺された。

そんなわたしが来たのは……きっと地獄だ。

けれど、目を開けると、わたしはベッドの上にいた。

暖炉には暖かな火が灯り、窓の外は穏やかに雪が舞っている。

そして、わたしの目を不思議そうにのぞき込んでいたのは、メイドの少女だった。

髪の毛はくすんだ灰色で、ぶかぶかのお下がりの真っ黒なメイド服を着ている。

でも、そんな姿でも、彼女はけっこう可愛くて。

見覚えがある。幼い頃のわたしのお気に入りだったメイドのアリスだ。

でも、彼女がわたしの前にいるはずがない。

だって、アリスは……五年前に事故で死んだはずだった。

アリスはくすくす笑う。

「お嬢様が朝寝坊なんて珍しいですねー。明日は雪でも降るかもしれません」

「いやいや、今も降ってるでしょ！」

と、思わず窓の外を指差しながら、わたしはツッコんでしまう。

自分の声の甲高さに驚く。

なんだか、自分が自分じゃないみたいだ。

と思って、自分の手を見ると、やけに小さい。

わたしは慌てて起き上がり、姿見の鏡を探した。

部屋の片隅に、豪華で巨大な金縁の鏡がある。

ここって……公爵家の屋敷の……わたしの部屋だ。

そして、わたしは自分の姿をしげしげと見つめた。

焦げ茶色の、少しくせのあるロングの髪。

やや目つきがきついけれど、それなりに整った顔立ち。

まあ、いちおう美少女と言えなくもないが、華やかさはまったくない。

華奢な体に、ピンクのネグリジェを着ている。

髪と同じ焦げ茶色の瞳は、あどけなくわたしを見つめていた。

これ……子どもの頃のわたし？

アリスが、いったいどうしたのか、とでもいうように変な顔をしている。

「ねえ、アリス。今は教会暦の何年？」

「……？　ええと、一六八九年ですよ？」

「あなたは何歳？」

「あたしは十四歳です」

「つまり……わたしは十二歳、か」

「本当にお嬢様、どうされちゃったんですか？　なんだか今日のお嬢様、とっても変です」

「いいの。気にしないで。自分の年齢を確認したくなるときも、たまにはあるでしょう？」

「あたしはないです」

アリスの言葉を気にせず、わたしは考えた。

今は教会暦一六八九年。わたしが弟に殺されたのは、教会暦一六九四年だ。

ここは五年前の世界。信じられないけれど……わたしは十二歳の自分に戻ったらしい。

わたしは生きている。

ほっとすると同時に、直前までの十七歳だったときの記憶が蘇る。

胸に突き刺された短剣の感触は、生々しく残っていた。

わたしはその場に崩れるように倒れ込んだ。

慌てて、アリスがわたしに駆け寄る。

大丈夫、と言おうとして、でも、言葉は声にならなかった。

代わりに、わたしの目から涙がこぼれ、声は嗚咽《おえつ》にしかならなかった。

こんなふうに泣きじゃくったのは、初めてかもしれない。

わたしは友達を裏切り、罪を犯し、そして殺された。それは恐ろしくて、悲しい記憶だった。

アリスはきっとわけがわからなかっただろうけれど、それでもわたしをぎゅっと抱きしめてくれた。

「可哀想なお嬢様。きっと……とても怖い夢を見たんですね」

わたしはこくりとうなずくと、アリスにしがみついたまま、泣き続けた。

わたしより二つしか年上じゃないけれど、アリスの腕は温かくて、とても安心できた。

「アリスは……優しいね」

「わたしはいつもお嬢様の味方ですよ。たとえどんなことがあっても」

そう言って、アリスは柔らかく微笑んだ。

十七歳のわたしとは違って、今のわたしには居場所がある。

だから、きっとやり直せる。

今度は死んだりしない。きっと……正しい道を歩けるはずだ。

泣き止んだわたしの肩を、メイドのアリスはぽんと叩いた。

「もう、怖くないですか？」

「ええ」

わたしがうなずくと、アリスは嬉しそうに笑った。

「さて、と。今日は大事なご用事があるんです。覚えていますか？」

そう言われても、わたしは五年前に戻ったばかりで、状況が把握できていない。

アリスに説明を求めると、今日は十二月十日であり、ある人物を屋敷に迎える日なのだという。

わたし十二歳のときの、十二月十日。それは……。

「弟君《おとうとぎみ》との初対面なんですから、めいっぱい、着飾りましょう！　どんな服がいいかしら」

アリスは楽しげだった。

反対に、わたしは愕然《がくぜん》とする。

今日はフィルが公爵家に引き取られて、初めて屋敷にやってくる日のようだった。

フィル。

十七歳のわたしを殺したフィル。そのフィルは……最後に、黒い瞳から涙をこぼしていた。

……わたしの弟、フィルは養子だった。

両親には一人娘のわたし以外、子どもがいなかった。けれど、わたしは生まれたときから王太子の婚約者に選ばれている。

だから、公爵家の跡取りは他に必要だ。ところが、両親にはいつまでたっても、子どもが生まれない。

そこで用意されたのが、フィルだった。フルネームで、フィル・エル・アストゥリアス。傍系《ぼうけい》とはいえ、れっきとした王族の生まれだ。

わたしの父カルル・ロス・リアレス公爵はフィルを養子として迎え、後継者とした。

王家からしてみれば、多すぎる王族の一人を厄介払いできた上に、公爵領を一族のものとできる。

一方で、公爵である父や重臣たちにとっても悪い話じゃなかった。

王家とのつながりを強めることは政治的に有利に働く。それに、質の悪い成人済みの公爵一族が後継者となるぐらいであれば、養子を迎えたほうがマシだ。

そうして、わたしには血のつながらない弟ができた。

けれど、前回の人生では、わたしと弟の仲は良くなかった。突然、弟ができると言われて、十二歳の少女がそれを自然に受け入れることはできない。

逆にフィルにしても、わたしのことを姉とは思えなかっただろう。

それに、わたしはフィルが来るまで、自分が公爵家の後継者になれると信じていた。王妃でありながら、公爵家の女当主となることだって、ありえなくはなかったのだ。

けれど、わたしが当主になれば、公爵の地位はやがて、わたしと王太子の子、つまり未来の国王へと継承される。

それは公爵領が王家へ完全に併合されることを意味する。独立不羈《どくりつふき》の伝統のある公爵家にとっても、重臣たちにとっても、それは受け入れられなかった。

だから、わたしの父は、わたしを後継者として選んではくれなかった。

そのことが、前回のわたしには不満だった。

だから、かつてのわたしはフィルに対して親しみを持てなかった。王妃になるための教育を受けるのに忙しくて、フィルにかまっている時間なんてないとも思っていた。

それに……。

わたしはアリスの顔をまじまじと見つめた。

アリスが首をかしげる。

「どうされたんですか、クレアお嬢様？」

アリスは前回の人生では、わたしが十二歳のときに事故で命を落としている。その理由は、フィルとアリスが一緒に公爵領の洞窟に出かけたからだった。

二人は冒険のつもりで洞窟に出かけ、事故にあう。そしてアリスはフィルをかばって死んだ。

わたしは姉代わりのメイドだったアリスを失った。その悲しみと怒りは、フィルへと向かった。

フィルがアリスを連れ出さなければ、アリスは生きていたのに！

わたしはそう思ったわけだ。だから、その頃から、わたしは単にフィルを弟と思えないだけでなく、憎むようになったのだと思う。

そんなふうになってしまえば、わたしとフィルは疎遠になって当然だ。

そして、その五年後、フィルは聖女シアと出会い、彼女に魅了された。そして、シアを殺そうとしたわたしを……フィルは殺した。

わたしが死んだ理由は、直接的にはフィルにある。

フィルがわたしを殺したのは……なぜだろうか？

もちろん、わたしたちは仲の良くない姉弟だった。わたしとフィルは公爵家の財産をめぐって対立関係にもあった。そして、わたしはフィルの思い人を殺そうとした。わたしは魔女で、王太子たちはわたしを殺すように言った。

フィルがわたしを殺す理由は、いくらでもあると思う。けど……だったら、どうしてフィルは、わたしが死んだとき、涙を流したんだろう？

わたしはフィルのことを何も知らなかった。

でも、一つだけ確かなのは、やっぱり、フィルがわたしを殺したということだ。

「ねえ、アリス。わたし……弟に会うのが怖いの」

「あたしだったら嬉しいですけどね。かわいい弟があたしにもいたらいいなあって思ってるんです」

「かわいかったらいいのだけれど。……ねえ、会わないってことは……できない？」

アリスはきっぱりと首を横に振った。

「公爵様からの言いつけですよ？　姉弟仲良くするように、と」

それはそうだろう。

屋敷にやってきた弟と、まったく会わないわけにもいかない。

たとえ、五年後に自分を殺すことになる相手だとしても。

けど……まだ、未来は確定しているわけじゃない。

これは、わたしの人生を変える最初の試練かもしれない。

前回のわたしはフィルに嫌われていて、聖女シアに嫌がらせをしたから殺された。

なら、今回は真逆でいけばいい。

最も重要なのは、聖女シアに嫌がらせはしないこと。前回は友人となったのに、シアにひどいことをしてしまった。

だから、今度は関わり合いにならないのがベストだ。

彼女の選択次第で、王太子だろうと、フィルだろうと、好きな男とくっつけばいい。

わたしはそれを邪魔しない。

今度は王太子の完璧な婚約者なんて目指さない。地味に堅実に生きていければそれでいい。

フィルに嫌われたのも、聖女シアに嫌がらせをしたのも、わたしの公爵令嬢としてのプライドと、未来の王妃の座への執着が問題だったんだから。だから、今回は王妃になるなんてことにしがみつかない。それに公爵令嬢であるからといって、傲慢になってもいけない。気をつけないと。

といっても、それだけで破滅の運命を回避できるのかはわからない。

念には念を入れておく必要がある。だから、いくつかの対策を練らないといけない。

殺される直前、わたしは「夜の魔女」なんて呼ばれていた。魔女は教会にとって異端で邪悪な存在だという。でも、そんなの伝説上の存在のはずで、どうしてわたしがそんなふうに呼ばれたのか、知る必要がある。きっとなにか理由があるはずだ。これはそのうち調べることにしよう。

もうひとつ、差し迫った問題がある。

弟のフィルと仲良くしておくことだ。少なくとも嫌われない程度には親しくなっておく必要がある。

前回の人生でこそ、フィルはわたしにとって、ただの疎遠な義弟だったけれど、今回の人生ではフィルをそんなふうに扱うわけにはいかない。

フィルは、わたしに死をもたらした。無視できない、重要な存在だ。

聖女のことを抜きにしても、フィルにはわたしを殺す動機がある。

公爵家の莫大な財産を独り占めするには、フィルはわたしを無き者にする必要があるからだ。

もちろん死ぬぐらいなら、そんな財産は相続を放棄してもよいけれど。フィルがわたしのことを信用してくれなければ、相続放棄の宣言も信じてはくれないだろう。

フィルとは姉弟として親交を深めておく必要がある。

フィルと疎遠になった理由の一つに、わたしがフィルに公爵家の当主の座を奪われたことがある。けど、それについては問題ない。いまさら、わたしは公爵家の当主の座にしがみつくつもりはない。

王太子の婚約者という座にしがみついて、命を奪われたんだから、当然だ。

問題は、アリスだ。前回通りなら、アリスは死んでしまう。だから、アリスの命を救う。アリスのことを助けたいし、アリスの死がなければわたしと弟の仲は険悪にならずにすむはずだ。

気分は重い。

けれど、これからが肝心だ。わたしやアリスの運命を変えなければならない。

わたしはため息をついた。

「わかったわ。……弟に会うから」

「ではさっそくお召し物をご用意しましょう！」

わたしは何気なくアリスに服の選択をすべて任せた。

ところが、これは失敗だった。

アリスが持ってきたのは、やたら可愛らしいドレスだった。

ピンクと白の布地に、ふりふりの装飾がたくさんついている。

「アリス……それ……」

「珍しくお嬢様がわたしに服の選択を任せてくださったので、はりきって可愛い服を選んできました！」

と、アリスはえへんと胸を張る。

……しまった！

生きていたときのアリスは、隙あらばこういう可愛い系の服をわたしに着せようとしていた。

でも、わたしはそういう服を着るのが恥ずかしくて……。それに、未来の王妃、品行方正な公爵令嬢としては、もっと上品な服を着る必要があるとも思っていた。だから、いつもわたしは自分で服を選んでから、それをアリスに着せてもらっていたのだけれど……。

昔のことだから、すっかり忘れてしまっていた。ここは……五年前の世界なんだ。

上機嫌なアリスを見て、わたしは、「ま、いっか」と心のなかでため息をつく。もう王妃になるつもりもないし、べつに地味な服を着る必要もない。

せっかくアリスが選んでくれたんだし、たまには悪くないかもしれない。

わたしはアリスにされるがまま、ピンク色のドレスを着せられた。

……姿見を見てうなる。やっぱり……恥ずかしいという部分は変わらない。

「これ……わたしに似合ってる？」

「とってもよく似合ってると思いますよ！」

「わたしにはそうは思えないのだけれど……」

客観的に見ても、わたしはそれなりに優れた容姿をしていると思うけど、地味だし目つきはきつめだ。なのに……。

「やっぱり……こんなお姫様みたいな服装、わたしがしても……」

「あら、お嬢様は正真正銘のお姫様ですよ。リアレス公爵家のご令嬢で、王太子殿下の婚約者ではありませんか」

まあ、身分はそうなのだけれど、前回の人生ではすべてを失って罪人に身を落とした。本質的に、わたしはお姫様というタイプではない気がする。

アリスに案内され、わたしは屋敷の玄関へと移動した。

豪華で無駄に広い玄関は大理石で作られている。

そして、そこにはわたしの両親や家臣、そして屋敷の使用人たち数十人が出迎えの準備をしていた。

相手は次代の公爵であり、王族でもある。扱いは粗略《そりゃく》にできない。

お父様もお母様も、わたしの方には目もくれなかった。前回の人生では、最後まで、二人はわたしに冷たかった。

王太子との政略結婚の駒程度にしか思っていなかったんだろう。悲しくなるが、今はそれを気にしても仕方ない。

やがて玄関の黒くて巨大な扉が、重々しく開かれた。

わたしはびくびくしながら、扉の向こうを見つめた。わたしを殺した弟が来るんだ。

そして、そこに現れたのは、黒髪黒目の、とても小柄で、とても気弱そうで……そして可愛らしくて幼い少年だった。

彼がフィル……のはずだ。

わたしは息を呑んだ。

フィルって……こんなに可愛かったっけ？　それに、十歳のはずだけど……すごく小さな子に見える。

前回のわたしは十二歳の幼い少女で、フィルに敵意を持っていた。

けど、今のわたしの中身は十七歳だ。公爵家の当主の座を奪われたことも根にもっていない。

だからかもしれないけど、フィルは……控えめに言っても……天使に見えた。

大勢の大人に出迎えられ、フィルはびっくりしたように、黒い瞳をぱちぱちとしていた。どういうわけか、フィルの従者の姿がない。

一人きりのフィルは怯えた様子であたりを見回す。

わたしは思わず、そっとフィルに右手を差し出した。フィルに手を握ってほしい、とわたしは思ったのだ。

すると、フィルはわたしを見上げ、そして、わたしのそばへとその小さな足を踏み出した。使用人たちは慌てていたが、相手は王族だし、制止はしなかった。

フィルはわたしの差し出した手は取らなかった。

けど、フィルはわたしのドレスの裾をつまんだ。そして、わたしを上目遣いに見つめる。頭ひとつ分、フィルはわたしより背が低い。

どくんと胸が跳ねるのを感じる。

白く透き通るような肌も、女の子みたいなほっそりとした手足も、人形のように整った顔立ちも。

何もかも、今のわたしの好みだった。

か、可愛い……。

わたしは身をかがめ、怯えるフィルの頭をそっとなでた。わたしの指が黒い髪に触れる。

「安心して。わたしはクレア・ロス・リアレス。あなたの味方だから」

「……クレア、様？」

「そう。あなたは？」

「ぼくは……フィル・エル・アストゥリアスです」

「今日からあなたはフィル・ロス・リアレス、ね。あなたはわたしの弟だもの」

「あなたがぼくの姉上……？」

わたしは柔らかく微笑んだ。

そのとおり。

わたしはクレア。あなたはフィル。五年後の世界では、あなたがわたしを殺した。

けれど、今度は、そうならないはずだ。

わたしは満面の笑みを浮かべ、嘘を言う。

「わたし、ずっと弟がほしかったの」

Ⅱ　お姉ちゃんって呼んでほしい！

驚いたことに、両親は、フィルをわたしに任せた。「屋敷の案内をしてあげるように。歳の近い者同士のほうが良いと思うから」と言っていたが、あの両親のことだから、面倒なだけに違いない。

両親は多忙だし、どちらも子どもに関心のない人たちだった。

けど、前回の人生では、こんなイベントは起こらなかった。前回、初対面の時のわたしとフィルは、一言も会話をかわしていない。

なのに、今回、わたしはいきなり、フィルと一緒に行動することになっている。

今回の人生では、たまたま初対面のフィルがわたしのもとへとやってきた。わたしがフィルと歳が近くて、そして、フィルに手を差し伸べたからだと思う。フィルに敵意を持っていないことも大きいかもしれない。

フィルは使用人の大人たちには怯えた様子だったし、それで、わたしが説明係に選ばれたみたいだ。ちなみにアリスはメイドなので、お仕事があって不参加。とっても残念そうにしていたけど……仕方ない。

びくびくとした様子で、フィルはわたしの後をついてくる。

前回、十二歳のわたしは、フィルのこういう怯えた態度に苛ついた。こんな臆病そうな子が、わたしの代わりに当主になるなんてずるい、と思っていたから。

けど、今回、中身十七歳のわたしは違う。

フィルはまだ十歳だし、七歳も年下の男の子に、対抗心を持ったりしない。

フィルの愛らしい容姿とあいまって、おどおどした態度すら、可愛らしいものに見えてくる。

「あ、あの……クレア様」

「なあに？」

「その……案内なんてさせてしまって……ごめんなさい」

「いいの。だって、わたしはあなたのお姉さんなんだもの」

とりあえず、自分がフィルの姉であるということを強調してみる。

前回は、フィルに「あんたを姉だと思ったことなんて一度もなかった」と言われて殺されてしまった。

ま、フィルとの仲は険悪なものだったから、当然だ。

けど、今回のわたしは違う！

フィルの姉らしく振る舞い、ついでにフィルに恩を売る。

フィルがわたしに家族愛らしきものを感じてくれれば、わたしを殺すなんて考えたりしないはず。

まあ、両親はわたしに無関心だし、他に兄弟もいないし、家族愛なんてよくわからないんだけれど……。

それに、この子、可愛いし。優しくしてあげようという気にもなる。十七歳のわたしを殺したフィルは苦手だが、今のフィルはただの愛らしい少年だった。

女の子みたいな見た目で、肌も真っ白。わたしより（体の）年齢が二つ下だとしても、かなり小柄だ。

「遠慮しないで、わたしを頼ってね？」

わたしがそう言うと、フィルはこくこくとうなずいた。

そして、おとなしくわたしの後をついてくる。

なんで、フィルは大人たちでなく、わざわざわたしを選んだんだろう？

少なくとも、この段階では、フィルのわたしへの好感度は悪くない。

あとは、五年後の未来でも、フィルがわたしを殺したいほど憎いなんて思わないでくれればありがたい。

聖女シアのことを好きになってもいいし、公爵家の財産だって譲るから……頼むから、わたしを殺さないでね？

内心でつぶやくが、わたしの心の思いなんて、フィルの知ったことではないだろう。

フィルが突然くしゃみをして、ぶるりと震えた。

「もしかして……寒いの？」

「えっと……うん」

わたしは肩をすくめ、そしてストールを手渡した。

今は真冬だし、外は一面の銀世界。ここは、冬の寒さが厳しいことで有名なリアレス公爵領だし、薄着のフィルが寒がるのは当然だ。

気休め程度だが、ストールがあれば、寒さもマシになると思う。

「使って……いいの？」

「もちろん」

「でも……クレア様も寒いんじゃ……」

「わたしは平気よ」

微笑んでみせる。

寒いのは割とへっちゃらだし、ちゃんとドレスの中に防寒具も着込んでいる。

メイドのアリスの心遣いのおかげだ。

フィルが寒くないようにするのも、彼のメイドなり、従者なりの仕事のはずだ。

なのに、王家の人間たちはフィルを送り届けると、すぐに帰ってしまった。

王族なのに、フィルは手ぶらで、従者の一人も連れずにこの屋敷にやってきたということだ。

前回の幼いわたしは気づかなかったけど、かなり変だ。

わたしは立ち止まり、振り返ってそのことを尋ねてみた。

すると、フィルは目を伏せて、うつむいた。

なんだか、とても寂しそうだ。

……なんか、聞いたらまずいことだったかも。

こんなことでフィルのわたしへの好感度を下げたくない。フィルに嫌われると、わたしは破滅へと一歩近づく。

「も、もちろん、言いたくないなら言わなくていいの」

わたしは慌てて付け加えたが、フィルは首を横に振った。

「……あのね、ぼくは……いらない子だったから」

「いらない子？」

「お父様も、お母様もぼくなんて生まれてこなければよかったって言うんだ。メイドのみんなも、ぼくのことを『いらない子』だって……」

さすがに、わたしは驚いた。

そりゃあ、わたしの両親だって、わたしのことなんて、どうでもいいとは思ってるに違いない。

けど、さすがに生まれてこなければよかった、なんて言われたことはない。

メイドや使用人たちは、少なくとも表面上は、わたしのことをちやほやとしてくれている。

だけど、フィルは違ったらしい。

まるで捨てられるみたいに……この屋敷にやってきたわけだ。だから使用人も連れていない。

前回のわたしは、何もフィルのことをわかっていなかった。ただ、突然やってきて、わたしから未来の当主の立場を奪った男の子、という程度しか知らなかった。

わたしはフィルの目をじっと見つめた。

フィルは顔を赤くして、わたしを黒い瞳で見つめ返す。

わたしはそっとフィルの頬に触れてみた。

赤く染まった頬は、柔らかくて、すべすべだった。

「あなたはいらない子なんかじゃない」

「本当？」

「ええ。この屋敷では、あなたは次の公爵様なんだもの。みんながあなたのことを必要としているわ」

わたしは微笑み、ゆっくりそう言った。

未来では、聖女シアもあなたのことを必要としている、と心のなかで付け加える。

きっとフィルは幸せになれる。みんなあなたのことを必要としている。

前回のわたしは……誰にも必要とされないまま死んだ。

王太子の理想の婚約者となるように頑張った。両親から、王太子から、友人たちから、国民から、認められたかった。褒められたかった。

さすがは公爵のお嬢様で、王太子の婚約者だって言ってほしかった。

でも……わたしは王太子との婚約も破棄されて、両親には見捨てられ、弟には殺されて、友達は誰も助けてくれなかったどころか、わたしを蔑んだような目で見つめた。

聖女シアはみんなから必要とされていた。

わたしは……違った。すべてを失って、はじめてわかった。

わたしは愚かだった。

王太子の婚約者も、品行方正な公爵令嬢も、わたしには荷が重い。

すべてを捨ててもいいから、今回のわたしは生き延びることを優先する。

それでも、誰か一人ぐらいには、わたしのことを必要だと言ってほしい。

やり直したわたしは、誰かから必要とされることができるんだろうか？

フィルがわたしを見上げ、おずおずと言った。

「……クレア様も……ぼくのこと、必要？」

わたしはくすっと笑った。

「もちろん！　だって、あなたはわたしの弟になるんだから。わたし、あなたみたいな弟がほしかったの」

そう言って、わたしは笑いかけ、フィルの髪をくしゃくしゃと撫でた。

フィルは恥ずかしそうに耳たぶまで顔を真っ赤にしてうつむいた。

可愛い反応だなあ、と思う。やっぱり、天使みたいだ。

本当は、フィルと会う前は「弟なんてほしくない！」と思っていた。なにせ、前回のフィルはわたしを殺した人間だ。

けれど、今のフィルみたいな可愛い弟だったら、大歓迎だ。

といっても、フィルのほうがわたしを歓迎してくれるかどうかは別問題だ。前回みたいに嫌われないといいけど……。

わたしがそんな心配をしていたら、フィルは急に顔を上げて、わたしを黒い瞳でまっすぐに見つめた。そして、ためらうように口をぱくぱくとさせた。

何か言いたいことがあるけど、勇気が出せない。そんな感じに見えた。

「どうしたの、フィル？」

「あ、あのね……ぼくも……」

そこでフィルは言葉を区切ると、続きを一気に言った。

「クレア様みたいなお姉ちゃんが……いたらいいなって思ってたんだ」

わたしはきょとんとし、そして、次の瞬間、周囲の視界がぼやけた。

目元を拭うと、指先が少し濡れていた。

「く、クレア様……？」

フィルが心配そうにわたしを見つめていた。

そっか……。

わたし、泣いているんだ。きっと……嬉しくて。

わたしはフィルに微笑んだ。

「フィルが、わたしのことをお姉ちゃんって認めてくれて、すっごく嬉しいの」

「本当に……？　ぼくなんかがクレア様の弟じゃ、迷惑じゃないかって……」

わたしは首を横に振った。

「わたしはあなたを必要としているの、フィル」

だって、フィルがわたしを必要としてくれているから。前回の人生では、誰もわたしのことを必要としてくれなかった。でも、今は、フィルが姉としてのわたしを必要としてくれている。

孤独な少年だったフィルの最初の味方が、わたしだ。

きっといつか、フィルはわたしのことを必要としなくなる。聖女シアもいるし、フィルのことを必要としてくれる人は、他にもきっとたくさんいるから。

だけど、いまはまだ、わたしはフィルのお姉さんでいられるから。

フィルが、その小さな指先を、わたしの目元にそっと近づける。わたしの涙をぬぐってくれた。

前回のわたしはやっぱり愚かだと思う。

こんな可愛い弟が、そばにいることに気づかなかったなんて。

さっきまでフィルは寒さに震えていたけれど、いつのまにかその震えは収まっていた。

「寒くなったら、抱きしめて温めてあげよっか？」

わたしが冗談めかして言うと、フィルは頬を赤くして、「それは恥ずかしいかも……」とつぶやいた。

さて、震えが収まったとは言え、まずは薄着のフィルを寒くないようにしてあげないといけない。

この公爵領はカロリスタ王国の北方にあるし、冬の屋敷はかなり冷え込む。

わたしは思案して、そして、フィルの体から離れた。

代わりにフィルの手を握る。

小さくて、柔らかい手だった。

フィルはびくっと震えたけれど、しっかりとわたしの手を握り返した。

わたしはフィルの手を引いて歩き始める。廊下を曲がり、階段を上がる。

目指すはわたしの部屋だ。

姉弟とはいえ、血のつながらない男の子を、自室に連れ込むのはどうかと思わなくもない。

けど、相手は十歳だし……いいよね？

フィルは緊張した様子で、部屋に入った。

そして、ぱっと顔を輝かせる。

わたしの部屋は……改めて見直すと、けっこう少女趣味だった。

天蓋付きのベッドには淡いピンク色のカーテンがついている。

家具のタンスや机もところどころピンクや白色で、可愛らしい感じの人形がずらりと並んでいる。

子どものころのわたしは、こういうきらきらした雰囲気が好きだったんだ。

でも……いまのわたしにとってはちょっと恥ずかしい。

わたしは暖炉に薪《まき》をくべ、苦笑いする。ちなみにこの暖炉はリアレス公爵領特別製で、薪以外に、特殊な鉱石を入れることで、安全にかなりの暖かさを維持することができる。

こんなお姫様みたいな感じ、わたしには似合わないのに。わたしは、なんとかすれば美少女といえなくもない、という程度の容姿だし、それに、前回の人生では、五年後に身分も地位もすべてを失ったのだから。

でも、なぜかフィルはわたしの部屋を見て、とても楽しそうだった。もしかすると、こういう可愛い感じの雰囲気が好きなのかもしれない。フィル自身も、可愛い服を着せたら……似合いそうだ。わたしがお姫様みたいな衣装を着るよりも、フィルのほうがよっぽど自然かもしれない。

わたしはフィルの視線の先に気づく。本棚の上に大きなくまのぬいぐるみがあった。

茶色のつぶらな瞳のぬいぐるみで、小さなころのわたしのお気に入りだった。

わたしは本棚からそれを取ると、フィルに手渡し、微笑んだ。

「これ、ほしい？」

フィルはびっくりした様子で、返事に困ったみたいだった。でも、横から見ていれば、ぬいぐるみに興味があるのは明らかだった。

「フィルにあげる」

「……ほんとに⁉　いいの？」

「ええ。わたしからのプレゼント。わたしの弟になった記念ね」

フィルは嬉しそうに笑い、けど、すぐに綺麗な黒色の瞳を曇らせた。

「でも、クレア様の大事なものなんじゃ……ないの？」

「そうね。でも、フィルが喜んでくれるなら、そっちのほうが嬉しいから」

まあ、子どものころは気に入っていたぬいぐるみで、愛着はある。が、中身十七歳のわたしからすれば必要のないものともいえる。

フィルがほしいなら、ぬいぐるみなんていくらでもあげる。

フィルの好感度を上げることがわたしの破滅回避の道だし、それに、単純にフィルが喜ぶ姿を見たかった。

けど、フィルはまだ、わたしから物をもらうことを気にしているようだった。

「クレア様に悪いよ……」

真面目な子だなあ、と思う。同じ歳のときのわたしなら、遠慮せず受け取っちゃっていたと思うけど。

わたしは、フィルが素直に喜ぶ姿を見たいだけなのに。

フィルが負い目を感じなくても、すむにはどうすればいいか。

わたしは寒そうなフィルに外套《がいとう》をかけながら、考えた。フィルは申し訳無さそうに縮こまる。

フィルはわたしからただでぬいぐるみをもらうことを、悪いと思っている。

なら、ただでなくすればいい。

わたしは……ひらめいた。

思わず、口元が緩んでくる。

「じゃあ、フィル。ぬいぐるみをあげる代わりに、わたしのお願い、聞いてくれる？」

「ぼくにできることなら……なんでもする」

なんでもするって言われると、いろんなことをしてもらいたくなるけれど。

わたしがお願いするのは、簡単なことだ。

「わたしのこと、『お姉ちゃん』って呼んでみてくれる？」

「え……？」

「フィルはわたしの弟なんだから、『クレア様』みたいなよそよそしい呼び方をしてほしくないなって思ったの」

フィルは驚いたような表情をして、口をぱくぱくとさせた。

「もちろん、嫌だったら無理しなくていいけど」

フィルは慌てたように、首をふるふると横に振った。

そして、頬を真っ赤にして、わたしを上目遣いに見つめた。

「クレア……お姉ちゃん?」

「もう一度」

「えっと……クレアお姉ちゃん」

フィルは恥ずかしそうに目を伏せていて、とても声が小さかった。

「か、可愛い……」

思わずつぶやいてしまう。

前回の人生で、フィルはわたしのことを名前で呼んだことも『お姉ちゃん』なんて呼んだことも、まったくなかった。冷たく『姉上』と言うだけだった。

フィルに名前を呼ばれることが、姉と呼ばれることが、こんなに嬉しいことだなんて、わたしは知らなかった。

……こんな可愛い存在がこの世にいるなんて!

わたしは思わずフィルの頭をぽんぽんとし、そして微笑んだ。

ちゃんと微笑めているか、不安になる。

口元が緩みすぎて、にやけ顔になっているかも……。

「ありがとう、フィル」

「お願いって……こんなことでいいの？」

「ええ。フィルに『クレアお姉ちゃん』って呼ばれるだけで、わたしは幸せだから」

フィルは不思議そうに、けれど、嬉しそうに微笑んだ。

大事そうに、わたしがあげたぬいぐるみを抱きかかえている。

「クレアお姉ちゃん、ありがとう」

とフィルがはにかんだように言う。

こんなふうに、誰かがわたしのことを慕ってくれるのって、新鮮だ。

……そういえば、前回の人生のわたしって、自分より年下の子とあまり関わらなかった気がする。

公爵令嬢として、未来の王妃として、わたしはいつも大人たちに混じって社交に参加していた。学園の同級生たちは当然、同い年だし、取り巻きの子たちだって、わたしに純粋に好意を持ってくれていたわけじゃない。今思えば、わたしの地位目当てで近づいてきた子がほとんどだったと思う。

でも、今、目の前にいるフィルは、わたしのことを素直に姉として慕ってくれている。

黙っているわたしに対し、フィルがちょこんと首をかしげる。そのさらさらの髪がふわりと揺れる。

思わず抱きしめたくなる可愛さだ！

けど……抱きしめるのは、やめておこう。嫌われちゃうかもしれないし。

わたしは、一つ決めたことがある。

わたしはこの子のことをできるかぎり、甘やかしていこう。

フィルに姉と慕われ続けることが、五年後の破滅の運命の回避につながる。

というのは建前だ。

この可愛い弟に、わたしを一番好きでいてほしい。ずっとわたしのそばにいてほしい。

でも、それは叶わない願いだ
五年後までに、フィルはわたしの前からいなくなる。

フィルは聖女シアと恋に落ちるのだから。

でも……それまでは、少なくとも来年に学園に入るまでは、わたしがフィルを独り占めできるはずだ。

だって……わたしは、たった一人のフィルの姉なんだから。

他の誰もフィルのお姉ちゃんじゃない。シアだって、そうだ。

ううん……仮にシアがフィルの姉だとしても、わたしのほうが良い姉になってみせる。

前回、王太子も、他のみんなも、わたしじゃなくて、シアに恋した。

フィルもきっと、シアかわたしなら、シアを選ぶと思う。

それでも……わたしは……フィルの最高のお姉ちゃんになることはできるかもしれない。

そうして、フィルがシアを恋人として選んだとき、姉としてフィルとシアを祝福しよう。

わたしはフィルの黒い瞳を見つめた。フィルもわたしを見つめ返す。

……やっぱり、抱きしめてもいいかも。姉が弟を抱きしめるのは、親愛の証。なら、何もおかしいことはない……はず。

うん。そうだ。間違いない！

わたしはフィルを抱きしめようと手を伸ばして……そのとき、部屋の扉が開いた。

フィルもわたしも、そちらを振り向く。

「クレアお嬢様？　なにしてるんですか？」

部屋の扉に立っていたのは、メイドのアリスだった。

そういえば、アリスが部屋の掃除にそろそろやってくる時間だった。

わたしは慌てて、フィルの肩に伸ばした手を引っ込める。あと一歩で、フィルを抱きしめている姿をアリスに見られちゃうところだった。

でも、わたしとフィルが見つめ合っているのはばっちり見られてしまっているわけで、あまり変わらないかもしれない。

アリスはにやにやと笑っていた。

「お嬢様……そんなにフィル様のことを気に入られたのですか？」

わたしは肩をすくめてみせる。

「もちろん。こんなかわいい弟ができたら、好きにならないわけがないじゃない。アリスにフィルみたいな弟ができたら、どうする？」

「それはもちろん、すっごく優しくして、可愛がりますよ」

アリスはふふっと笑った。

そして、アリスはフィルに近づいて、身をかがめた。

「はじめまして、フィル様。あたしはアリス・ラ・クロイツです。クロイツ準男爵の娘で、行儀見習いとしてこのお屋敷のメイドをしています」

アリスは貴族だ。ただし、最下級かつ財政難の家系で、リアレス公爵家の支配下に置かれている。

そういう家の子弟は、行儀見習いとして上位貴族の家に奉公する。

アリスがわたしの専属メイドとなっているのも、貴族出身ということによるところが大きい。

わたしはフィルとアリスの二人が関わりを持つことを、少し警戒している。

前回、わたしがちょうど十二歳のときに、アリスは命を落としている。

原因は、フィルと二人で洞窟に行き、事故にあったことだ。

この事故が、わたしとフィルの仲を険悪にさせた。

今度はアリスを救うためにも、フィルとの仲を維持するためにも、そんな運命は回避しなければならない。

まあ、逆に言えば、二人が洞窟に行くのさえ止めればいいんだ。前回、フィルはわたしと疎遠だったから、アリスと仲良くなったわけだし、今回は事情が違う……はずだ。

そこまで考えて、わたしは焦った。

本当に、フィルはアリスよりわたしに懐くんだろうか?

もちろん、今回のわたしはフィルを全力で甘やかす方針だ。

けど、だからといって、フィルがアリスよりわたしを選ぶとは限らない。

わたしは中身十七歳とはいえ、見た目は十二歳。

一方、アリスはわたしより二つ年上の十四歳だ。もう体つきもわりと女性らしくて、メイドとして働いているから、大人びた雰囲気もある。

もしわたしがフィルの立場だったら、どっちを頼るだろう？　アリス……かも。

フィルとアリスが親しくなることは、わたしの未来に不確定な要素を増やしてしまう。

けど、それ以上に、わたしはフィルを独り占めしたかった。

せっかく、フィルはわたしをお姉ちゃんと呼んでくれたのに。アリスにとられちゃったら、どうしよう?

わたしは緊張して、アリスにフィルがどう答えるか、見守った。

フィルはびくっと震えると、わたしを見上げる。

そして、わたしのドレスの裾をつまみながら、フィルが小声で言う。

「……はじめまして」

フィルはとても小さな声で言い、わたしの背中の後ろに回ってしまった。

もしかして、人見知りのフィルはアリスを怖がっている?

そして、わたしにかばってもらおうとしたみたいだ。

アリスは灰色の目を丸くして、そしてくすくす笑った。

「フィル様も、クレアお嬢様のことが好きなんですね」

フィルはこくこくとうなずいて、顔を赤くした。

わたしは「ちゃんと挨拶しないとダメよ」と言ってみたものの、内心ではとても嬉しかった。

フィルがわたしを頼ってくれた。今の段階では、フィルはアリスじゃなくて、わたしを選んでくれている。

もちろん、この先もそうとは限らない。それに、フィルとアリスにはある程度は仲良くしてもらわないと困る。

だから、フィルにとって、わたしはアリスより頼りがいのある姉でいないといけない。

王太子の婚約者として努力するなんて、今回はまっぴら御免だ。

けど、フィルにとって良い姉ではありたいと思う。

ううん、フィルにとっての、最高のお姉ちゃんになってみせる。

だって、フィルはわたしのことを「クレアお姉ちゃん」と呼んでくれたんだから。

Ⅲ　やってみたいことがある！

「アリス……今日の授業が始まるまで、まだ時間はあるよね？」

わたしの言葉にメイドのアリスはうなずき、微笑んだ。

「はい。今日の家庭教師の先生の授業は午後からですから。残りの午前中の時間、どうされますか？」

「うーん、考えてみる……」

「あたしの一押しは、フィル様との親交を深めることですよ！」

冗談めかしてアリスは言い、そして、ひらひらと手を振って、別の仕事のためにわたしの部屋から去っていった。

幼いフィルはわたしの陰に隠れていて、わたしのドレスの裾をつまんでいる。

アリスに言われるまでもなく、もちろん、わたしはフィルと一緒に過ごすつもりだ。

フィルと仲良くすることがわたしの破滅回避の道だし、フィルと過ごす最初の日なんだから、できるだけ一緒にいたい。

フィルも心細いだろうし。

問題はフィルと何をするか、だ。

さて、どうしようか？

前回のわたしだったら、こういう隙間時間すら、勉強や行儀作法の練習にあてていたはず。

けど、今回のわたしはそんなことをする必要はないんだ。

前回の人生でのわたしは、「いい子」だったと思う。

自分で言うのも変かもしれないけど。

でも、公爵家の品行方正な令嬢として、王太子にふさわしい婚約者として、努力することを求められていた。わたしはその期待に応えようと頑張ったのだ。

その結果が、聖女シアへの嫉妬に狂い、王太子には婚約を破棄され、弟に殺されるという悲惨な最期だったわけだ。

シアへ嫌がらせをしたのはわたしが悪いと思うけれど、その前に、王太子にあっさりと捨てられたのは納得がいかない。

わたしは本当に王太子のことが好きだったのに。初恋だったのに。王太子だって、わたしを理想の婚約者と呼んでくれていたのに。

なのに、王太子はすぐにシアへと乗り換えた。

ちょっと……ひどいんじゃないかと思う。

まあ、所詮、努力では埋まらない差というのもあるのだ。

聖女シアは特別な存在で、わたしは違った。どれほど頑張ったって、わたしはあの子みたいにはなれなかった。王太子以外の人間も、みんなシアに惹かれていた。

それは仕方のないことだ。

というわけで、今回は、王太子の婚約者として努力するなんてことはしない。

王太子が婚約を破棄するならどうぞご勝手に。シアとくっつきたいなら、そうすればいい。わたしにとっては死なずに済むならそれで満足だ。

だから、今回のわたしは「いい子」でいる必要なんてない。前回の記憶も引き継いでいるから、同じことを勉強する必要もないし。

代わりに、好きなことをしよう。

五年後に殺されるという破滅の運命を回避する。

それはもちろん必要なことだけれど、せっかくやり直せるなら、ちょっとは楽しいこともしてみたい！

わたしは身をかがめ、フィルと目線を合わせる。

照れているのか、フィルは白い頬を真っ赤にした。大きな黒い瞳は透き通った宝石のようで、綺麗にわたしを見つめている。

思わず抱きしめたくなる。

抱きしめてみようか。

前回はアリスの登場で、フィルを抱きしめられなかったけれど……今ならいけるのでは？

……うん。

そうしよう！

わたしはそっとフィルの小さな身体に手を伸ばし……。

そのとき、フィルのお腹が鳴った。フィルがますます顔を赤くする。

もしかして……。

「お腹、空いてる？」

フィルは恥ずかしそうにこくこくとうなずいた。

王族なのに、フィルは実家ではほったらかしにされて、いらない子だなんて言われていたらしい。

そんな環境だと、ちゃんと食事をしていたのかも心配になる。

フィルって、かなり小柄だし。今朝、この屋敷に来る前も、何も食べてこなかったのかも。

抱きしめるより先に……ご飯を食べさせてあげないと可哀想だ。

……わたしはひらめいた。やってみたいことがある。

そして、それはお腹を空かせたフィルのためにもなる。

「フィル……お菓子、食べたくない？」

「……お菓子？」

「そう。砂糖をいっぱい使った、とっても甘いお菓子」

前回のわたしは、王太子の婚約者として美しくなるため、という理由で、体に悪い菓子をむやみに食べたりするのは禁じられていた。

わたしはその言いつけをちゃんと守った。わたしの存在意義は、王太子の婚約者であることだったから。

でも、本当は、十二歳のわたしも十七歳のわたしも、甘いお菓子が大好きだった。

今回はそんな言いつけを守る気もないし、自由にお菓子を食べてやろう。

もちろん極端に太ったりするのは嫌なので節制はするけれど。

それに、フィルに好かれるためにも、それなりに美少女、という現在の容姿は維持したいところだ。

フィルは首をかしげ、そして小声で言う。

「クレアお姉ちゃんが食べたいなら……ぼくも食べたいかも」

「なら、決まりね。厨房に忍び込みましょう！」

フィルが黒い目を丸くして、わたしを見上げる。

驚いているみたいだ。

厨房に忍び込んでお菓子をつまみ食いなんて、とても品行方正な公爵令嬢とはいえないけれど。

でも、品行方正でいるつもりもないし。

わがまま放題な横暴な貴族の子弟を、前回のわたしは学園でたくさん見てきた。

そういう連中と比べれば、厨房に忍び込むぐらい、大したことじゃない。

弟のため、そして、自分のため、お菓子を食べるぐらい許されると思う。

前回のわたしが、わがままを我慢しすぎてきたんだ。シアに嫉妬して嫌がらせをしてしまったのも、我慢でたまった不満が爆発したせいもあると思う。

午前の中途半端なこの時間なら屋敷の厨房も人はいないはず。公爵家なら、すごいお菓子が揃っているに違いない！

ところが、厨房の様子は予想とぜんぜん違っていて、そして、そこでわたしはフィルの特技を見ることになった。

前回の人生でも、わたしは屋敷の厨房には入ったことがなかった。

屋敷の一階にある厨房は、それなりの広さがあるみたいだけれど、そこは使用人たちのスペースだ。貴族の娘が来る場所じゃない。

一応、わたしは公爵令嬢で、前回の人生では公爵令嬢らしく振る舞っていたから、当然、厨房に入ったこともないわけだ。

厨房に忍び込む目的はわたしとフィルでお菓子をつまみ食いすること。だけど、厨房そのものもどんな雰囲気なのか興味があった。

というわけで、ちょっとわくわくしながら、わたしはフィルを連れて厨房に入る。

「すごい……」

わたしはつぶやいた。

厨房の壁一面には、赤銅色の鍋や鋼鉄のスキレットといった調理器具が所狭しと吊り下げられていた。

知識としては知っていても、実際の調理器具を見たことはほとんどない。

それに、存在感のある石製のかまどもある。

さすが公爵家のお屋敷の厨房だけあって、かなり規模が大きい。

ちょうどこの時間、料理人たちは休憩で出払っている。

お菓子をつまみ食いするなら、今がチャンス！

……と思ったのだけれど、

「何もない……」

厨房には何もお菓子がなかった。考えてみればお菓子は高級品だし、わたしの父も母も甘いものがすごく好きというわけじゃない。

置いてなくても当然かもしれない。

いちおう肉とか野菜とか、食材らしきものは置いてある。

砂糖は瓶詰めで置いてあるけど、さすがにそれを直接なめたりはしたくない。

あとは……食べ残しのパンみたいなのが置かれている。たぶん、今朝の朝食の残りだ。

せっかく厨房に来たのに……。

今回の人生では、前回みたいな品行方正な公爵令嬢でいる必要もないし、好き勝手やろうと思っていたのに。

甘いものを我慢する必要もないから、たらふく食べようと思ったのに！

それにお腹を空かせているフィルに、なにか食べさせてあげたかった。

まあ、使用人に頼めばよいのかもしれないけど、わたし自身がフィルにあげるということが重要なのだ。

フィルはといえば、きょろきょろとして、それから、じっと黒い瞳でわたしを見つめた。

「フィル、期待させちゃったのに、ごめんね？」

「ううん。……クレアお姉ちゃんは、甘いお菓子が食べたいの？」

わたしはこくこくとうなずいた。そのためにここに来たのだ。

フィルは自信なさそうに目を伏せ、それから恥ずかしがるように顔を赤くした。

「えっと……あの……ぼくが作ってあげる」

「え？　作るって、でも、どうやって？」

ここにお菓子を作れるようなものがあるんだろうか？

食材はあるけど、肉とか野菜とかがほとんどだし。

それに……フィルはもともと王族だ。わたしと同じで、料理なんてできないと思うんだけど。

「……材料はあると思う」

そう言うと、フィルは小さな鍋を壁から取ろうとし……手が届かなかった。

必死で背を伸ばして鍋を取ろうとしているフィルが可愛かった。背後から抱きしめようかと思ったけど、やめておく。

びっくりさせたらいけないし。

代わりに、フィルの取ろうとしていた鍋を取って渡してあげた。

フィルはうつむき加減に、「ありがとう」とつぶやいた。

いったい、どうするつもりなんだろう？

フィルは真っ黒な瓶をとると、中身を豪快に鍋へと注いだ。

緑色の透明な液体が、赤銅の鍋に広がる。

「綺麗……」

わたしが思わずつぶやくと、フィルが気恥ずかしそうに微笑んだ。

「オリーブの油だよ」

料理に使われているのは知っていたけど、実際の液体の油を見るのは初めてかもしれない。

それから、フィルは火打ち石で火床に火を熾すと、鍋を火にかけた。

次に、フィルは食べ残しのパンをいくつかとると、かじりかけの部分をナイフで取って、綺麗に薄く切っていく。

そして、パンの切れをたくさん、鍋のなかの油に放り込んだ。

じゅっ、とすごい音を鍋が上げる。

「だ、大丈夫……？」

わたしがびっくりして尋ねると、フィルはこくりとうなずいた。

「うん。……すぐにできるから」

やがてフィルは鉄製の串を使って、器用にパンの切れを取り出して、紙を敷いた皿に並べていく。

そして、そのうえに真っ白な砂糖を大量にかけた。

フィルはちょこんと、その皿をわたしに差し出した。

「えっと、美味しいと思ってくれるかどうかわからないけど……どうぞ」

パンは明るい茶色に揚げられていて、その上に白砂糖がまぶされている。

わたしはフォークをつかって、それをおそるおそる口へと運び……。

「おいしい……」

「本当⁉」

フィルがぱっと顔を輝かせる。わたしは、首を大きく縦に振った。

油のしみたパンはじゅっとした独特の食感で、白砂糖の甘さを引き立てている。

オリーブの油をつかっているからか、香りもとても良いし、いくつでも食べられそうだ。

「すごく……おいしい」

わたしはもう一度、フィルに言った。そうすると、フィルははにかんだように、でもとても嬉しそうな笑顔を浮かべた。

「ピカトステっていう揚げ菓子なんだ。……そんなに複雑なお菓子ではないけど……」

「でも、とってもおいしかったわ」

どうして、王族出身のフィルが、簡単なものとはいえ、料理ができるんだろう？

料理は使用人の仕事で、わたしたち貴族は手出しをしない。

それが貴族の高貴さの証拠だって言われていた時代の名残だ。

前回の人生では、わたしはフィルのことを……何も知らなかった。

フィルは王家では「いらない子」って呼ばれていたらしい。

きっと、フィルはとても複雑な事情を抱えているんだと思う。

でも、一つだけたしかなことは、今回のフィルが、わたしのためにお菓子を作ってくれたということだった。

わたしはくすっと笑った。

「全部、食べれちゃいそうだけど……フィルも食べて。お腹、空いてるんでしょう？」

「クレアお姉ちゃんが食べたいなら、全部、食べてもいいよ？」

わたしは首を横に振った。そして、フィルの黒い髪を優しく撫でる。

「フィルのために、ここに来たんだもの。それにフィルが作ったものなんだから、いっぱい食べてくれないと」

「でも……」

「ほら、『あーん』して食べさせてあげようか？」

フィルは顔を真っ赤にしてふるふると首を横に振った。そして、「は、恥ずかしいから自分で食べる……」と消え入りそうな声で言った。

……残念。でも、フィルともっと仲良くなれば、いつか「あーん」してあげる機会もできるはず！

それより、わたしが今言うべきことは……。

わたしは身をかがめ、フィルの黒い髪を優しく撫でた。

「ありがとう、フィル。フィルがわたしのためにお菓子を作ってくれて、すっごく嬉しかったの」

「えっと、あの……クレアお姉ちゃんが喜んでくれると……ぼくも……すごく嬉しいな」

フィルは照れたように、雪のように白い頬を相変わらず真っ赤にしていた。けど、その顔は幸せそうで、宝石みたいな黒い瞳がわたしに向けられていた。

フィルの事情を、わたしは踏み込んで尋ねない。

これから、フィルのことを知る時間はたくさんあるから、焦る必要なんてないと思う。

だって、フィルはわたしの弟なんだから。

Ⅳ　未来の三角関係？

フィルは複雑な事情を抱えているみたいだけれど、わたしの公爵家にもいろいろ面倒な事情がある。

それを思い出させられたのは、フィルが屋敷にやってきてから二日がたった日だった。

今日も、窓の外では吹雪が吹いている。

わたしとフィルの住むカロリスタ王国は、大陸南西にある大国だ。

美しい海に囲まれた半島国家で、とても豊かな国だ。南方の海を挟んだ対岸には、マグレブ連邦という島国があって、貿易も盛んだった。

そのカロリスタ王国のなかでも、わたしの生まれたリアレス公爵領は、かなり北方に位置する。

北方のマルグリット山脈を越えると、すぐに隣国のアレマニア専制公国にたどり着くという立地だから、異国人も多い。

夏には黄金色の麦畑がどこまでも広がるけれど、冬の寒さは厳しくて、一面雪で銀世界に染められる。

そして、今は冬。

というわけで、雪のせいでわたしたちは外出できない。

公爵家の屋敷に引きこもっているしかないのだ。

「出かけてみたいのに……」

わたしは窓辺にもたれかかり、外の雪景色を見て、ため息をついた。

前回の人生では、遊びに外に出るなんて、ほとんどしなかった。

わたしは王太子の理想の婚約者となるべく育てられていて、勉強だとか行儀作法だとか、そういったことばかりしていたから。

でも、今回はそんなことをする必要はない。

思いっきり外で遊ぼう！　……と思ったのに。

そんなわたしを、フィルがちらちらと見ていた。

ここはわたしの部屋だけど、フィルはずっとここに入り浸っている。

しかも、わたしの方から呼んだんじゃなくて、フィルの方からやってきてくれているから、とても嬉しい。

お屋敷の三階に、子供部屋の空間があり、基本的にわたしたちはそこにいる。大人の空間である一階や二階にはあまり堂々とは行けないけれど、三階の子供部屋であれば自由に往き来できるから、フィルもわたしの部屋にやってきているわけだ。

フィルは部屋の中央に置かれたテーブル前に、ちょこんと座っている。

わたしは窓辺からフィルの方へ移動すると、身をかがめてフィルと視線を合わせた。

「フィルは退屈じゃない？」

フィルはふるふると首を横に振った。

「クレアお姉ちゃんがいてくれるから、楽しい。お姉ちゃんは……楽しくない？」

フィルは白い頬を朱に染めて、わたしを見上げる。

改めて、可愛いなあ、と思う。

抱きしめ……たりはしない。ホントは抱きしめたいんだけど、そんなことしようとすると、フィルに嫌われちゃうかも。

フィルに嫌われることは、わたしの破滅につながる可能性がある。だから、フィルに嫌われないようにしよう、とはじめは思っていた。

けど、今となっては、フィルに好かれること自体がわたしの目的となっている。

まったく、どうして前回のわたしは、こんなに可愛い弟に冷たくしてしまったんだろう？

「わたしもフィルがいるだけで満足。でもね、一緒に出かけられたら、もっと楽しかったかなって思うの」

フィルはこくりとうなずいて、天使のように微笑んだ。

外に出られないことについて、フィルはあまり不満に思っていないみたいだった。

フィルは書斎からたくさんの本を持ってきて、それをじっと読んでいた。

前回の人生では、わたしはフィルのことをあまり知らなかった。けど、ちょっとは知っていることもある。

フィルが本の虫だというのは、学園の生徒たちのあいだでは有名な話だった。

今回もフィルが本好きなのは変わらないみたいだった。

わたしがお父様から許可をとって、書斎の本をフィルが自由に持ち出せるようにしたら、フィルは目を輝かせて喜んでくれた。

本棚の高いところに本があって、フィルでは背が届かないときもある。そういうときは、わたしの出番で、踏み台を使って本を取る。

フィルは踏み台を使っても本棚に届かないぐらい背が低いし、それに、踏み台から落ちるのが怖いみたいだった。

まあ、わたしも本を読むのはけっこう好きだった。それに、フィルは本の話をするときは生き生きとして楽しそうで、そんなフィルを見ていると、わたしも楽しくなってくる。

そんなふうに過ごしていたら、部屋の扉がノックされた。「どうぞ」とわたしが言うと、メイドのアリスがひょこっと顔をのぞかせた。

アリスはわたしとフィルを見て、そしてくすっと笑った。

「本当にクレアお嬢様とフィル様は仲良しですね」

「もちろん。だってフィルはわたしの可愛い弟だもの」

冗談めかして言うと、フィルが顔を赤くしていた。

「えっと……あの……ぼくも……綺麗なクレアお姉ちゃんのことが好き」

フィルはとても恥ずかしそうで、けど、はにかんだように微笑んで、そう言った。

次の瞬間、わたしはフィルを抱きしめようとして……ひょいと身をかわされた。

わたしの手は空を舞い、そのままフィルの背後の壁に激突する。

……痛い。

フィルは宝石みたいな黒い瞳を大きく見開いて、慌てていた。

「く、クレアお姉ちゃん……ご、ごめんなさい。その……びっくりして……つい避けちゃって」

「ううん、いいの。いきなり抱きつこうとしたわたしが悪いんだもの……」

そうは言っても、残念なのは変わらない。フィルを……抱きしめてみたかったのに。

わたしはフィルをじーっと見つめた。

「あのね……わたしもフィルのことが大好きなの」

「え、えっと……ありがとう。ぼくもお姉ちゃんのことが……」

「だからね、抱きしめていい？」

とわたしが真剣な表情で尋ねてみる。

フィルは口をぱくぱくさせ、耳を真っ赤にして恥ずかしがっている。でも、嫌がられているわけじゃなさそうだ。

あと一押し！

そう思って、わたしはフィルに手を伸ばそうとしたけれど……わたしはとんとんと肩を叩かれた。

振り返ると、アリスがにっこりと笑っていた。

しまった……。

アリスの存在を完全に忘れてた！

アリスは灰色の目でわたしを見つめる。

「ダメですよー、クレアお嬢様。フィル様が恥ずかしがっているじゃないですか」

「で、でも……」

「代わりにあたしならいくらでも抱きしめていいですから！」

と言って、アリスが両腕を広げてみせる。

わたしは肩をすくめた。

「……アリスは……今は……いいかな」

「あら、残念。お嬢様はフィル様にご執心なのですね」

「ご執心って……」

「これは……フィル様が王太子殿下の強力なライバルになるかもしれませんね」

「フィルがアルフォンソ様のライバル？」

どうしてそういうことになるんだろう？

アリスは肩をすくめた。

「だって、王太子殿下はクレアお嬢様の婚約者じゃないですか。お嬢様をめぐって、フィル様と王太子殿下が三角関係になると思うと、面白い……じゃなくて、大変なことになりますね！」

アリスはくすくす笑った。

なるほど。そういう考え方もできるかもしれないけど。

でも、フィルはまだ十歳だし。それに、前回の人生では、王太子殿下もフィルも、わたしじゃなくて、聖女シアのことが好きだった。

三角関係になるのは、シア、王太子殿下、そしてフィルの三人だ。今回も、わたしが三角関係の中心になったりすることはないと思う。

「クレアお姉ちゃんって、婚約者がいるの？」

「ええ。王太子アルフォンソ殿下が、わたしの婚約者」

まあ、遠からずその婚約は破棄されることになるんだけどね、とわたしは心のなかでつぶやいた。

なぜかフィルは、瞳を曇らせて、うつむいていた。

どうしたんだろう？

心配になって尋ねようと思ったけど、その前に、アリスがぽんと手を打った。

「お嬢様とフィル様の熱愛っぷりを見て、思わず用件を忘れるところでした！　旦那様と……ダミアン様がお呼びです」

わたしはダミアンという名前を聞いて、固まった。

ダミアンはわたしの叔父だ。

フィルが養子にならなければ、本来、公爵家の次の当主となるはずだった人でもある。

そして……ちょっと困りものの人物でもあった。

あたしのご主人さま：con Alice la Creutz

あたしの家は貧乏だった。

クロイツ準男爵家の娘アリス、なんて呼ばれても、あたしは、ちっとも貴族らしくはない。

リアレス公爵領の片隅に、領地とも呼べないような切れ端の土地を持っているのが、クロイツ準男爵家だ。

家計は火の車で、リアレス公爵家に従属して、やっと生活が維持できている。

そういう家の子どもは、上級貴族の家に、行儀見習いとして奉公に出されることが慣習で、わたしも例外じゃなかった。

わたしはリアレス公爵家のメイドになり……そして、クレアお嬢様に出会った。

初めてお屋敷にやってきて、広間で二つ年下のそのお嬢様を見た時、わたしはため息をついた。

……やっぱり、本物の貴族様は違う。

幼いのに、クレアお嬢様にはとても品があって、そして可愛らしくて、豪華なドレスがぴったり似合っていた。

理想の公爵令嬢、というのがいるとすれば、こういう方のことを言うんだと思った。

クレアお嬢様は、王太子殿下の婚約者、つまり未来の王妃様だった。

……あたしとは、遠い存在だ。あたしも、リアレス公爵家の政略結婚の駒として扱われることになるとは思う。でも、最下級貴族のあたしは、王族や貴族じゃなくて、お金持ちの平民の結婚相手として利用されるぐらいだ。それが悪い、とは必ずしも言えないけれど。クレアお嬢様とあたしが、まったく異なる存在なのは明らかだった。

でも、クレアお嬢様は、初めて会うあたしに、手を差し伸べた。

あたしがびっくりしていると、クレアお嬢様は綺麗に微笑んだ。

「あなたは良い人？　それとも悪い人？」

「すごく悪い子のつもりはないですが、良い子だとはあまり言われません」

「どうして？」

「冗談が過ぎるのだそうです」

あたしが肩をすくめて答えると、クレアお嬢様はくすくす笑った。

「それなら、わたしにはぴったり。わたし、冗談好きな人が好きなの」

そう言って、クレアお嬢様はいたずらっぽく片目をつぶってみせた。

あたしは……なぜか、どくんと胸が跳ねるのを感じた。

しばらくして、あたしはクレアお嬢様の専属メイドになった。それは、あたしが一応貴族の娘だからだ。でも、もう一つ理由があった。

クレアお嬢様があたしのことを気に入ってくれたのだ。

歳の近いあたしたちは、すぐに仲良くなった。クレアお嬢様は、真面目で優しくて、そしてとても可愛らしい女の子だった。

そんな子が、少し年上なだけなのに、あたしのことをまるで姉みたいに頼ってくれて。

弟も妹もいないあたしにとって、クレアお嬢様は大事な妹みたいな存在だった。だから、あたしもクレアお嬢様の前では、少し背伸びしてお姉ちゃんらしく振る舞っていた。

そんなあたしにとって、一つだけ気がかりなことがあった。

クレアお嬢様は、立派な王太子殿下の婚約者になろうとすごく努力している。その不思議なくらいのひたむきさには、いつも驚かされた。

クレアお嬢様は、それぐらい、王太子殿下のことが好きで……そして、責任感が強いんだ。あたしもクレアお嬢様が王妃様になる日が楽しみだったけれど……。

クレアお嬢様は、あまりに真面目すぎる。

もし、万一、クレアお嬢様が王妃になれないことになったら……そのとき、クレアお嬢様はどうなってしまうんだろう？　きっと心が折れて……そして……。

だから、あたしは、クレアお嬢様に、他にも大切なものを見つけてほしかった。

そんなクレアお嬢様の様子が、最近、少し違う。

弟のフィル様がお屋敷にやってきたからだ。

初めてできた弟を、クレア様はとても甘やかしていて。フィル様もとても幸せそうに、それを受け入れている。

そんな二人を見ていると、あたしまで嬉しい気持ちになってきて、ついついにやついてしまう。

クレアお嬢様をとられちゃったみたいで、少し寂しい気持ちもあるけれど。でも、クレアお嬢様が幸せそうなのが、あたしにとってはずっと大事だ。

最近、お嬢様は王妃になるための勉強をさぼりがちで、本当は注意しないといけないのだけれど。

たまにはそういうこともあっていいかなあ、なんて思う。

こんな平和で楽しい時間がいつまでも続けばいいのだけれど。

クレアお嬢様が王妃様になって、フィル様が公爵様になって、あたしは別の家に嫁いで。

きっとあたしたちは離れ離れになる。

でも、今はまだ、あたしはクレアお嬢様の専属メイドで……姉代わりだ。

美しく豪華な公爵屋敷の廊下を、あたしは足取り軽く歩き始めた。

第二章

洞窟と夜の魔女

I　フィルが公爵様にふさわしいって証明します！

わたしとフィルは、部屋を出て、父である公爵の執務室へと向かった。

困り者のダミアン叔父様が訪れているらしいけど……何の用だろう？

執務室は二階の中央にある。最も良い部屋で、屋敷の豪華な庭園も綺麗に見下ろせる。

といっても、今は冬なので、庭園も真っ白な雪に覆われてしまっているけれど。

わたしとフィルは部屋のドアの前に立った。

黄金の獅子をかたどったドアノッカーをわたしは叩く。黄金の獅子は、リアレス公爵家の紋章だ。

「入れ」

低い声が返ってくる。父の声だ。

「失礼します」

わたしがフィルの手を引きながら、部屋に入ると、中央の執務机に父はいた。

父は緋色の豪華な椅子に座っている。この国では、赤は高貴な色だから、緋色の椅子に座れるのは公爵以上の特権だ。

父の背後には、赤の布地に黄金の獅子をあしらった公爵家の紋章旗が掲げられている。

座れ、というように、父はあごをしゃくった。わたしは慌てて、一礼してから手前のソファに腰掛ける。

フィルはびくびくしながら、わたしの隣にちょこんと腰掛けた。そして、わたしの服の裾をつまむ。

フィルに頼られて嬉しいけど……正直、わたしも父が怖い。

父の前では、前回の人生でも、今回の人生でも、やっぱり緊張する。

カルル・ロス・リアレス公爵。

それがわたしの父の名だ。

名門貴族の当主らしい威厳に満ちている。わたしはいま十二歳だから、父の年齢は三十五歳のはず。

髪も目も焦げ茶色のわたしと違って、父は金髪碧眼だ。いかにも貴族らしい見た目とも言える。

体つきは細めだが筋肉質で、顔立ちも端整だ。

目つきが怖くなるぐらい鋭かった。

前回の人生では、父はわたしに冷たかった。

特段ひどい扱いを受けたということはなかったけれど、きっと政略結婚のための道具だとしか思っていなかったと思う。

父はいつもわたしに無関心だった。

だからといって、わたしは父のことが嫌いかといえば、そうでもなかった。

父は謹厳実直を絵に描いたような見た目で、性格も真面目そのもの。

大貴族だが、妾《めかけ》の一人も囲っていないし、酒に溺れるようなこともない。

有能な領主として、王家の忠実な臣下として、若いけどかなりの名声を得ている。

苦手ではあるけれど、尊敬はできる。

父はそんな人だった。

そんな父が、わたしとフィルを呼び出した。

「クレアとフィル君、そしてダミアンに来てもらったのは、外でもない、公爵家の後継者のことだ」

父が重々しく、ゆっくりと言う。

後継者？

それなら、王族のフィルが後継者になるということで、話はまとまっているはずだけれど。

そういえば……ダミアン叔父様もいるんだった。

わたしがきょろきょろとあたりを見回すと、叔父様は部屋の隅っこにいた。

足を組んで、傲然《ごうぜん》と椅子にふんぞり返っている。

「お久しぶりですね、叔父様」

とわたしが思わず言うと、ダミアン叔父様は「あん？」と怪訝《けげん》そうな顔をした。

「久しぶり？　こないだも晩餐会で会ったばかりだろうが」

しまった。

中身十七歳のわたしは、前回の人生では長いことダミアン叔父様には会っていなかった。

けど、十二歳のわたしは、数日前に叔父様と会っているみたいだった。

そして、わたしはたった二日前に十二歳の自分に戻ったばかり。だから、こういうミスもしてしまう。

だが、ダミアン叔父様は「まあ、いいか」とつぶやくと、どうでも良さそうにあくびした。

細かいことを気にしない人で助かった。

叔父様はフルネームでダミアン・ロス・リアレス。父の年の離れた弟だ。二十代後半のはず。見た目は父とよく似ていて、すらりとした体型の美男子である。

でも……。

まだ昼間なのに、叔父様の顔は赤い。

きっと酒を呑んできたばかりなんだ。というか、今も片手に酒瓶を持っていた。

葡萄粕酒《アグアルディエンテ・デ・オルホ》という強いお酒が叔父様はお気に入りだった。

いつも叔父様は酒浸りなのだ。

叔父様は公爵領の隅っこに領地をもらい、男爵を名乗っている。

が、領地のことはほったらかしで、金遣いも荒い。

たくさんの美女を妾として囲い、食事も豪勢かつ高価なものばかり用意している。

だから、叔父様はいつも借金まみれで、その一部を公爵家が肩代わりしていた。

要するに……叔父様は典型的ダメ人間なのだ。

どうしてフィルがうちに養子として迎え入れられたのか、という理由の一つは、この叔父にある。

ダミアン叔父様に公爵家を継がせるぐらいだったら、王族の年少者を後継者にしたほうがマシ。

それが父と重臣たちの結論だった。

ダミアン叔父様は、焦点の合わない目で、わたしたちを見つめる。

「そいつが、王家からただでもらってきたガキか」

びくっとフィルが震えて、わたしにしがみつく。

父にしてもダミアン叔父様にしても、フィルにとっては怖いことには変わらないだろう。

わたしはフィルの肩をしっかりとつかみ、安心させようとする。

そして、叔父様を睨み返した。

「そういう言い方はないでしょう、叔父様」

「事実だろ？　俺を公爵様にしたくないから、何も役に立たないガキをもらってきたわけだ」

にやにやと、ダミアン叔父様は言う。ひねくれ者の叔父は、公爵家の後継者になれなかったことで、だいぶ荒れているらしい。

気持ちはわからなくもないが……けど、フィルのことを悪く言うのは許せない。

「フィルは何も役に立たない子なんかじゃないわ。将来は立派な公爵様になるんだもの。フィルは優しいし、頭もいいし、王家の血も引いているし――」

「ああ、ご立派、ご立派。たとえ娼婦《しょうふ》の腹から生まれた子でも、王族が生ませたガキには違いねえからな」

わたしは一瞬、頭が真っ白になった。

娼婦の子？

フィルが？

「いい話を王都の知り合いから聞いたのさ。このガキの父親、セシリオ・エル・アストゥリアス親王殿下は、俺と同じでろくでなしらしいぜ。手当り次第に怪しげな女に手をつけ、ガキをぽんぽんと生ませた」

「……それで？」

「で、余ったいらない子どもは、手頃な貴族の家に捨てているわけだ。そこの小僧みたいにな。だが、そんな下賤な母親のガキが公爵様にふさわしいか？　もっとマシなやつがいるだろ？」

わたしは言葉を失った。

フィルが実家で「いらない子」と呼ばれていたのも、王族らしくない特技があるのも、それが理由なのかもしれない。

昔の……前回の人生での十二歳のわたしなら、もしかしたら、母親の身分が低いフィルのことを見下していたかもしれない。

でも……今のわたしは身分が低くても、優秀で優しくて、素晴らしい子を知っている。

シアだ。

あの子は平民だったけど、聖女に選ばれ、王太子にもみんなから好かれていた。そして、わたしにとっても、たった一人の、本当の友達だった。

公爵令嬢のわたしより、シアはずっと良い子だった。

だから……きっと、生まれなんて関係ない。きっと、フィルは叔父様より、そしてわたしより、ずっと公爵にふさわしい。

叔父はへらへらと笑い、父に話しかけていた。

「おい、兄貴。こんなガキがホントに未来の公爵様にふさわしいとでも思ってんのか？　王家の人間たちも馬鹿にしてるぜ。王家にしても、娼婦の子なんかじゃなくて、もっとましなやつを寄越《よこ》すべきだったな……」

父は苦虫を噛み潰したような顔をしていた。

もしかしたら、父もダミアン叔父様と似たようなことを考えているのかもしれない。

フィルが後継者でなくなったら、フィルはこの家からいなくなってしまう。当然、わたしとも離れ離れだ。

それは……嫌だ。せっかくこんな可愛い弟ができたばかりなのに！

フィルが怯えたように、黒い綺麗な瞳に涙をためて、わたしを見上げる。

「クレアお姉ちゃん……ぼくは……」

わたしはフィルの黒い髪をそっと撫でて、そして微笑んだ。

「いいの、安心して。どんなことがあっても、わたしはフィルの味方で……お姉ちゃんなんだから」

フィルは驚いたように目を大きく見開いた。そして、白い頬を赤くして、「ありがとう」とつぶやいて、わたしにますますぎゅっとしがみついた。

わたしはふたたび叔父に向き直る。

叔父がダメ人間なのを、わたしは責めようとは思わない。わたしには関係のないことだから。

でも……フィルを傷つけるのなら、許さない。

わたしは立ち上がり、そして叔父様をまっすぐに見つめた。

「この公爵家の後継者にふさわしいのは、たった一人。フィル・ロス・リアレス……わたしの弟だけなんだから！」

わたしははっきりと、次の公爵にふさわしいのはフィルだと宣言した。

フィルも驚いていたし、あの冷徹《れいてつ》なお父様すら意外そうに眉を上げた。

ダミアン叔父様も例外じゃない。

わたしの剣幕《けんまく》にダミアン叔父様は気圧されたようだった。一瞬、真顔になり、「しかし……」となにかつぶやこうとしていた。

だけど、すぐに叔父様はにやけ顔に戻った。

「クレアはこのフィルとかいうガキを気に入っているみたいだがな。他の連中は納得しないぜ」

「なぜ？」

「毛並みのいい王族だから、重臣連中はこのガキを後継者とすることに同意したんだ。それが娼婦の子だなんて知れれば、どうなるか、考えてもみろよ」

わたしは黙った。

もちろん、わたしはフィルが娼婦の子であってもなくても、フィルを後継者とすることに賛成だ。

でも、フィルはもう、わたしの弟なんだから。

でも、娼婦の子であると知れれば、たしかに重臣や他の親族は、フィルを後継者とすることに反対するかもしれない。

名門のリアレス公爵家次期当主が娼婦の子というのは、権威に傷がつく。領内の統治に支障をきたす可能性もある。

だから、フィルではなく、別の王族なり貴族なりの子弟を養子に迎えようという話が出てもおかしくないのだ。

……困った。

このままじゃ、フィルがこの家からいなくなっちゃう。

わたしの弟ではなくなってしまう。

それだけは……絶対に嫌だ！

解決策を考えなければいけない。

前回の人生では、こんな問題は発生せず、フィルは公爵家の後継者のままだった。

いや……わたしの知らないところで、誰かが問題を解決していたのかもしれない。

ダミアン叔父様以外にも、フィルの血筋のことを聞きつけて、難癖をつける人間はいくらでもいそうだ。

もし……前回も、こんな問題が発生して、解決したのなら、どうやったんだろう？

「……フィルが公爵様にふさわしいことを証明すれば良いのですよね？」

「あん？　まあ、そうだろうが、そんな方法あるか？」

叔父様が怪訝そうな顔をする。

あるはずだ。

だって、前回の人生では、フィルは公爵家の後継者だったのだから。

わたしは考えた。

前回の人生で、十二歳のとき、フィルがやってきたときにあったこと……。

何か変わったことがあったはずだ。

……アリスが洞窟で死んだことが、わたしの知っている範囲の最大の事件だ。準男爵令嬢でもあるアリスの死は、屋敷でもかなりの騒ぎになった。

でも、それが公爵家の後継者問題につながるだろうか。

洞窟へ行くこと。

フィルが公爵様にふさわしいと証明すること。

……そうだ。

リアレス公爵家には当主の座にふさわしいことを示す、古い儀式があったはずだ。

その内容は……公爵領にある「ゴドイの洞窟」から、天青石《てんせいせき》と呼ばれる美しい宝石をとってくること。

初代リアレス公爵は、隣国のアレマニア専制公国と戦った英雄だったらしい。だけど、歴史に名を残したのは、もっと別の事業だった。

それは、領内の洞窟から、多くの希少な鉱物を生産できるようにしたことだ。

現在も、美しい宝玉や資源となる鉱石は、リアレス公爵領の特産品となっている。リアレス産の鉱物はカロリスタ王国中に流通していた。

だから、リアレス公爵家の当主にふさわしいことを示すための伝統的な儀式は、自力で洞窟から宝玉をとってくることとなっていた。

採掘してくる宝玉は天青石。これは、最高級の宝石で、同時に危険な洞窟にしか存在していない。

儀式にはぴったりというわけだ。

時代を経て、この儀式は形式的なものとなっていて、すべての次期当主が行うものではなくなっていた。

でも、伝統は生き続けている。すべての当主が行えたわけではないからこそ、フィルが達成すれば、みんなフィルのことを認めてくれると思う。

この儀式に成功したからこそ、前回の人生で、フィルは公爵家の後継者になったのだ。

同時に……この儀式でアリスは命を落とした。

フィルとアリスの二人は、洞窟に遊びに行ったわけじゃなかったんだ。

考えてみれば、当然だ。

あの内気で優しくて、本が大好きなインドア派のフィルが、危険な洞窟に遊びに行くとは思えない。

もしそんなことをしようとしても、しっかり者のアリスが止めるはずだ。

たぶん、フィルを後継者とするために、アリスは儀式のサポートをして命を落としたんだ。

どうしてアリスがフィルを助けようとしたのかはわからない。けど、前回の人生で二人は仲が良かった。

それに、使用人たちもみんな、ダメ人間のダミアン叔父様が後継者となりませんように、と祈っているし……。

そういうことだったんだ。

すべてがつながった。

前回の人生のわたしは、何も知らなかった。アリスがフィルのために命を落としたことも、フィルが娼婦の子だったことも。

だけど、今回のわたしは、知ってしまった。そして、フィルの姉でいたいと思った。なら……。

わたしは天青石を洞窟で獲得するという儀式を、お父様に提案してみた。なぜかダミアン叔父様がとても驚いた顔をしていたが、今は叔父様にかまっている場合じゃない。

「いかがでしょうか、お父様」

わたしは緊張しながら、父の意向を尋ねた。

父はまだ、ほとんど発言していない。

父は威厳のある顔に、かすかな笑みを浮かべた。

鋭く青い目を見開き、そしてゆっくりと言う。

「実のところ、フィル君を当主であると皆に認めさせるには、何かしらの対応が必要だと私も思っていた」

「なら……」

「儀式に成功すれば、フィル君は後継者のままとしよう。もし失敗すれば、そのときは……」

父は先を言わなかった。

廃嫡《はいちゃく》および養子縁組の取りやめもありうるということだろう。そうなれば、フィルはこの屋敷にいられなくなる。

「だが、このガキがたった一人で儀式を成功させることはできないぜ」

ダミアン叔父様が言う。

たしかに、十歳のフィルだけで、天青石をとってくるのは難しいかもしれない。

だけど。

「たしか、儀式には介添人《かいぞえにん》が一人だけ参加を認められていましたよね？」

「ああ」

「では、フィルの介添人はわたしが務めさせていただきます」

わたしがきっぱりと宣言すると、叔父様は目を見開き、父は無表情だった。

「いいだろう」

と父は言う。

「ダミアン、もしフィル君とクレアが儀式に成功すれば、もう文句は言わないかね？」

「ああ……。なんなら、他の親族や重臣連中の前で、フィルを後継者として認めてやってもいい。まあ、無理だろうけどな」

吐き捨てるように、叔父様は言った。

これで儀式に成功すれば、フィルは後継者として認められる。わたしの弟でいてくれる。

だけど……儀式には危険が伴う。

前回のアリスは、ひとりぼっちのフィルを心配して介添人を務めたんだろう。そして、命を落とした。

なら、今回はその役割をわたしが引き受けることになる。つまり……わたしが死ぬ可能性もあるということだ。

……それでも、わたしはフィルの力になりたい。

だって、わたしはフィルの最高のお姉ちゃんになるんだから。

あとは、フィルがどうしたいか、が問題だ。

わたしはフィルを振り返り、そして身をかがめて、目線を合わせた。

フィルは宝石みたいな黒い瞳で、わたしを不安そうに見つめ返した。

「フィルは……儀式なんてしないこともできるの。公爵家の後継者にならずに、王家に帰ることも、できると思う」

「クレアお姉ちゃんは……どうしたらいいと思う？」

「わたしはフィルにいてほしい。フィルみたいな弟がほしいって思ってたんだもの。だけど、最後は……フィルが決めることだと思うから」

フィルはじっとわたしを見つめ、そして、首をふるふると横に振った。

「ぼくは……あの家に帰りたくない。あそこではぼくは『いらない子』だったから。だけど……クレアお姉ちゃんは……」

フィルはそこで、ためらうように言葉を切った。

わたしはフィルに微笑んだ
「わたしはフィルのことを必要としてる」

「ぼくも……クレアお姉ちゃんと一緒にいたい。だから、儀式に挑戦してみる。そうすれば……ぼくは……お姉ちゃんの弟でいられるんだよね？」

「ええ。そして、次の公爵様にもなれる。きっと、あなたはみんなから必要とされる存在になれるから」

フィルは嬉しそうに微笑み、そして瞳からポロポロと涙をこぼして、「ありがとう」とつぶやいた。

わたしはフィルの涙を指先でぬぐい、くすっと笑った。

「泣くのはまだ早いわ、フィル。儀式に成功した後にしましょう？」

フィルはこくこくとうなずき、そして、ぎゅっとわたしにしがみついた。

儀式が成功して、フィルが次の公爵様に決まって、わたしの弟でい続けることができれば……いくらでも泣いていい。

わたしがフィルを抱きしめてあげるから。

儀式は成功させないといけない。

それがアリスを救うことにもつながり、わたしの破滅の回避にもつながる。

そうすれば、わたしはフィルの最高の姉に一歩近づけるだろう。

わたしはお父様に、そしてダミアン叔父様に宣言した。

「フィルが……公爵様にふさわしいことを、姉であるわたしが証明してみせます！」

Ⅱ　ずっと……一緒にいてくれる？

……ああ、緊張した！

わたしは自分の部屋に戻ってきて、ほっとため息をついた。

かっこよく宣言してみたものの、冷や汗をかきまくりだった。

フィルは天青石をとってきて、次の公爵様にふさわしいことを証明する必要がある。

そのためには、フィルとわたしはゴドイの洞窟という場所にいかないといけない。

その準備をしないといけないけど……まずはちょっと休憩したい。

お父様も叔父様も、わたしは別の意味で苦手だった。二人と話して、すごく疲れた。

フィルも同じみたいだった。一緒に部屋に戻ってきたフィルは、ぎゅっとわたしの手を握っていた。

部屋の扉をぱたんと閉めると、フィルがわたしを見上げた。

「あの……クレアお姉ちゃん」

「なに？」

「……ごめんなさい」

「どうして謝るの？」

「だって……ぼくのせいで……クレアお姉ちゃんを巻き込んじゃった」

「フィルは何も悪くない。わたしがフィルの力になりたいだけだから。ね？」

そう言ってわたしはフィルの黒い髪を撫でた。ふわふわで、とてもさわり心地が良かった。フィルは恥ずかしそうに、でも、「ありがとう」と小声でささやく。

「ぼくは……クレアお姉ちゃんを頼っていいの？」

「もちろん！　わたしはあなたのお姉ちゃんなんだもの」

フィルはこくこくとうなずき、白い頬を赤くした。

フィルがわたしの弟でいてくれるなら、どんな危険なことだってする。

とはいえ、前回の儀式では、ゴドイの洞窟で、メイドのアリスがフィルをかばって事故死している。

そして、前回と今回では、アリスとわたしの役割が入れ替わっている。

要するに、アリスの代わりに死ぬのは、わたしということになるわけだ。

つまり……自分で望んだこととはいえ、わたしはかなり危機的な状況に置かれていることになる。

「痛っ……」

急に腕に変な痛みがはしり、わたしは自分の腕を見つめる。

右腕の肘より下に、赤い不思議な模様が現れている。四角や丸が組み合わさった幾何学的な模様で、シンプルなのに、ひどくおぞましく見えた。

これって……前回の人生で、わたしが処刑される直前に現れた模様とそっくりだ。

破滅の模様……ということなんだろうか。

わたしは慌ててドレスの袖で腕を隠していた。

困った。

前回の人生で、わたしは王太子に婚約破棄されて、殺された。だから、そんな運命は回避しないといけないと思っていた。けれど、それは五年後のことだった。

まだまだ時間はある。

ところが、急に死の運命が迫ってきた。

このまま、フィルと一緒にゴドイの洞窟に行けば、わたしが死ぬかもしれない。

でも、儀式をクリアしなければ、フィルは公爵家の後継者ではなくなってしまう。わたしの弟じゃなくなっちゃう。

もちろん、逃げ出すこともできる。

わたしは洞窟に行かない。フィルには王家に帰ってもらう。

自分のことだけ考えれば、それが一番だ。

目の前の危険だけじゃなくて、フィルがいなくなれば、五年後の破滅の運命も変えられるかもしれない。

でも……わたしはその道を選ばなかった。フィルの介添人として儀式を成功させると宣言した。

だって、フィルはここにいたいと言った。わたしを頼ってくれた。

わたしの弟でいたいと言った。

なのに、わたしがフィルを見捨てるなんてできない。

前回の人生のわたしはフィルに冷たかった。何も姉らしいことをしなかった。

だから、代わりにアリスがフィルの姉代わりとなって、フィルを助け、そして死んだ。

でも、今回は違う!

フィルの姉は……わたしだ。

わたしがフィルと一緒に洞窟に行くことで、フィルを助け、そしてアリスの死の運命も回避できる。

「前回」と「今回」は違う。

わたしがフィルと一緒に洞窟に行ったからといって、死ぬとは限らない。

二人で儀式を成功させる。そして、フィルをこの公爵家の当主として認めさせる。

フィルはわたしの弟だ。

ずっと黙ったままのわたしを、フィルが心配そうに見上げる。

「……クレアお姉ちゃん？」

いけない。

フィルを心配させるなんて、姉失格だ。

わたしはにっこりと微笑む。

「大丈夫。心配しないで。それより、ちょっと休みましょう。フィルも疲れたでしょうし……わたしも疲れちゃった」

わたしが大きく伸びをすると、フィルも微笑んでくれた。

どちらにしても、今すぐ洞窟に行かないといけないわけじゃない。

儀式は一週間後だ。

自分の部屋に帰って休んでもいいよ、とわたしはフィルに言ったけど、フィルは首を横に振った。

わたしの部屋にいたい、とフィルは言ってくれた。

それがわたしには嬉しくて……とても穏やかな気持ちになる。

気持ちが落ち着くと急に眠気に襲われてきた。中身が十七歳でも、わたしの身体はまだ十二歳。

頻繁に眠気に襲われるのは、子供だからだろうか。

フィルは部屋の椅子に、ちょこんと可愛らしく座っている。

わたしもベッドに腰掛け、そして、まぶたを閉じた。

少しだけ、うつらうつらするぐらいなら、平気だと思う。

大丈夫……すぐに目を覚ますはず……。

次の瞬間、わたしの意識は完全に睡魔に奪われた。

それは夢のような時間で：con Phil el Asturias

フィル・エル・アストゥリアス
それが、ぼくの名前だった。

でも、ぼくは……この名前が嫌いだった。

エル・アストゥリアスは、カロリスタ王国の王家の人が名乗る名前だ。

だから、ぼくも一応、王族ということになる。

でも……ぼくは、余り物の「いらない子」だった。

ぼくの父親セシリオ・エル・アストゥリアス親王にはたくさんの子どもがいた。それだけ多くの女の人が、お父様の周りにはいた。

ぼくの本当のお母様は、ぼくを生んだせいで病気にかかり、亡くなったらしい。

お母様がくれたのは、「フィル」という名前だけだった。最期の言葉は、「こんな子……生まれてこなければ良かった」だった。

使用人の一人が教えてくれた。

お母様は「ショウフ」だった。幼い頃のぼくにはその意味がわからなかったけれど、今ではそれが「娼婦」だということを知っている。

ぼくはお父様からも、お父様の本当の奥様からも、兄弟からも、使用人たちからも、疎まれていた。フィルなんて、いらない。生まれてこなければ良かった。

みんながぼくのことをそう言った。

他の兄弟たちは、上品な服を与えられて、たくさんおもちゃを与えられて、甘やかされていた。でも、ぼくは使用人に混じって働かされた。おかげで、料理をすることもできるようになったけれど、ぼくの味方は誰もいなかった。

誰もぼくには優しくしてくれなくて、ぼくの友達は本だけだった。

この先も、ずっとぼくはひとりぼっち。ずっと……ずっと。

お母様がつけたフィルっていう名前も、エル・アストゥリアスというお父様の家名も大嫌いだ。

そう思ってたある日、お屋敷に一人の男の人がやってきた。

その人は背が高くて、とても威厳があった。

怖そうな人だった。

その人は、リアレス公爵と名乗って、そして、ぼくを養子にすると言う。

手続をするから、一週間後にリアレス家に来るように、と彼は言った。

そうして、何もわからないまま、ぼくはリアレスのお屋敷に送られた。

でも、べつに……どうでもよかった。

どうせ、ぼくは誰にも必要とされていない。きっと、新しいお屋敷でも、ぼくのことなんて、すぐにいらなくなる。

そう思っていた。

あの人に……クレアお姉ちゃんに会う前は。

屋敷に到着したとき、ぼくは大勢の人に囲まれて、怖くなった。

実家にはたくさんの使用人がいたけれど、彼らはいつもぼくに暴力を振るった。

怖い……。

思わず逃げ出したくなって、でも、どこにも逃げる場所はなくて。

そのとき、出迎えの人たちのなかに、たった一人だけ、違った雰囲気の人がいた。

その人はぼくと同じぐらいの歳の女の子だった。

深い茶色の髪は長くて、とてもつややかだった。同じ茶色の瞳は、綺麗に澄んでいて、ぼくをまっすぐに見つめていた。

淡い桃色のドレスに身を包んだその子は、とても……美しくて……優しそうだった。

そして、ぼくにその白くて細い手を差し伸べてくれた。

ぼくは思わず、その子のほうへと駆け出した。

その子の前に立つと、ぼくはどうしたらいいかわからなくなって、でも、その子に触れてみたくて、そっとドレスの裾をつまんだ。

こんなことして……怒られないかな。

急にぼくは怖くなった。

見上げると、その女の子は微笑んだ。すごく……可愛かった。

美少女って言葉が、これほど似合う人に、ぼくは会ったことがなかった。

その子は、ぼくの髪を優しく撫でた。

「安心して。わたしはクレア・ロス・リアレス。あなたの味方だから」

「……クレア、様？」

「そう。あなたは？」

「ぼくは……フィル・エル・アストゥリアスです」

「今日からあなたはフィル・ロス・リアレス、ね。あなたはわたしの弟だもの」

その子は……クレアお姉ちゃんは、ぼくを「フィル・ロス・リアレス」と呼んだ。

どくんと心臓が跳ねる。

フィル・ロス・リアレス……それが、これからのぼくの名前。

嫌いじゃない。

フィルって名前も、クレアお姉ちゃんに呼ばれるなら、悪くない気がする。

それに、クレアお姉ちゃんはぼくのことを弟だと言ってくれた。

「あなたがぼくの姉上……？」

クレアお姉ちゃんは、とても嬉しそうに、目を輝かせてうなずいた。

その表情は、ぼくが生まれてから見たもののなかで、一番綺麗だった。

「わたし、ずっと弟がほしかったの」

クレアお姉ちゃんはそう言って、ぼくを弟として受け入れた。

屋敷を案内してくれて、寒さに震えるぼくに服を貸してくれた。

そして、ぼくを必要な存在だと言ってくれた。この公爵家にとっても、クレアお姉ちゃんにとっても必要だって言ってくれた。

ぼくみたいな弟が欲しかったって言ってくれた。

こんなに優しくされたのは初めてだった。

ぼくも、あなたみたいなお姉ちゃんが欲しかった。

そう言うと、クレアお姉ちゃんはすごく喜んでくれて、ぼくをいっぱい可愛がってくれた。

ちょっと恥ずかしかったけれど、でも、とても嬉しかった。

こんなぼくでも……必要としてくれている人がいる。

しかも、こんなに優しい姉が、ぼくのことを必要としてくれている。

ぼくが簡単なお菓子を作ると、クレアお姉ちゃんはすごく喜んでくれた。

誰かのために何かをして、喜んでもらうのも初めてだった。

次の日も、その次の日も、クレアお姉ちゃんはぼくと一緒にいてくれた。

ぼくに優しくしてくれて、ぼくのことを甘やかしてくれた。

それは夢のような時間で。

いつまでもこんな時間が続けばいいと思った。

だけど……。

ぼくが娼婦の子だって知られてしまった。

もしかしたら、公爵家の後継者ではいられなくなってしまうかもしれない。

でも、それ以上に怖かったのは、クレアお姉ちゃんに嫌われることだった。娼婦の子だって知ったら、クレアお姉ちゃんも、他の人みたいにぼくのことを嫌いになるかも……。

でも、そんなことなかった。

クレアお姉ちゃんはそれでもぼくのことを公爵家の後継者にふさわしいと言ってくれた。そして、「わたしの弟」だと言ってくれた。

危険な目にあってでも、ぼくと一緒にいたいと言ってくれた。

ぼくも……クレアお姉ちゃんの弟でいたい。

初めてぼくに優しくしてくれた人と、初めてぼくの家族になってくれた人と一緒にいたい。

だから、ぼくは危険な儀式に挑戦することにした。怖いけど……クレアお姉ちゃんが、力を貸してくれるから、きっと成功する気がする。

今、ぼくの隣に、クレアお姉ちゃんがいる。

クレアお姉ちゃんは、よっぽど疲れていたのか、ベッドの上で眠り込んでしまった。

お姉ちゃんはすやすやと寝息を立てている。

その顔をずっと見ていたくなって、ぼくはつい、クレアお姉ちゃんと同じベッドのなかに入ってしまった。

ぼくらは同じベッドの上で並んで寝る格好になる。

……まるで恋人みたいに。

本当はこんなこと、しちゃいけないと思うけど……。

でも……その白い頬を見ていると、胸がどきどきしてくる。ぼくはそっとクレアお姉ちゃんの頬に触れた。その肌はとても柔らかくて、心地よかった。

ぼくは……クレアお姉ちゃんのことが好きなんだ。だから、その体に触れたい、と思うんだ。

クレアお姉ちゃんのドレスの袖が少し光っている。不思議に思って、そっと袖をめくると、お姉ちゃんの腕には、不思議な赤い模様が輝いている。……とても……綺麗で、ぼくはその赤い光に魅入られた。

ぼくはそっとお姉ちゃんの手を握ってみた。

……クレアお姉ちゃんに婚約者がいるらしい。

お姉ちゃんの婚約者は、王太子殿下だという。

ぼくと違って、本物の王族だ。

ぼくなんかじゃ、きっと敵わない
でも、クレアお姉ちゃんは、「ぼくが望む限り」、ずっと一緒にいてくれると言ってくれた。

なら、ぼくが望めば……王太子殿下なんかじゃなくて……ぼくと一緒にいてくれるのかな。

王太子殿下との婚約なんて破棄して、ぼくと結婚してほしい。

叶うことのない願いかもしれない。

でも……。

今はまだ、ぼくはクレアお姉ちゃんの力になれなくて、守られてばかりだけど。

いつか、きっと、ぼくがクレアお姉ちゃんを守れるようになりたい。

王太子殿下よりも、ぼくのほうが、ずっとお姉ちゃんを大切にできるようになる。

「だから……クレアお姉ちゃん……一緒にいてほしいな。ぼくはそれをずっと望み続けるから」

Ⅲ　アリスは死なない

夢を見ていたみたいだ。

はっきりとは思い出せないけど、楽しい夢だった気がする。

王太子殿下も、お父様も、シアもわたしのそばにはいなかったけれど。

でも、フィルだけが一緒にいてくれた。フィルだけがずっと一緒にいてくれるって言ってくれた。

そんな夢だった。

わたしは寝ぼけながら目をこする。

そうだ。

少しだけ、眠ろうとして、完全にベッドに横になってしまったみたいだ。

かなり眠っちゃっていたかも……完全なお昼寝だ。

お屋敷のベッドの上に、わたしとフィルは一緒に並んで寝ていて……。

どきりとする。

……あれ？

どうして、フィルがわたしと同じベッドにいるんだろう？

すぐ目の前には、フィルの小さな顔があった。その黒くて美しい瞳が、わたしをじっと見つめている。

そして、フィルの白い手が、わたしの手を握っていた。

まるで……恋人みたいに。

「お、姉ちゃん……！　え、えっとね、これは……その……お姉ちゃんと一緒にお昼寝したくて……」

フィルは頬を赤く染めて、しどろもどろに言う。

そっか。

わたしが眠り込んでしまって、その後にフィルがわたしの隣にやってきたんだ。

わたしは自分の顔が赤くなっていくのを感じる。

慌てるようなことじゃない。

わたしは中身十七歳、フィルはまだ十歳。

きっと、フィルも眠くなって、お昼寝したくなっただけだと思う。

……だけど、なんだか、気恥ずかしい。

「フィル……その……えっと……手、なんだけど……」

「あ……ごめんなさい。嫌だった？」

わたしは慌てて首を横に振った。

嫌なわけない！　むしろとっても嬉しくて……。フィルが自分からわたしと手をつないでくれたんだから。

でも、少し恥ずかしい。いつもフィルを抱きしめようとしているわたしが言えたことじゃないけれど……。

わたしは微笑んだ。

「嬉しいなって思ったの。フィルがわたしの手を握ってくれて」

「本当に？」

「本当に」

わたしがそう言うと、フィルはぱっと顔を輝かせた。

そんなふうに喜んでくれるなら、手をつなぐぐらい、お安い御用だ。

抱きしめたくなるけど、ベッドの上で抱きしめるのは……問題があるかも。

フィルだって男の子なんだし。

同じベッドで寝て、手をつないでいる時点で、今更かもしれないけれど。

代わりに、わたしはフィルの白い頬をそっと撫でてみた。そして、フィルの宝石みたいな黒い瞳を見つめる。

フィルの長いまつげも、小さなみずみずしい唇も、白くて細い指も、ぜんぶ可愛かった。

でも、もっと大事なのは、フィルがわたしをお姉ちゃんと呼んでくれること。

こんなに可愛い弟を……奪われたりはしない。

聖女シアが現れるまでは……フィルはわたしのものだ。

わたしはフィルの最高のお姉ちゃんになるんだから。

目が覚めると、どうしても、これからわたしたちを待つ試練のことを思い出してしまう。

ゴドイの洞窟で天青石を取ってくる。その儀式が成功しなければ、フィルはわたしの弟ではいられない。

「……お姉ちゃん……ぼく……」

「安心して……。儀式のことなら、全部、お姉ちゃんがなんとかするから」

「……ありがとう。でも……ぼくは……何もできなくて……お姉ちゃんに迷惑をかけてばかりで……役に立たなくて……」

フィルは消え入るような声で言う。

わたしは静かに首を横に振った。

「フィルはわたしを『お姉ちゃん』って呼んでくれた。わたしにお菓子を作ってくれた。わたしの弟になってくれた。……わたしを必要としてくれた。だから、フィルは役に立たない子じゃないし、いらない子でもない。言ったでしょう？　わたしにとっては、フィルは必要な存在なの」

「本当に？　ずっと……一緒にいてくれる？」

「ええ。……フィルが望む限りは、ずっと一緒にいる」

わたしはフィルに微笑みかけ、そして、その手を握った。

フィルは一瞬びくりと震えたけど、でも、わたしの手を握り返してくれた。

その手はひんやりとしていたけれど、とても心地よかった。

たぶん、ずっと一緒にはいられない。

わたしはフィルとずっと一緒にいたいけど、それは叶わない願いだ。

わたしはフィルの姉だけど、フィルにとって、もっと大事な人がきっと現れると思う。たとえば、聖女シアだ。

もしシアがフィルを選んで、フィルもシアを選ぶなら、わたしはそれを祝福する。

そうなったら、フィルはわたしと一緒にいなくても、平気だ。

でも、いま、この瞬間、フィルのそばにいるのはシアじゃない。

フィルのお姉ちゃんの、わたしなんだから。

そう。

今、この場にいるフィルを可愛がれるのは、わたしだけ。

……やっぱり、フィルを抱きしめてみたくなってきた。

十歳のフィルを抱きしめることができるのは、姉であるわたしの特権だ。

そして、わたしはフィルの身体に手を伸ばし……。

と、そのとき、ノックとともに、メイドのアリスが部屋に入ってきた。

わたしたちは慌てて起き上がった。

アリスはベッドの上のわたしたちを見て、「まあ」と口に手を当てて驚いていた。けど、すぐににやにやとした笑みを浮かべた。

「クレアお嬢様……王太子殿下に浮気を疑われちゃいますよ？」

からかうようなアリスの口ぶりに、わたしは肩をすくめる。

子どもが一緒のベッドで寝ていたからといって、浮気だなんて言わない……と思う。

仮に殿下が浮気だと思っても、わたしは気にする必要なんてない。

先に浮気したのは、殿下の方だ。

前回の人生で、殿下は婚約者のわたしを捨て、聖女シアを選ぼうとした。

だから、今回の人生で、わたしがフィルと仲良くしていたって、責められる筋合いはない。

どうせ、いつか婚約は破棄されるだろうし、わたしもそれで構わないと思ってる。

今回は王太子の婚約者であることなんてどうでもいい。

婚約者なんて地位に縛られず、地味で堅実でいいから、好きなように生きていきたい。

フィルの姉であることのほうがずっと大事だ。

それに……。

わたしはアリスの顔をまじまじと見つめた。

アリスは不思議そうに首をかしげた。灰色の髪の毛と、黒いメイド服の裾がふわりと揺れる。

前回の人生では、わたしが十二歳のとき、つまりちょうど今年、アリスは死んでいる。

その理由は、おそらく公爵家の当主にふさわしいことを示す儀式で、アリスがフィルをサポートしたことにある。

アリスとフィルは、ゴドイの洞窟に行って、天青石を手に入れようとした。フィルを次の公爵様とするために。

そして、その洞窟での事故で、アリスはフィルをかばって死んだんだ。

前回のわたしは姉らしいことを何一つしなかったから、アリスが代わりにフィルを助けてくれたんだ。

でも、今回は違う。

フィルを助けるのは……わたしだ！

フィルのお姉ちゃんは、アリスじゃなくてわたしだから。

アリスはフィルに挨拶して、フィルも一応それに返事をした。

けど、すぐにフィルはわたしにしがみついて、わたしの陰に隠れてしまった。

わたしは微笑み、フィルの肩を抱いた。

アリスは首をかしげる。

「……ねえ、お嬢様」

「なに？　アリス？」

「……なにか心配事があるんじゃありませんか？」

思わず、どきりとする。

さすがわたしのことをよく知っているアリスだ。もともと察しがいいし、わたしが洞窟行きを不安に思っているのを見抜いたのかもしれない。

もちろん……わたしとフィルがこれから何をしようとしているのかは知らないけれど、それでも、何かある、とは気づいてくれたみたいだった。

アリスがぐいっと身を乗り出す。

「お嬢様……あたしに隠し事はなしですよ。あたしはいつでもお嬢様の味方なんですから……どんなときでも頼ってください」

アリスの優しい言葉に、わたしはつい、すべてを話しそうになった。

でも……わたしが儀式のことを話したら、わたしの代わりにアリスが行くと言い張るだろう。

そうしたら……前回と同じで、アリスが死んでしまう可能性がある。それだけは……絶対に避けないといけない。

わたしは不安を隠して、微笑んだ。

そして、アリスに言う。

「大丈夫。心配事なんてないから。でも……アリス……いつも、ありがとうね」

「きゅ、急にどうしたんですか?」

「アリスがわたしの味方でいてくれることが嬉しいの」

アリスは少し頬を赤くして、「変なお嬢様……」とつぶやいていた。

前回の人生で、アリスはわたしの姉代わりの女性だった。

お父様もお母様もわたしに冷たくて、兄弟もいなかったから、アリスだけがわたしの家族みたいな存在だった。

わたしが困ったときは、アリスが助けてくれた。落ち込んだときは慰めてくれた。

アリスは、わたしが王妃様になる日を心待ちにしてくれていた。

でも……アリスは死んでしまった。二度と会えなくなってしまった。

もっと一緒にいたかったのに。感謝の言葉も伝えたかったのに。

でも、今、アリスは目の前にいる。

救うことができる。

わたしとフィルが洞窟に行き、フィルが公爵様にふさわしいことを証明すれば、アリスが死ぬきっかけはなくなるはずだ。

でも、逆に言えば、その洞窟で死ぬのは、わたしかもしれない。

死ぬつもりはないけれど、でも、アリスにはありがとうと言っておきたかった。

わたしは立ち上がった。そして、フィルの手を引いて、書斎へ向かうために部屋を出ようとする。

洞窟について、事前に調べておかないといけない。

もし、わたしが死んじゃったら、フィルをよろしくね。

心のなかのつぶやきに、アリスは気づくことはできないはずだ。

でも、アリスはわたしの方を振り返り、呼び止めた。

「あたしも……クレアお嬢様にお仕えすることができて、本当に良かったです」

「ありがとう」

「お礼を言うのは、あたしの方ですよ？」

わたしは首を横に振った。

前回の人生で、わたしは誰からも必要とされなかった。

そんなわたしと違って、アリスは生きていれば、きっと多くの人に必要とされ続けると思う。

アリスは優しくて、冗談が大好きで、可愛くて、そして強い少女だからだ。

わたしにも、アリスが必要だ。

アリスは死なない。

わたしがフィルを助ける役目を引き受けたから、アリスの運命も変化したはずだ。

でも、フィルがこの家の次期当主となることは変わらない。変えさせない。

そして、わたしも生きて、フィルのそばにいる。

それを実現するために、儀式を成功させるんだ。

フィルがじっとわたしを見上げていた。

わたしも微笑み、フィルを見つめ返す。

「安心して、フィル。お姉ちゃんは無敵なんだから」

「無敵……なの？」

「……無敵ではないかも。でも、フィルのためなら、どんなことだってできる気がする！」

そうわたしが言うと、フィルは天使のような微笑みを浮かべて、うなずいてくれた。

きっと、儀式は成功する。天青石を手に入れて、フィルが公爵様にふさわしいと証明できる。

わたしはそう信じていた。

Ⅳ　いざ、冒険へ！

大昔。

この大陸には魔法があったという。

まだ神々と人間が親しく言葉を交わし、たくさんの小さな国がひしめいていた時代のこと。

日常生活から戦争まで、すべてに魔法があった。

けれど、魔法は失われた。

いま、わたしたちが生きる時代には、ほんの少しの奇跡以外に、魔法はまったく存在しない。

その代わり、この二百年でたくさん使われるようになったものが二つある。

一つは大砲やマスケット銃。戦争の道具だ。

もう一つが飛空艇……空飛ぶ船だった。

飛空艇は、飛空石という真っ赤な鉱物を消費して空を飛ぶ。

夢みたいな機械だ。

そして、わたしたちがゴドイの洞窟へ行くためにも、飛空艇を使う必要がある。

ゴドイの洞窟は他の天青石がとれる洞窟に比べれば、屋敷の近くにあった。

それでも、屋敷から少し距離のある丘の上にあるし、真冬のこの時期には、雪のせいで歩いて行くのは難しいからだ。

今日が儀式の当日だった。

わたしとフィルは、屋敷の離れの倉庫に来ていた。

「わあ……」

わたしは思わず声をもらした。

わたしとフィルの目の前にあるのは、小さな飛空艇だった。

二人がやっと乗れるかどうか、というぐらいの小さな船。

深い茶色の船体には、多くの機械が取り付けられている。

中央にある銀色の装置が、飛空石を使う動力機関だ。

フィルは興味津々といった感じで、飛空艇を見つめている。

フィルは薄い灰色のお出かけ用の服を来ていた。洞窟みたいな危ない場所に行っても平気な機能的な服で、分厚いジャケットと長ズボンの上に防寒具を羽織っている。

着飾っているわけではないけど、それでもフィルはとても可愛かった。

華奢な体だけど、こういう格好をすると、フィルも男の子らしさが出る。

わたしも普段みたいなドレスじゃなくて、冒険用の服を着ている。

そう。

これから、わたしたちは冒険に行くんだ。

怖いけど、ちょっとわくわくする。

一方、フィルは不安な様子で、わたしを見上げた。

「クレアお姉ちゃん……これに乗るの？」

「ええ。わたしとフィルで一緒に、ね」

「ええと……お姉ちゃんが運転できるの？」

「もちろん！」

わたしの答えにフィルは意外そうに目をぱちぱちとさせた。

そして、黒い瞳をきらきらと輝かせて、わたしを見つめる。

「すごい……お姉ちゃんって、何でもできるんだね」

尊敬の眼差しで見つめられ、ちょっと照れてしまう。

飛空艇の操作は、単に飛ぶだけだったら、そんなに難しいものじゃない。

小さい頃、わたしはよく飛空艇に乗って遊んでいた。

使用人の一人が使い方を教えてくれたんだ。屋敷の庭のなかしか飛んだことはないけど、空を自由に飛べるという体験は、とても楽しかった。

でも、そのうち、わたしはほとんど飛空艇には乗らなくなった。

飛空艇の乗り方なんて、王太子の婚約者が知っている必要はない。

父にそう言われて、わたしは飛空艇に乗るのをやめた。

でも……今回はそんなふうに自分のやりたいことを我慢するつもりはない。

だって、今回のわたしは未来の王妃様になるつもりなんてないんだから。

前回、王太子はわたしのことを捨てたし。今回も、きっと婚約は破棄される。

だから、冬が明けたら、飛空艇で遠くへ出かけてみよう。フィルと一緒に。

そのためにも、フィルを後継者として認めさせる必要がある。

そうしないと、フィルはわたしの弟じゃなくなっちゃう。わたしのもとからいなくなっちゃう。

もう荷物の準備もできている。

あとは、出発するだけだ。

屋敷の人たちの見送りはない。この儀式はフィルとわたしの二人だけで始めて、終わらせることに意味があるから、あえて重臣たちもここに来ていない。

心配させないように、アリスには何も言ってなかった。だから、わたしたち以外の誰もここに来ることはないはず。

そう思っていたら、後ろから呼び止められた。

「おい、ガキども」

金髪碧眼の青年がそこにはいた。

なかなかの美男子だけれど、酒に酔っているせいで、それも台無しだ。

「……ダミアン叔父様。何の用ですか?」

借金だらけのダメ人間、ダミアン叔父様がそこにはいた。

わたしはダミアン叔父様のことを許していない。

フィルのことを娼婦の子とか、役立たずとか、悪口を言った。

わたしの弟を傷つけようとした。

フィルはわたしの陰に隠れていて、ぎゅっとわたしの手を握っていた。

ダミアン叔父様はにやりと笑う。

「やめておけよ。ガキ二人で何ができる？　俺はロクでなしだが、おまえらだって無力なガキにすぎん。どうせおまえらは天青石をとってはこれないぜ」

「それで？」

「危ない目にあう前に、諦めるのも手だってことさ。このガキが当主になるなんて夢は捨てちまえ。こんなやつ、さっさと王家に送り返してやればいいんだ」

「そうやって、叔父様はいつも大事なことを諦めてきたんですか？」

「なんだと？」

叔父様が真顔になる。その青い瞳で鋭く射貫かれ、わたしは怖かった。

それでも、わたしは言う。

「フィルは次の公爵様にふさわしい。絶対にそのことを認めさせてみせます。フィルは……わたしの大切な弟ですから」

フィルがわたしの手を握る力が強くなる。

わたしも、しっかりとフィルの手を握り返した。

ダミアン叔父様はためらうように口を開けたり閉じたりしていたが、やがて「後悔することになるぞ」と吐き捨て、その場を立ち去った。

わたしはほっと、ため息をつく。

助かった。

ダミアン叔父様が怒って、わたしたちに暴力を振るおうとしたら、と思って怖かったのだ。

体は十二歳のわたしと十歳のフィルではとてもかなう相手じゃない。

「フィル、怖かったでしょう？　あんな悪い人の言うことなんて、気にする必要ないからね？」

「あの人……本当に悪い人なのかな」

「え？」

わたしがまじまじとフィルを見つめると、フィルは頬を赤くした。そして、「なんでもない」と小さくつぶやいた。

前回の人生では、ダミアン叔父様は酒浸りがたたって体を壊し、自邸に引きこもっていた。

だから十七歳のわたしは「ダメ人間」のダミアン叔父様とはほとんど会わなくなっていた。

どこからどう見ても、叔父様はダメ人間で悪い人だと思う。

フィルの言葉の理由を、わたしは尋ねようとしたが、フィルは「忘れて」と恥ずかしそうに言うばかりで、理由を教えてくれなかった。

まあ、無理やり聞き出してフィルに嫌な思いをさせたくないし。

代わりに、わたしはフィルの手を引いて、飛空艇に乗り込む。

前後に席がわかれていて、わたしが先頭の運転席に座った。

いよいよ、出発だ。

叔父様は上手くいかないと言った。わたしたちみたいな子どもには何もできないって。

でも……。

わたしは自分に言い聞かせるように言う。

「大丈夫。きっと成功するから。フィルは……わたしのことを信じてくれる？」

「……うん。ぼくはお姉ちゃんのことを信じてる」

フィルはそう言って、黒い宝石みたいな瞳でわたしを見つめた。

わたしは身をかがめ、フィルの黒い髪を撫でた。フィルは頬を赤くして恥ずかしがっていたけれど、
でも、「ありがとう、クレアお姉ちゃん」と言って微笑み返してくれた。

フィルはわたしのことを頼ってくれている。必要としてくれている。

その期待に、わたしは応えたい。

わたしたちは、飛空艇の動力源のスイッチを入れた。

プロペラが回転し、徐々に飛空艇が浮き始める。

「しっかりつかまっててね、フィル！」

「うん！」

フィルはわたしの腰に手を回して、ぎゅっとしがみついた。

ちょっとくすぐったくて……気恥ずかしい。

フィルの手がわたしの体に触れていて。

その体はとても小さくて、そして温かかった。

わたしとフィルの乗った飛空艇は、屋敷の倉庫を出て、そして一面の銀世界へと飛び立った。

動力源の飛空石が赤く激しく輝いている。

操縦桿《そうじゅうかん》を握って、なるべく低空を飛行するように調整する。

でないと、危ないからだ。万一、フィルが飛空艇からおっこちて大怪我をしたりしたら、わたしは自分を許せなくなってしまう。

真下を見下ろすと、どこまでも真っ白な雪景色が広がっていた。

身を切るような冷たい風が、わたしたちを襲う。

わたしの後ろの席にフィルは座っていて、わたしの背中にしがみついていた。

操縦中に振り返ることはできないから、わたしはそのままの姿勢でフィルに尋ねる。

「フィル、寒くない？」

「大丈夫。暖かい服をいっぱい着せてもらったし……それに……あのね……お姉ちゃんが温かいから」

フィルはそう言って、わたしにぎゅっと抱きついた。

温かいのは、わたしも同じだった。フィルの体温が伝わってきて、寒さを和らげてくれる。

こんなに寒い世界でも、フィルがいれば、わたしは平気だ。

やがて丘陵地帯にたどり着き、その上の方を目指していく。

傾斜がきつかったけど、なんとか、わたしたちは目的の洞窟の前にたどり着いた。

少しずつ飛空艇の動力機関の出力を落としていく。飛空石の輝きも少しずつ消えていって、飛空艇を雪原に着陸させた。

わたしは飛空艇を降りる。振り返ると、フィルが飛空艇から降りるのをためらっているみたいだった。

どうしたんだろう？

あっ……飛空艇と地面との段差が怖いんだ。

わたしは微笑ましくなって、フィルの脇腹を両手でつかんだ。

「お、お姉ちゃん……？」

「安心して、降ろしてあげる」

といって、フィルを持ち上げようとしたが、びくともしない。

そうだった……。

今のわたしは十七歳じゃなくて十二歳だから、フィルが小柄でも、さすがに抱き上げたりはできない。

わたしはただ、フィルを両手でつかんでいるだけ、という状態になっていた。

恥ずかしい……。

でも、フィルは微笑んでいた。

「ありがとう、お姉ちゃん。自分で降りられるから平気。でも……手だけ握ってくれる？」

「ええ」

わたしがフィルの手を握ると、フィルは深呼吸して、それから飛空艇からぴょんと降りた。

「飛空艇、すごかったね。……これって、もっと速く、高く飛べるの？」

「飛ぼうと思えばね。でも、危ないし」

「そうなんだ……」

フィルはしげしげと飛空艇を見つめていた。

どうやら、フィルは飛空艇に興味を持ったみたいだ。

「帰ったら、使い方を教えてあげる」

「……ほんとに？　ぼくが動かしてもいいの？」

「もちろん」

そう言うと、フィルはぱっと顔を輝かせた。

フィルは引っ込み思案だけど、喜んだときは素直に表情を出してくれる。

フィルのこういうところもわたしは好きだ。

さあ、ゴドイの洞窟で天青石をとってこないといけない。

フィルが公爵様になれるようにするために。

わたしはかばんの中から灯油ランプを取り出し、油を注いで点火した。

そして、フィルの手を握ったまま、わたしたちは洞窟のなかへと入った。

「さあ、行きましょう」

「……うん！」

洞窟は薄暗くて、不気味な雰囲気だった。ランプがなくても、わずかな明かりが灯っているみたいで、それはリアレス産鉱物のなかに自然に発光するものがあるかららしい。

どっちにしても、ランプがあったほうが、探索はスムーズだ。

当たり前だけど、他に人はだれもいない。とっくの昔に貴重な資源の鉱脈は枯れているから、鉱山にもならないみたいだ。

天青石だって欠片が入手できる程度の量しか産出していない。

しばらくわたしたちは歩き続ける。

フィルはわたしの手を握ったままでいてくれて、それがちょっと嬉しい。

洞窟はまっすぐな道でまったく迷わなかった
野生動物と出くわすこともあると聞いていたけど、今のところ何も出現していない。

奥まで行けば天青石が回収できる。

これ……楽勝なんじゃない？

そう思っていたら、どこかから変な音が聞こえた。

……足音？　わたしたち以外の？

気になって振り返ると……そこには、大きく黒い獣がいた。

わたしは身がすくむのを感じた。

洞窟の背後から、いつのまにか獣が近づいていた。

犬みたいな真っ黒な動物で、でも、わたしの体よりだいぶ大きい。

目がらんらんと光って、怖い。

フィルもわたしの手をぎゅっと握り、震えていた。

わたしも、フィルを安心させるように、その手を強く握り返す。

その動物は、大きく口を開けると、わたしに飛びかかってきた。

とっさにわたしは短剣を引き抜いた。

リアレス公爵家は、武門の家柄だ。初代公爵は隣国との戦争での英雄だった。

だから、公爵家の娘のわたしも、剣術を習っている。しかも、剣術は、わたしにとっては、かなりの得意教科だった。敵を倒す、という明確な目的があるのが、わたしの性格に合っているのかもしれない。

でも……残念ながら……実戦経験はまったくない。

短剣を振るって戦おうとした瞬間、獣がわたしの右腕を噛んだ。

……痛い！

短剣を落としてしまう。

鋭い痛みに思わず、前世の殺されたときのことを思い出した。

とっさに避けようとしたおかげで、軽く噛まれた程度で後ろに逃げることができたけど、獣が追撃してくる。そして、大きな口がふたたび開かれた。

このままだと……次は無事ではいられないかもしれない。

「クレアお姉ちゃん！」

そのとき、フィルが獣に体当たりした。

フィルの体はとても小さいけれど、それでも、一瞬だけ獣はひるんだ。

わたしがここで動かないと、フィルも獣に襲われちゃう……！

短剣を拾うと、わたしはそれをまっすぐに獣へと突き刺した。

運良く、短剣は綺麗に獣の胸のあたりの急所に入り、獣は苦しげな声をあげると、ばたんと倒れ、動かなくなった。

ほっとしたわたしは、その場にへなへなと座り込んだ。

こ、怖かった……。

思わず泣きそうになるけど、ぐっと我慢だ。

フィルの目の前で泣くなんて、そんなことしたくない。

フィルを心配させたくないし、フィルにとってはいつでも頼れる姉でいたいから。

「く、クレアお姉ちゃん……大丈夫……？」

フィルが心配そうに、宝石みたいな黒い瞳に涙をためていた。

わたしは片目をつぶって、フィルに微笑んだ。

「平気。このぐらいなんてことないわ。たいした傷も残らなかったし。それより、フィルが無事で……本当に良かった」

そう言っても、フィルはじっとわたしを見つめていた。

……心配してくれているんだ。

「お姉ちゃん……ごめんなさい。痛かったでしょう？」

フィルはとてもつらそうに、小さな声で言った。

……フィルが罪悪感を持つ必要なんてないのに。

わたしは慌てて首を横に振った。

「お礼を言うのは、わたし。フィルがわたしを助けようとしてくれて、すっごく嬉しかった」

「ぼくは……何の力もないけど、今はお姉ちゃんに何もしてあげられないけど……でも、いつか、クレアお姉ちゃんを守れるようになったら、いいなって思う」

「ありがとう。フィルがわたしを守ってくれる日を楽しみにしてる。それまでは……わたしがフィルをお姉ちゃんとして守ってあげる」

大人になったフィルが、そのときもわたしのことを想ってくれているなら。

それはとても嬉しいけれど……。でも、将来のフィルには、わたしよりも大事な人ができて、わたしのことなんてどうでもよくなるかもしれない。きっと、フィルのことを守る存在も、フィルが守ろうとする相手も、わたしではなくなっていると思う。

ただ、わたしがフィルの姉でいられるあいだは、フィルがわたしのことを必要とするあいだは、フィルを守るのがわたしの役割で、わたしの望みだ。それは変わらない。

わたしもフィルも、今はちっぽけな力しかないけれど。

でも、今、この瞬間は……互いを守りたいという想いは本物だと思うから。

傷は痛むけど、ここで立ち止まるわけにはいかない。

フィルとこの先も一緒にいるために。

わたしとフィルは一緒に、洞窟の奥へと歩き出した。

天青石のある場所は、もうあとほんのちょっとだ。

と思っていたら、大きな石碑があることに気づいた。

なんだろう？

わたしとフィルは顔を見合わせると、その碑文《ひぶん》を読んだ。

レイ・ロス・リアレス、リカルド・ロス・リアレス……そして、カルル・ロス・リアレス。

たくさんの人名が書かれていた。それは公爵家の後継者であることを示す儀式として、天青石を取ることに成功した人たちの名前みたいだった。

その最後に、わたしは意外な名前を見つけた。

ダミアン・ロス・リアレス。わたしの叔父だ。

…………？

どうして叔父様の名前が、石碑に刻まれているんだろう？

石碑にある名前は、他はすべて歴代公爵家の当主だった。

天青石を洞窟で手に入れるというのは、次期公爵にふさわしいことを示す儀式だ。

そして、その儀式を行うことができるのは、次の公爵候補だけだった。

つまり……ダミアン叔父様は次期当主候補だったことがあるらしい。

でも、現実には、現当主は、わたしの父、カルル・ロス・リアレスで、その後継者候補はフィルだった。

そしてダミアン叔父様は酒浸り。

フィルが、わたしを見上げた。

何かが変だ。

この儀式は、いったい……？

「クレアお姉ちゃん……これ……」

フィルがわたしを見上げ、何かを言おうとする。

けど、その続きを聞く前に、後ろからコツコツ、という足音がした。

動物の足音じゃなくて、人間の足音だった。

振り返ると、そこには、疲れたような顔をした青年が立っていた。

金髪碧眼の貴族然とした男性で、軍服を着て、腰には剣をさげている。

「ダミアン叔父様……」

「よう、ガキども。奇遇だな」

ダミアン叔父様は、乾いた笑みを浮かべた。いつもみたいに酒に酔ったりはしていない。

奇遇……なんてわけない。

叔父様は、わたしたちの跡をつけてきたのだ。

何のために……？

たとえば、叔父様がここでフィルを殺して、自分が後継者になろうと思っていたら？

そこまでしなくても、儀式の邪魔をすれば、フィルは後継者でいられなくなる。

わたしはとっさに短剣を引き抜いた。

もし、叔父様がフィルを傷つけようとするなら、わたしの敵だ。

けど、フィルがわたしの服の裾を引っ張った。

振り返ると、フィルがふるふると首を横に振った。

そして、言う。

「あのね……ダミアンさんは……ぼくたちのことを心配して、来てくれたんじゃないかな」

驚いて、わたしがダミアン叔父様をまじまじと見つめた。

叔父様は苦笑いして、肩をすくめる。

「おいおい、俺みたいなロクでなしが、ガキどもの心配なんてすると思うか？」

「本当に……悪い人は……自分のことを『ロクでなし』だなんて言ったりしないよ。自分が悪いって認めることができる人は、たぶん、本当の意味では悪くないんだと思う」

フィルは小さな声で、でも、はっきりと言った。

わたしはちょっと驚いた。フィルの意外な一面を見た気がする。

叔父様はフィルのことをすごく悪く言っていた。なのに、フィルはそんなふうに冷静に叔父様のことを見ていたんだ。

フィルの言うとおりなら……わたしたちが飛空艇に乗る前に、倉庫に叔父様が来たのは、忠告をするためだったということになる。

危ない目にあう前に諦めろ、という言葉は、たしかに心配していたからだととれなくもない。

わたしは、まだ叔父様のことを信じることはできなかった。

普段の叔父様は、酒浸りで、女にだらしなくて、借金だらけのダメ人間だった。

でも……叔父様は悪い評判だらけだけど、誰かに暴力を振るったり、傷つけたりしたという話はぜんぜん聞かなかった。

叔父様は、大きくため息をついた。

「まあ、俺が悪人でも悪人でなくても、どっちでもいいことさ。俺がここに来たのは、おまえたちを助けに来たわけでも、邪魔をしに来たわけでもない。つまらない昔話をするために来たわけだ」

「……昔話？」

「そうさ。この儀式の本当の意味をおまえらに教えてやる。そうすれば、この儀式がどれほど残酷《ざんこく》なものかわかるはずだ」

叔父様はにやりと口の端を上げて笑ったが、その青い瞳はとても寂しそうな色をしていた。

叔父様は、わたしとフィルと一緒に、洞窟の奥へと進んだ。

そして、歩きながら、ぽつりぽつりと昔のことを話し始めた。

「そこの碑文に俺の名前があったのは見たな？」

「はい。あれって、つまり、叔父様もこの儀式をしたってことですよね」

「ああ。十七歳のときだったかな。天青石なんていうつまらない石をとってきたわけだ。だが、俺は公爵家の後継者にはならなかった……」

「それは……その……」

「リカルド・ロス・リアレス。俺の父親で、おまえの爺さんには一人の妾がいた。リカルドじいさんは、ずいぶんとその妾に入れ込んでいたんだな。生ませたガキを後継者としようとした」

わたしは叔父様の言葉を、しばらく考えて、そしてはっとした。フィルも驚いたような顔をしている。

叔父様はにやりと笑った。

「その妾の子が俺ってわけだ」

「知りませんでした……。てっきり、お父様も叔父様もお祖母様の子どもだとばかり思っていて……」

「今となっては触れてはいけない話だからな。だが、ともかく、当時のリカルド爺さんは兄貴から爵位を取り上げて、俺をその次の公爵にするつもりだったらしいぜ。で、俺は公爵家の後継者になれると信じて頑張った。儀式だけじゃない。それにふさわしい教育も受けさせられた」

「なら、どうして……？」

「妾が……俺の母親が……病気で亡くなったのさ。そうしたら、リカルド爺さんは俺のことなんざ、どうでも良くなったらしい。で、おまえの婆さんと、カルルの兄貴が爺さんを説得して、俺を後継者とするという話はご破算となったわけだ。『妾の子』なんざ、後継者にすべきじゃないって言ってな」

それは前回の人生でも今回の人生でも、わたしは何一つ知らない話だった。

わたしが言葉に詰まっていると、叔父様は肩をすくめた。

「まあ、同情されたくてこんな話をしてるんじゃない。言いたいのは、仮に今回の儀式がうまくいっても、フィルも後継者でいられるかは怪しいってことだ。兄貴の気がいつ変わるかわからんからな。それに、儀式には、問題がもう一つある」

叔父様は、目の前を指差した。

洞窟奥のその場所は水辺になっていた。

洞窟内の地下水が溜まっているのか、池みたいになっている。

水はかなり透明に澄んでいた。

「覗《のぞ》いてみろ」

言われるままに、池を覗き……わたしはびっくりした。

池の奥底に、びっしりと大量の青い宝石が輝いている。

「あれが……天青石……なんだね」

フィルがぽつりとつぶやく。

つまり……天青石を取ってくるには、あの池に潜らないといけないみたいだ。

叔父様が言う。

「俺がこの儀式を行ったときはな……俺の介添人があの池に潜って天青石を取ってきた」

「へえ、その人、どんな人だったんですか？」

「俺の従者の女だったよ。俺より一つ年上だったから、十八だったか。彼女は『未来の公爵様に危ないことはさせられないもの』と言って笑ってたな。今でも、俺は自分で天青石を取りに行かなかったことを後悔してる」

「え？」

「天青石の欠片は浮かび上がってきた。だが、彼女は二度と戻ってこなかった。そういうことさ」

「……亡くなられたんですか？」

「ああ。……この儀式はな、俺が思うに、自分のために命を捨てる人間がいることを証明する儀式なんじゃないかと思ってる。それだけの価値を持った人間のみが公爵にふさわしいってことさ」

「もしそうだとすれば……残酷な儀式ですね」

「彼女を犠牲にしたのに、俺は公爵になれなかった。俺はあの世で彼女になんて言えばいい？　時間を巻き戻せるなら……やり直したいよ」

わたしたちが後悔することになる、と叔父様は言っていた。それはきっと、叔父様自身が後悔しているからなんだろう。フィルがわたしの服の裾を引っ張った。

宝石みたいな瞳が、わたしをじっと見つめている。

「クレアお姉ちゃん……帰ろう」

「でも……あと一歩で天青石が手に入るのに」

引き返すわけにはいかない。

たとえ、この先にも同じような問題が起こるとしても。

いま、目の前の儀式を達成しなければ、わたしはフィルと一緒にいられない。

「だけど、クレアお姉ちゃんが……死んじゃったら……嫌だよ」

「たとえわたしが死んでも、フィルは公爵様になれる。居場所が手に入るわ」

「ぼくは公爵様になりたいんじゃない！　……クレアお姉ちゃんと一緒にいたいんだよ」

フィルは泣き出しそうな顔をしていた。

わたしは身をかがめ、微笑み、そしてフィルの髪をそっと撫でた。

「大丈夫。きっとわたしは成功するから」

「もしお姉ちゃんが帰るつもりがないなら、ぼくが……自分で天青石を取ってくる」

わたしは首を横に振った。フィルを危ない目にあわせるわけにはいかないし、わたしがやったほうが成功する確率が高いはずだ。

叔父様の従者は不幸な事故にあった。

もしかしたら、前回の人生でアリスが死んだのも、この池で溺れたからかもしれない。

でも……わたしが二人と同じように失敗するとは限らない。

少なくとも、見た目では、池はそんなに深くない。

小さなころの話だけど、わたしは川で泳ぐのも得意だったし。

それに、だ。お父様だって、この儀式の秘密を知らないはずがない。お父様自身も儀式に成功しているのだから。

それなのに、お父様はわたしが介添人として、洞窟へ行くことを許した。大事な政略結婚の道具、王太子の婚約者であるこのわたしが死ぬのを許したりはしないだろう。

それなら、お父様はわたしが死ぬことなく、この儀式に成功すると確信しているに違いない。

怖くないと言えば、嘘になる。

でも、一度は失った命だ。

前回の人生では、わたしはフィルに何一つ姉らしいことをしなかった。

今回は違う。

フィルの介添人として天青石を取ってきて、必ずフィルを次の公爵様にしてみせる。

フィルと一緒にいたい。

だから、危険なことでも挑戦できる。

叔父様は言い張るわたしをそれ以上は止めず、池まで危険な動物がやって来ないように見張りに行ってくれた。

☆

さて、と。

わたしは服を脱ぎ始めた。

服を着たまま、池に潜るわけにもいかないし。

服を脱ぐと、余計にわたしの腕の赤い刻印が目立つ。さっきまでよりも……刻印はより強い光で輝いていた。

下着姿になったわたしを、フィルはびっくりしたように見つめていた。

「お、お姉ちゃん!?」

「女の子の下着姿をじっと見つめたりしたら、ダメだよ?」

わたしがからかうように言うと、フィルは白い頬を真っ赤にした。

そして、「ご、ごめんなさい」と言うと、慌てて後ろを振り向こうとした。

もし……わたしが死んだら、二度とフィルに会えなくなっちゃうんだ。

「ごめんね、フィル。わたし、まだ何もお姉ちゃんらしいこと、できてない」

「……そんなことないよ。クレアお姉ちゃんは世界で一番の……お姉ちゃんだから」

「フィルがそう言ってくれて、すごく嬉しい。お屋敷に戻ったら、いっぱい可愛がってあげるから」

「うん……約束だよ？」

「ええ」

わたしはフィルの白い頬をそっと撫で、そして、立ち上がった。

さあ、さっさと天青石をとって来なくちゃ。

フィルと一緒にお屋敷に戻るために！

わたしは深呼吸した。

池の底には、多くの青い宝石が輝いている。

あれが天青石。

大丈夫。

ちょっと潜って、あの宝石の欠片を取ってくるだけだ。

フィルがわたしを見上げて「お姉ちゃん……」と心配そうにつぶやいた。

わたしは微笑み、フィルの髪の毛を軽く撫でた。

そして、わたしは池へと飛び込んだ。

水が……冷たい。

洞窟のなかの地下水の冷たさは、予想以上だった。

あまり長く潜っていると、体温を奪われて危険なことになりそうだ。アリスや叔父様の従者の人も、水の冷たさで命を落としたんだろうか。それとも……事故以外の、なにか別の理由があって……死んじゃったのか……。

ともかく、早く目的を達成しないといけない。長く水にいればいるほど、危険は増していく。

少しずつ、池の奥へとわたしは潜っていく。

小さな魚がたくさん泳いでいて、それがわたしの体に触れて、ちょっとくすぐったい。

宝石のある場所は、それほど深くない。

すぐに、わたしは宝石に手を触れることのできる場所まで来た。

なんだ……。意外と簡単だった。

あとはこの宝石の欠片を剥がして持って帰るだけ。

天青石は、その中に不思議な光を宿していて、幻想的な美しさを見せていた。

そして、わたしはその宝石の欠片に手を触れ……。

その瞬間、意識が暗転した。

☆

ここは……どこだろう？

これは、夢？

そこは真っ暗な空間で。

でも、大勢の人が、わたしを取り囲んでいた。

みんながいる。

学園の友人たち、王太子アルフォンソ殿下、聖女シア、カルルお父様、それに……十五歳のフィル。

でも、わたしには誰も味方がいなくて、たくさんの人がわたしのことを蔑んだ目で見つめて。

どうして……みんなはわたしをそんな目で見るんだろう？

わたしは、リアレス公爵家の娘で、王太子の婚約者なのに。

「貴様は……身分が高いだけの女だ」

そう言ったのは、王太子アルフォンソ殿下だった。

彼の青い瞳が、わたしを見下ろしている。

違う。

わたしは身分が高いだけの女じゃない。

公爵の娘として、王太子の婚約者として、ふさわしい人間になれるように努力してきた。

みんなに褒められたくて、頑張ってきた。

なのに……みんなはわたしのことをいらないと言う。

王太子も、お父様も、わたしの友達だった子たちも、みんなだ。

「聖女シアがいれば、おまえなんていらないんだ」

周りのみんなが口を揃えて言う。

そのシアは、美しい真紅の瞳で、わたしを虚ろに見つめている。

「クレア様は、私のことを裏切りました。もう……友達じゃありません」

シアは背中を向けて、わたしの前から立ち去った。

そして、他の人たちも全員、わたしの前からいなくなった。

真っ暗な空間に、たった一人、残っていたのは、フィルだった。

十五歳の、わたしを殺したときのフィルだ。

彼は哀しそうに、わたしを見つめていた。

わたしはフィルに尋ねる。

「あなたも……わたしのことをいらないって言うの？」

フィルは首を横に振った。

「姉上はいらない人じゃない……。存在してはならない人なんだ」

「え？」

「夜の魔女。王国にとっての災い。姉上は生きている限り、人々に嘆きと悲しみをもたらす存在だ。だから、ぼくが殺さないといけない」

夜の魔女？　王国にとっての災い？　わたしが？　たしかに、前回の人生で殺されるときも「夜の魔女」だなんて呼ばれたけど……何のことかわからないままだ。

わたしはシアにひどいことをしようとした。

でも、それ以上のことは何もしていない。

けど、このフィルは、わたしが生きていることで、多くの人が不幸になるという。

わたしが混乱していると、フィルは寂しそうに微笑んだ。

そうして、フィルは短剣を取り出した。

ああ……これが夢なのか、それとも別のなにかなのかはわからないけれど。

でも、また、わたしはフィルに殺されるんだ。

「……お姉ちゃん？」

そのとき、ソプラノの綺麗な声がした。

振り返ると、そこには小柄な少年がいた。

フィルだ。

十歳の、わたしの弟のフィル。

黒髪黒目のとても小柄で、華奢な体の子だ。

わたしを殺した十五歳のフィルじゃない。

十歳のフィルは、黒い宝石みたいな瞳で、十五歳のフィルをきつくにらみつける。

「クレアお姉ちゃんは……いらない存在なんかじゃない。お姉ちゃんはみんなを不幸にしたりしないよ。だって……お姉ちゃんがいるから、ぼくは幸せなんだから！」

フィルが叫んだ瞬間、十五歳のフィルの姿はぐにゃりと歪み、そして、消え去った。

あとに残されたのは、十歳のフィルとわたしだけだった。

フィルがわたしにそっと近づき、そして、わたしを抱きしめる。

「ふぃ、フィル？」

「クレアお姉ちゃんは魔女なんかじゃない……。きっとぼくが、本物のぼくがお姉ちゃんを助けるから」

そして、急激に視界がぼやけていく。

意識が遠のくなか、フィルが白い頬を赤く染めて、微笑んでいた。

☆

苦しい……。

気がつくと、わたしは溺れかけていた。

池の中で、しばらく意識を失っていたみたいだ。

水をだいぶ飲み込んでしまっている。

宝石の欠片は、手にしっかりと握られていた。

これで、儀式は成功したことになるけれど……。

でも、だいぶピンチだ。

どうしよう……。

わたしは焦ってもがくけれど、かえって苦しくなってくる。

このまま叔父様の従者の少女や……アリスみたいに、わたしも死んじゃうのかも。

そう思っていたら、小さな人影がわたしの近くにいることに気づいた。

フィルだ！

わたしを助けようと飛び込んできてくれたみたいだった。

フィルはその小さな体で、わたしを引っ張り上げようとしてくれていた。

でも、今のフィルはわたしよりちっちゃいし、その体格じゃ、きっと無理だ……。

フィルは苦しそうにわたしの腕をつかんで、頑張るけれど……でも、このままじゃフィルも溺れちゃう。

わたしは首を横に振ったけれど、フィルは気にせず、わたしを助けようとした。

けど、やがてフィルも水が肺に入ったのか、溺れ始め、やがてぐったりとなった。

わたしも意識が薄れていく。

こんなところで、わたしもフィルも……死んじゃうなんて。

せっかくやり直すことができたのに。こんなに可愛い弟ができたのに。

そのとき、今度は大きな人影が現れた。
視界がぼんやりとして、顔はよく見えない。
力強くわたしは掴まれ、そして引き上げられていく
いつのまにか、わたしは地上に戻っていた。

☆

大きなため息がする。

「ったく……世話が焼けるガキどもだ……」

ぶつぶつとつぶやいていたのは、ダミアン叔父様だった。

わたしも徐々に意識がはっきりしてくる。

どうやらダミアン叔父様がわたしたちのことを助けてくれたみたいだった。

「叔父様……ありがとうございます」

「んなことより、フィルが問題だな……」

わたしははっとして、振り返った。

フィルはその小さな体を、洞窟の床に横たえていた。

けど、瞳は閉じていて……息もしていなかった。

「フィルっ……！」

わたしを助けようとしてくれたフィル。

そのフィルは危険な状態みたいだった。

叔父様はフィルの頭を触り、上向きにした。呼吸しやすいようにしているんだと思う。
でも、フィルの呼吸は戻らなかった。
こういうとき……どうすれば……。
わたしはとっさにフィルの小さな赤い唇に、自分の唇を重ねた。
そして息を吹き込む。
こうすることで、意識のない人から、呼吸を戻すことができると教わったことがある。
ここでフィルが死んじゃったら……。
考えるだけで、絶望的な気持ちになる。
まだ何もお姉ちゃんらしいことができていないのに！
ぴくっとフィルの体が動いた。
フィルがぱちりと黒く大きな瞳を開いた。
いつのまにか、呼吸が戻っていた。
良かった……とわたしが思っていたら、フィルがみるみる頬を真っ赤にした。
ものすごく恥ずかしそうにわたしを見つめている。
あ……。
わたしはフィルに口づけしたままだった。
キスしている、というのと同じ状態だ。しかも、わたしはずぶ濡れの下着姿。
わたしが慌てて離れると、フィルは口をぱくぱくさせ、そして目を伏せた。
「あ、あのね……お姉ちゃんがそういうことをしたいなら……ぼく……」

「ご、誤解だから！」

わたしがフィルに経緯を説明すると、フィルは勘違いだと気づいて、ますます恥ずかしそうに顔を耳まで赤くした。

「ご、ごめんなさい……ありがとう、クレアお姉ちゃん」

「いいえ、わたしこそ……フィルが助けに来てくれてとっても嬉しかった」

天青石に触れた瞬間に見た世界。

あれが何だったのかはわからない。ただの夢……というわけではないと思う。

夜の魔女。王国の災い。

十五歳のフィルが、わたしのことをそう呼んでいた。

だから、わたしを殺したんだ、と。前回の人生では、王太子も他のみんなも、わたしのことをそう呼んでいた。

きっとわたしが殺されたのは、シアに嫌がらせをしただけじゃなくて……魔女であることも理由なんだ。でも、その意味自体はさっぱりわからない。

けど……でも、わかっていることが一つある。

わたしがあの世界から戻れたのは、今のフィルのおかげだ。

フィルが池の中のわたしを助けに来てくれたとき、きっとあの世界からもわたしを救ってくれたんだと思う。

そんな気がする。

ふっと思いつき、わたしが腕を見ると、あの赤く禍々しい模様は消えていた。破滅を回避できた……ってことなのかもしれない。

つまり……。

わたしはフィルにふたたび近づいて、その黒い髪をそっと撫でた。

「天青石は手に入った。つまり、儀式は成功。フィルが公爵様だって証明できたってことね！」

「……うん！」

フィルが嬉しそうに微笑んだ。

アリスの死もこれで完全に回避できたはずだ。

そして、わたしは叔父様に向き直った。

「叔父様……改めて、ありがとうございました」

「何のことだ？　俺はおまえらに何の手助けもしていない。ただちょっかいをかけに来ただけだ。いいな？」

この儀式は、フィルとわたしの二人だけで行う必要があった。そういうしきたりだからだ。

だから、叔父様に助けられたことは黙っておかないといけない。

そして、叔父様も黙っておいてくれると言ってくれているのだ。

わたしが頭を下げると、叔父様はにやりと笑った。

「まあ、せいぜい頑張れよ。そのガキが立派な公爵になれるとは思えんが、まあ、頑張る分にはいいだろう。俺はもうやり直すことはできない、ただのロクでなしだ。が、ガキどもは違うだろうからな……」

「あの……」

「なんだ？」

「叔父様はロクでなしなんかじゃないと思います。それに……やり直すことができないなんて、そんなことも……ないと思います」

叔父様は肩をすくめると、「ちょいと野暮用がある」と言って、立ち去ってしまった。

前回の人生で、わたしは叔父様のことを何も知らなかった。

妾の子だったことも、次の公爵様になるはずだったことも、そのために頑張っていたことも知らなかった。

大切な従者の女の子が、叔父様のために死んでしまったことも、知らなかった。

何も知らずに、叔父様はただの酒浸りのダメ人間だと思いこんでいた。

叔父様のことだけじゃない。

きっと……他にも、わたしには、見えていないことがあったんだろう。

それに、夜の魔女という言葉。

シアに対して犯した罪以外に、わたしが殺された理由がある。それについても考えないといけない。

考え込むわたしの手を、フィルが握る。冷え切ったわたしの手にとって、フィルの手は……とても温かかった。

「クレアお姉ちゃん……これで……ぼくたちはずっと一緒にいられるんだよね？」

「……もちろん！　フィルが望む限りは、ね」

フィルもわたしも、ずぶ濡れだ。

だからこそ、互いの温かさが身に沁みるようだった。

フィルは恥ずかしそうにしながらも、幸せそうに黒い瞳を揺らした。

そして、柔らかく微笑む。わたしも、しっかりとフィルの手を握り返した。

さあ、帰ろう。

わたしたちのお屋敷に！

V　内乱

わたしとフィルは洞窟で天青石をとってくることに成功した。

重臣たちもこれでフィルを後継者とすることに納得するはずだ。

飛空艇に乗って屋敷に戻り、広大な敷地の中央の本館前にわたしたちは降り立った。

屋敷の玄関は、大理石で造られていて、車寄せもある立派なものだ。その玄関前に、使用人のみんながずらりと並んで、心配そうに出迎えてくれた。

そのなかにはメイドのアリスもいた。

「アリス……どうして？」

不安にさせないように、アリスには洞窟行きのことは内緒にしていたはずだったのに。

アリスは灰色の目に涙を浮かべていた。

「屋敷の他の方から聞いたんです。……どうして仰ってくれなかったんですか⁉」

「ごめんね、心配させたくなかったの」

そう言って、わたしが微笑むと、アリスはこくりとうなずいて、わたしを抱きしめてくれた。

わたしは凍えそうな寒さのなかから戻ってきたから、アリスの体はとてもあったかく感じられた。

アリスの姿を見ると、屋敷に戻ってきたことを実感する。

それに……前回の人生と違って、これでアリスが死ぬことも、たぶんないと思う。

アリスが洞窟で事故死するという運命は回避されたわけだ。

わたしはフィルの手を引いて、自分の部屋へと戻った。

まずは熱いお風呂に入りたい！

洞窟のなかで火を焚いて、服を乾かして体を温めてきてはいるけれど、ぜんぜん足りない。

寒いし、体は汚れているし……。

アリスたちが屋敷の大浴場でお風呂の用意をしてくれている。そのあいだに、わたしたちは暖炉の近くの部屋の椅子に座り、ほっと息をつく。

暖炉の火は赤々と暖かそうに揺れていた。

けど、わたしはだいぶ落ち着いてきたけど、フィルはまだかなり寒そうで、身を縮めていた。

「だ、大丈夫？　フィル……？」

「うん……お姉ちゃんもいるし」

フィルは優しく微笑んだが、それでもがたがた震えている。

……本当だったら、抱きしめて温めてあげたい！

けれど、わたし自身の身体も冷え切っているし……それにフィルが恥ずかしがるかも……。

もっと別の方法で、なんとかしないと！

屋敷の使用人のみんなは、お風呂を沸かしたりでてんやわんやで、この部屋にいるのはわたしたちだけ。

わたしがお姉ちゃんとしてなんとかしてあげないと！

わたしは立ち上がり……暖炉の脇に置かれている薪と鉱石を手にとった。

「……なにしてるの？　お姉ちゃん？」

「これを……こうっ！」

わたしはたくさん暖炉に薪と鉱石を放り込んだ。

公爵領特製のこの暖炉は、薪と特殊な鉱石を燃料に火を灯す。

なので、たくさん薪と鉱石を焚べれば、火は強くなる。

……つまり、暖炉のそばにいるわたしたちは、温かくなる！

名案だ、と思ったのだけれど、フィルはなぜか……慌てていた。

「……お、お姉ちゃん！　そんなことしたら……大変なことに……」

いつのまにか、暖炉の火はものすごく大きくなっていた。

……あっ。

やりすぎたかも……。鉱石は少しの量を入れれば安全だけど……あまりたくさん入れちゃいけないんだった。

大きくなった火をなんとかしようと、わたしはあわてて灰をかけようとして……服の袖に火が燃え移ってしまった。

……これって……かなり、まずいんじゃ……。

フィルを温めようとして、わたしが黒焦げでは笑えない。

服の袖をはたいて火を消そうとしたら……次の瞬間、わたしはびしょ濡れになっていた。

なにが起こったかわからず、わたしは呆然とする。

とりあえず、服に燃え移ってしまった火は消えたみたいだ。暖炉の火もいつのまにか消えている。

「……お姉ちゃん……大丈夫？」

フィルがわたしの目を覗き込む。

わたしはびしょ濡れの自分の服と、フィルが手に持つバケツを見比べる。

ああ……そっか。フィルが消火用の水をかけてくれたんだ。

「ありがとう。……大丈夫……大丈夫だけど」

水は冷たいし……消火用に暖炉脇に置かれていた水は、灰がまじっていて、なんだか気持ち悪い。

わたしは小さくくしゃみをする。

「お風呂がもっと待ち遠しくなっちゃったね」

フィルはくすくすっと笑い、いたずらっぽく、黒い宝石みたいな瞳を輝かせた。

……笑った顔も、可愛いなあ。

屋敷に来たときは、フィルは怯えてばかりだったけど。

少なくとも、いまのわたしの前では、こんな自然な表情も見せてくれる。

いつのまにか、フィルの震えも収まったみたいだった。

「お嬢様、お風呂、沸かしましたよ！」

アリスが楽しげな声とともに部屋に入ってきて、そして、ずぶ濡れのわたしを見て、目が点になっていた。その後、フィルの説明を聞いて、アリスもくすくす笑い、わたしは拗ねて頬を膨らませた。

……平和だ。屋敷に戻ってきた、という感じがする。

フィルとわたしは別々の湯船に入って、そして、その日はゆっくりと休息をとった。

明日は……お父様へ、儀式の結果を報告しないといけない。

それに……お父様には、聞きたいこともある。

☆

翌日の朝、公爵執務室へ行くと、父は、いつもどおり公爵家の紋章旗を背にして、緋色の椅子に座っていた。

「ご苦労だったな、クレア」

「いえ……」

カルルお父様は、冷たく青い瞳で、わたしを見つめていた。

儀式の成功の報告にも、淡々とうなずくだけ。

いちおう、これでフィルを正式に後継者とすることができる、とは言ってくれたけれど。

「経緯はわかった。よくやった」

「あの……お父様。聞きたいことがあります」

「なんだね？」

わたしは深呼吸した。

お父様は怖い。威厳があって、何でもできて、そしてすべてを射貫くような瞳をしている。

それでも、わたしは父に聞いておきたいことがあった。

「お父様は……フィルが娼婦の子だって、最初から知っていたのではありませんか？」

「どうしてそう思う？」

「だって、お父様ほどの方が、自分の養子について、情報収集をしていなかったとは思えません。お父様は、わざわざ親王殿下のお屋敷に行って、フィルを選んできたみたいですし」

お父様がフィルの出生について、知らなかったとは思えない。

でも、それならなぜ、フィルを養子にしたのか。

ダミアン叔父様が言っていたとおり、「娼婦の子」だと知られれば、後継者候補として傷がつく。

もちろん、わたしはフィルが弟になってくれて良かったと思っている。

でも、公爵当主としてのお父様の立場からすれば、もっと別の子どもを養子にするほうが無難だったと思う。

お父様は、表情を変えなかった。

「理由は二つある。一つは、フィル君が聡明だったからだ。学業は優秀なようだし、年齢にしては受け答えもしっかりしていた。気弱なところは問題だが、それもいずれは克服するだろう」

「もう一つの理由は？」

「彼は娼婦の子ということで屋敷では冷たく扱われていた。そうであれば、私が養子としてこの公爵家に迎え入れれば、恩義に感じるだろう。それに、王家へ義理立てして、リアレス公爵家の利益に背く理由もない。他の王族では、こうはいかないだろう」

なるほど。

たしかにお父様の説明は理解できた。

普通の王族なら、それなりにちやほやされて育ってきているだろうし、リアレス公爵家のような辺境の貴族の養子になることを嫌がるかもしれない。

けれど、フィルはそうじゃなかった。

ただ……。

「それでも、フィルが『娼婦の子』だということで、みんなが公爵となることに納得しなかったら、どうするおつもりだったんです？」

「だからこそ、天青石を手に入れる儀式を行ってもらった」

「もし失敗していたらどうするおつもりだったのですか？」

わたしは期待していた。お父様が、「クレアたちが成功すると確信して送り出した」と言うのを。

そうでなければ、王太子の婚約者であるわたしの同行を許すはずがない。

けれど、お父様から返ってきた答えはまったく異なっていた。

「失敗したときは、やむを得ない。たとえ死んでも、それなら、そのときだ。養子の代わりなんていくらでもいる」

なんでも無いことのように、カルルお父様は言った。

やっぱり……この人にとっては、フィルは道具でしかないんだ。

ううん、フィルだけじゃない。

きっと、わたしのことも道具としか思っていない。わたしの代わりだって、いくらでもいるんだろう。

でも……。

「お父様にとっては、フィルの代わりなんていくらでもいるのかもしれません。でも、わたしにとっては、フィルは……初めてできた、大事な弟なんです！」

「……それで？」

「フィルは絶対、わたしが守ってみせます。お父様がフィルを見捨てることがあっても、わたしはフィルの味方ですから」

わたしははっきりと言い切った。

そして、しばらくして……怖くなってきた。

あのお父様に楯突くようなことを言ってしまった。

わたしは震えそうになった。

……どうしよう？

けれど、意外にも、お父様は怒ったりせず、かすかな笑みを浮かべた。

「いいだろう。私の使命は、この公爵家と家臣と領民を守ることだ。そのためなら、何でも利用する。だが、クレア。私は君に、そこまでは求めない」

「ええと……」

「君はフィル君の味方でいてあげなさい。君が王太子殿下の婚約者としてふさわしい態度をとる限り、私の関知するところではない。……あと数年も経たないうちに、この王国には大きな内乱が起きる」

「え？」

「それは避けられない運命だ。だが、個人個人の運命なら、変えることもできるかもしれない。たとえ君が『暁の聖女』と『夜の魔女』のどちらだとしても」

夜の魔女？

どうしてその言葉を、お父様が知っているんだろう？　それに暁の聖女って……。

わたしは問いただそうとした。

けれど、先手を打たれてしまった。

「それより、クレアに紹介したい人がいる」

お父様の言葉と同時に、執務室の重々しい木製の扉が、ゆっくりと開いた。

静かに、けれど上品な足取りで入ってきたのは、わたしと同じぐらいの歳の少女だった。

純白の清楚なドレスを身にまとっていた。

銀色のつややかな髪が肩までかかり、そして燃えるような真紅の瞳が輝き、わたしを見つめている。

神秘的な、驚くほどの美しさだった。

わたしは衝撃のあまり、めまいがした。

そこに立っていたのは、年齢こそ違うけれど、わたしのよく知っている女の子だった。

その子は気弱そうに微笑むと、ゆっくりと口を開いた。

「は、はじめまして……クレア様。私は……シア・マグリットと申します」

頬を赤く染めて、その子は自分の名前を告げた。

その美しい少女は、前回の人生では、わたしの親友で、そして、わたしからすべてを奪った子だった。

聖女シアだ。

やり直し聖女シアは、悪役令嬢を幸せにします：con Natsuhara Shion

幼い頃、私は自分の見た目が嫌いだった。

色素の薄い、不気味な銀色の髪。人間のものとは思えない、真っ赤な瞳。

それは、伝説上の忌むべき「魔女」の容姿そっくりだった。

両親は、私にシア・マグリット、という平凡な名前をくれた。

なのに、私はぜんぜん、平凡じゃない。

もっと普通でいたかった。

両親は茶色の髪に、茶色の目という標準的な王国人の容姿をしていた。

父は王都のそれなりに裕福な商人で、母は父の仕事の手伝いをしていた。

一人娘の私のことを、二人は大事にしてくれていた。

でも……。

銀髪紅眼という見た目のせいで、世間では、私は敬遠されていた。

平民の幼年学校のときも、私には一人も友達がいなかった。みんなわたしのことを怖がっていた。

勉強だけは得意で、他にすることもなかったから頑張った。

たった一人、私のことを嫌わなかったのは、近所に住んでいたおじいさんだった。

彼は八十歳は超えていそうで、顔は白ひげだらけで、みんなから「魔術師」みたいだと呼ばれていた。

ホラ吹きだとか、詐欺師だとか、良くない評判もあったけれど、なぜか両親は彼と親しかった。

だから、私も彼の家をたびたび訪れ、彼も私のことをかわいがってくれた。

私は彼の家で、多くの不思議な本を与えられ、そしてたくさん読んだ。学校では習わないような、不思議なことを学んだ。

ある日、彼は言った。

「この大陸からは魔法は失われた」

「おじいさんも魔法を使えたりはしない？」

「もちろん」

「残念」

私は心の底からがっかりした。

もし魔法が使えたりすれば。みんなが私のことを認めてくれたりするかもしれないのに。

「じゃがのう、いくつかの奇跡をとおして魔法の存在を知ることはできる。その一つが『聖ソフィアの預言』じゃ」

その『預言』は、かつて聖人が王家に託したという。この大陸の未来の歴史を記した書物だった。

まだ魔法が存在した時代に、魔法を使って書かれた書物なのだという。もっとも、そんなものが本当に存在するかはわからん、とおじいさんは笑っていた。

他にも、おじいさんは私にいろいろな魔法の伝承を教えてくれた。けど、一番心に残ったのは、預言の存在だった。

そこには私の未来はどんなふうに書かれているんだろう？　私はこのまま孤独なままなのか、それとも……。

やがて十五歳の冬に、私は流行り病で両親を失った。「魔術師」のおじいさんも、同じように死んでしまった。

私は絶望して、途方に暮れて、そして考えた。

これも預言に書かれていたことなんだろうか？

もしそうなら、最初から知っていることができたなら、きっと避けることもできたのに。

本当にひとりぼっちになった私のもとに、一人の男の人がやってきた。

彼は王政府の役人だと名乗り、一枚の書類を渡した。

そこには王立学園高等部への入学を許可する、と書かれていた。

信じられなかった。王立学園は貴族のみしか入学できない。けど、私はただの平民だ。彼は灰色の瞳で私を見ると、「あなたには不思議な力がありますから」と言って、薄く笑った。

私はなかば強制的に学園に入学させられ……そしてひどい目にあった。周りは貴族様ばっかりだから見下されるし、貴族の作法もわからないから、孤立した。

孤立しただけなら前と同じだけど、今度はいじめも加わって、本当に辛かった。

そんな私に手を差し伸べたのは、クレア様だった。

ある日、私は寮の部屋を荒らされ、教科書をぐちゃぐちゃにされた。自分の部屋に戻りたくなくて、学園の屋上でひざを抱えて泣いていた。

そのとき、私に声をかけた人がいた。

「……大丈夫？　なんだか、とっても辛そうな顔をしているけど？」

顔を上げると、そこには美しい少女がいた。

深い茶色の髪は長くて、とても綺麗だった。同じ茶色の瞳はきらきらと輝き、私を見つめている。

学園の制服を着ているのに、お姫様って言葉がぴったりくる見た目だった。

この人のことを、私は知っている。

同学年の有名人だ。

名門公爵の令嬢で、王太子の婚約者クレア・ロス・リアレス。

貴族のなかの貴族。

そんな人が私に何の用事だろう？

私は思わず震え上がりそうになった。また、ひどいことをされるかも……。

相手が公爵令嬢では歯向かうこともできない。

けれど、彼女は身をかがめて、そして、私に微笑みかけた。

「辛いことがあったなら、話してみない？　もしかしたら、わたしはあなたの力になれるかもしれない」

その表情はとても優しく、そして可愛らしかった。

私はその言葉に、せきを切ったように、これまでのことを話し始めた。

見た目のこと、学園になじめないこと、ひとりぼっちなこと。

クレア様は、私の言葉を最後まで聞いてくれた。

いつのまにか、私はまた泣きじゃくっていて、でも、クレア様は私のことをそっと抱きしめてくれた。

「そう。……辛かったのね。でも、わたしが味方になってあげる」

「どうして……ですか？」

「困っている人を助けるのに、理由が必要？　それにこんなに頭が良くて、美人で、優しい子がひとりぼっちなんて、そんなのおかしいと思うし」

クレア様はそう言って、誰もが見惚れるような綺麗な笑顔を浮かべた。

私のことを、クレア様は肯定してくれた。

見た目のことも不気味だなんて言わないし、私が勉強が得意なことを素直に称賛してくれて、そして、私の話を聞きたがった。

いつしか、私たちは放課後に、図書室でいつも一緒にいるようになった。

クレア様は、婚約者の王太子のこととか、死んでしまった仲の良いメイドのことを、時には生き生きとした表情で、時には沈んだ表情で、話してくれた。

逆に、私が、読んだ本の中身や、おじいさんから聞いたことを話すと、クレア様はとても喜んでくれた。

聖ソフィアの預言のことを話したとき、クレア様は首をかしげた。

「王家にそんな本が伝えられているというのは聞いたことがないけれど……」

「あっ……その……本当にそんなものがあるかどうかはわかりません。おじいさんの家で聞いた、ただの言い伝えです」

「ふうん。でも……そんな預言があったとしたら読んでみたいな」

「私は読みたくないです」

「どうして？」

「だって……怖いじゃないですか。そこに自分が不幸になるって書いてあったら……」

クレア様は目を丸くして、そしてくすっと笑い、首を横に振った。

「大丈夫。きっとそんな預言があったら、あなたは幸せになるって書いてあるわ」

「そうでしょうか……」

「ええ！」

「えっと……その……クレア様もきっと、幸せになるって書いてあると思います」

「ありがとう。シアがそう言ってくれて、すごく嬉しい」

クレア様はそう言って、わたしのことを抱きしめた。

ちょっと恥ずかしいけれど……わたしも嬉しかった。

クレア様と出会ってから、すべてがうまくいき始めた。

いじめられることもなくなったし、友達も増えた。

まるで本当に不思議な力が身に宿ったように、私には感じられた。

はじめて男子生徒から交際を申し込まれたときはびっくりしたけれど、そういうことが増えていって。

クレア様は冗談めかして、「わたしのシアをとっていっちゃダメなんだから」と言っていた。

やがて私はクレア様をとおして、王太子殿下とも知り合った。噂通りのカッコいい金髪碧眼の美少年だった。

クレア様と王太子殿下が並ぶと、とても絵になった。二人は婚約者同士で、とても幸せそうだった。

クレア様は王太子殿下のことが大好きみたいで、彼と話すとき、クレア様の表情はきらきらと輝いていた。

私も、そんなクレア様のことを見ていて、幸せだった。

私を救ってくれた大事な存在。それがクレア様だった。

まさか、私がクレア様を不幸にするなんて、そんなこと思いもしなかった。

あるとき、私は王太子殿下に呼び止められた。

二人きりで話がある、と言われて、私は首をかしげてついていった。

なんだろう？

誰もいない教室の隅で、彼はいきなり私の手を握った。そして、私のことを好きだという。

私は頭が真っ白になった。

王太子殿下の婚約者はクレア様だ。なのに、どうして……？

クレア様より私のほうが魅力的だと彼は言う。王太子殿下だけじゃない。

気がついたら、そういう人がどんどん増えていって。

そして、私は教会の聖女に選ばれた。冗談だろう、と思ったけれど、教会の人たちは本気だった。

あなたには不思議な力がある、と彼ら彼女らは言った。

「たとえば、この怪我人をあなたは奇跡で癒やすことができる」

教会の人たちの言うとおりに、私は大怪我を負った人に手をかざした。

すると本当に奇跡のように、その人の傷は癒えていった。

大陸から失われた魔法。ごくわずかな奇跡のみが、魔法の存在を伝えている。

そして、私はその奇跡の一つとなり、「暁の聖女」と呼ばれることになった。

学園で、私のことを平民だから見下していた生徒たちも、手のひらを返したように私のことをちやほやするようになった。

教師ですら、私のことを畏怖するような目で見つめた。

私は困った。

こんなの、私は望んでいない。

普通に学園の生徒として楽しく過ごせて、そしてクレア様がいてくれれば、それで良かったのに。

王太子殿下は、私が聖女になったことを喜んだ。これでクレア様との婚約を破棄して、私と結婚できると思ったらしい。

でも、クレア様は王太子殿下のことが好きなのに。ずっと王太子殿下の婚約者としてふさわしい存在になろうと努力してきたのに。

なのに、殿下はどうしてそんな残酷なことを言えるんだろう？

クレア様の弟のフィル様が、私に告白してきたとき、これはチャンスだと思った。

フィル様と私が付き合えば、王太子殿下も私のことを諦めてくれるはず。それに……フィル様と私が結婚すれば、私はクレア様の義妹として、これからも彼女と一緒にいられる。

そう思って、私はクレア様の部屋へ行って、フィル様から告白されたことを話し……そしてクレア様に平手打ちされた。

その茶色の瞳は、私に対する憎悪に満ちていた。

「シアは……わたしからすべてを奪うつもりなんだ」

「ち、違います……私、そんなつもりじゃ……なくて……」

「でも、王太子殿下はわたしよりあなたのほうが好きだと言った。ううん、みんな、そう言うの。あなたがいれば、わたしはいらないんだって」

「そんなこと……ない……」

でも、最近のクレア様の周りには、たしかに華やかさがなかった。以前だったら、クレア様の周りにはいつも人だかりができていたけど、今はそんなこともなくて。

学園で最も有名で、美しくて、高貴な少女。かつてのクレア様はそうだった。

でも、今は……その立場を私が奪ってしまっている。

クレア様は茶色の瞳に涙を浮かべていた。

「出ていって。シアの顔なんて見たくもない。シアのことなんて……大嫌いなんだから！」

その次の日から、私はクレア様とその仲間から、いろいろな嫌がらせを受けた。

でも、以前、いじめを受けていたときと違って、私にはたくさんの味方がいた。

だから、嫌がらせ自体はぜんぜん辛くなかった。

でも……クレア様にそこまで嫌われてしまった、というのは、どんなことよりも辛かった。

私はクレア様が犯人だということを黙っていた。いつかクレア様と仲直りできる日が来ると信じて。

けれど、破滅の日はすぐにやってきた。クレア様が男たちに私を殺させようとして、そのことがバレてしまったのだ。

クレア様は聖女暗殺未遂の罪人として講堂に引き出された。

王太子殿下はクレア様との婚約を破棄すると言い、怒りに燃えた瞳でクレア様を断罪した。

たしかにクレア様が私を殺そうとしたのは衝撃だったけれど……でも、もとはといえば、私のせいだ。

クレア様の綺麗だった瞳は、深い絶望で曇っていた。

私が……クレア様を絶望へと追いやったんだ。

どうしよう……？

どうすればクレア様を助けられるのだろう？　どうすれば……クレア様に許していただけるだろう？

みんながクレア様に暴力を振るっていて、私はそれを止められなかった。そして、みんながクレア様のことを「夜の魔女」と呼び、責め立てる。

夜の魔女……？　どこかで聞いたような……？　私は大事なことを思い出しかけたけど……でも、もう遅かった。

命乞いするクレア様に、フィル様が短剣を突き刺したのだ。悲鳴とともにクレア様が倒れ、そしてその胸からは……血があふれていた。

もう……ダメだ。

わたしの聖女の力でも……致命傷では助けられない。それに、もし私が「魔女」のクレア様を助けようとすれば、私も断罪されるかもしれない。

それでも、わたしは誰にも気づかれないように、クレア様から目を背けつつ、そっと聖女の癒やしの力を使った。

でも、クレア様から流れ出る血は止まらなくて、どうしようもなくて。

クレア様の目の前には、フィル様がいて、二人は何か話しているみたいだった。でも、その言葉は聞き取れなかった。

けれど、クレア様が弱っていて、死にかけているのは明らかだった。

「クレア様……！」

わたしは我慢できなくなって、クレア様のもとへと駆け寄った。

でも、もう、遅かった。

その瞬間、クレア様の身体がびくんと痙攣した。そして、二度、三度とびくびくと震えたけれど、それはもう、人間としての自然な動きじゃなかった。

そして、クレア様は二度と動かなくなった。その瞳は虚ろに虚空を見つめていて、かすかに涙で濡れていた。

ああ……。

死んじゃったんだ。

クレア様は、私の大事な人は、もうこの世にいない。

私はそっとクレア様の手を握った。その手はまだ、クレア様の温かさを残していた。

私は……クレア様を救いたかった。もう一度、クレア様のそばにいられるようになりたかった。

でも、それはもう、叶わない。

あと少し、あとほんの少し、駆け出すのが早かったなら。最後にクレア様と話すことができたかもしれないのに。

もう一度、クレア様と会いたい。そうすれば……仲直りできたかもしれない。私のことを許してくれたかもしれないのに。

みんなクレア様の死を気にしていない様子だった。ただ、フィル様だけは黙って、なにかに耐えるようにうつむいていた。

私は彼ら彼女らをにらみつける。

「こんな結末……私は望んでない！」

私が叫ぶと、ぐにゃりと周りの風景が歪んだ。

気がつくと……私は十二歳の自分に戻っていた。

王都にある私の家。両親が笑い合って、そろそろお昼ご飯の時間だと言っている。

暖炉には暖かな火が灯っていた。

信じられない。でも……。

私は自分の小さな手を見つめた。

奇跡。

これは聖女の力で起こせた奇跡だ。

同時に、ある記憶が蘇ってくる。

夏原《なつはら》紫音《しおん》。

それが平凡な女子高生だった私の、前世での名前だった。そして、ここは乙女ゲーム『夜の欠片』の世界だ。

私は『夜の欠片』の主人公の「暁の聖女」シア。その宿敵となる悪役令嬢が……「夜の魔女」クレア。

そう。

ゲームでは、クレア様は、どんなルートをたどっても必ず死亡する。

あの場で殺されなかったとしても……。

やがて大きな内戦が起きて、外国の侵略を受けて、みんな死んでしまって、すべてが無茶苦茶になって……。

その後に、闇落ちしたクレア様が「夜の魔女」となり、この国を恐怖のうちに支配する。そして、私と王太子殿下たちが、クレア様を倒し、ハッピーエンドを迎えるというのが、トゥルーエンドの筋書きだ。

でも……そんなのがトゥルーエンドだなんて、おかしい。

戦争のせいでみんな不幸になって、クレア様も死んでしまって、なのに私だけが幸せで。

そんなの本当のハッピーエンドじゃない。

私は自分の小さな手をもう一度、まじまじと見つめた。

魔法の失われた世界で、私だけが奇跡を起こせる。

私だけが特別な力を与えられている。

なら、私のすべきことは一つだ。

すべての破滅の運命を回避する。戦争も起こさせないし……クレア様のことも死なせたりしない。

それが私の、主人公であるシアの責務だ。

今度はクレア様を私の手で幸せにしてみせる。そして、王太子よりもフィル様よりも、他の誰よりもクレア様のことが大事だって伝えるんだ。

私は決意を胸に、窓の外の青空を見上げた。まだ、空には雲ひとつ無い。

「待っていてくださいね、クレア様。私があなたを必ず救ってみせますから！」

第三章

王太子という名の危機

I　聖女という妹

リアレス公爵の執務室に、いるはずのない女の子がいる。

わたしは呆然と、目の前の少女……シアを見つめた。

シアがこのタイミングでこの屋敷にやって来るなんて、予想外だった。お父様は公爵の座る椅子に深く腰掛け、無表情にわたしたちを見つめている。

お父様は、わたしにシアを紹介するというけど……わたしはシアのことをよく知っている。

シアは前回の人生でのわたしの友人だった。シアは何も悪くなかった。わたしは今でも、シアに対して行った仕打ちを後悔している。

それでも、シアの存在が、わたしを破滅へ導いたことは否定できない。

そんなシアが、公爵家の屋敷にやってきている。

前回の人生では、わたしがシアに会ったのは、もっと後のことだった。十五歳のとき、王立学園高等部の一年生のとき、同級生として出会ったはず。

なのに、どうして今回はこんなに出会うのが早いんだろう？

執務室の紋章旗を背に、お父様が言う。

「この子は私の養女となる。つまりはクレアの妹ということだ」

わたしはぎょっとした。

シアが……わたしの妹？

悪い冗談だ。破滅を回避するために、シアとはなるべく関わらないようにしようと思っていたのに。

シアはなんだかとても嬉しそうで、真っ赤な綺麗な瞳をきらきらさせている。

突然、シアがひしっとわたしの手を握った。

「ずっと……お会いしたかったんです、クレア様に」

「わ……わたしに？」

「はい。とても美しくて、お優しい、未来の王妃様だって聞いていましたから」

「え、ええと……」

わたしは王太子殿下の婚約者だから、未来の王妃なわけだけれど。

でも、前回は王太子に捨てられているし……今回も王妃になるなんて気が進まない。

だけど、そんなこと、お父様やこの子の前で言うわけにもいかない。

わたしはひきつった笑いを浮かべ、そして、お父様に説明を求めた。

シアは平民出身のはず。それが公爵家の養女になるなんて、おかしい気がするんだけど……。

「この子は、コスタ・デ・ラ・ルス伯爵の隠し子でね」

「えっと、当主が暗殺された家ですよね」

「そのとおり。あの家は当主以外の一族が死に絶えていてね。後継者がいなかったが……このたび、市井に身を隠していた娘が見つかったわけだ」

シアって……そんな秘密があったんだ。

前回の人生では、そんな話、一度も聞かなかった。

ともかく、そういう事情で、シアはリアレス公爵家の庇護を受けることになったわけだ。

シアはまだ十二歳の少女だし、伯爵候補といっても、誰かに守られている必要がある。

コスタ・デ・ラ・ルス伯爵は、リアレス公爵の古い盟友だ。養女を引き受ければ、政略結婚の駒にも使える。

なら、シアがリアレス公爵の養女となり、成人までその庇護を受けることも、おかしくはない。

おかしくはないけど……。

わたしがシアをまじまじと見つめると、シアは不思議そうに首をかしげた。

悔しいけど、シアはわたしより美人だ。

銀髪紅眼は不吉の証ともいわれる。それは、その神秘的な美しさを恐れてのことかもしれない。

どうしよう……？

この子は、わたしの破滅への引き金だ。それに……わたしの弟を……フィルをとっていっちゃうかもしれない。

フィルがシアにとられても仕方ないと思ってた。でも、それはもっと先の、数年後のことだと思っていたのに。

この屋敷にシアが住めば。

今回のフィルもシアに惹かれて、わたしのことなんてどうでも良くなっちゃうんじゃ……。

突然、激しい頭痛に襲われる。

シアがいれば、わたしはいらない。そう。シアがいれば……。

違う。そんなわけは……。

「く、クレア様……⁉」

いつのまにか、わたしは床に倒れ込んでいて、そしてぼんやりとシアを見上げた。

苦しい。胸が痛い。

シアの顔を見ていたくない。

わたしはよろよろと立ち上がると、「ごめんなさい」とだけつぶやいて、公爵執務室から出た。

どうしてこんなことに……。

☆

ふらふらとわたしが部屋に戻ると、フィルが可愛らしい普段着の半ズボン姿で椅子に座り、足をぶらぶらとさせていた。

わたしが戻ってきたのを見て、フィルはぱっと顔を輝かせた。

「……クレアお姉ちゃん。どこに行っていたの？」

わたしはその質問に答えず、フィルをぎゅっと抱きしめようとした。

フィルにひょいと身をかわされる。

わたしはがっくりと肩を落とす。やっぱり……抱きしめさせてくれないんだ。もしわたしがシアだったら……自由にフィルを抱きしめられるんだろうか。

フィルが心配したようにわたしを覗き込む。

「お、お姉ちゃん……恥ずかしいから、つい避けちゃっただけだから……。……そ、そんなに落ち込まないで……。ど、どうしたの？　大丈夫？」

「あんまり大丈夫じゃないかも。……フィルはわたしのことを必要としてくれる？」

「もちろん。だって、お姉ちゃんがいなかったら……ぼくは……」

フィルの言葉はそこで途切れた。

今のフィルがわたしのことを必要としてくれる。それがわたしの喜びで。

でも、そんな時間は夢みたいなものだったのかもしれない。

「ほかの誰よりも……わたしのことを必要としてくれる？」

フィルは黒い瞳でじっとわたしを見つめ、そしてこくりとうなずいた。

「うん……。ほかの誰よりもクレアお姉ちゃんのことが大事だよ」

わたしは嬉しくなって、同時に苦しかった。

ああ……。

これじゃ、前回と同じだ。

王太子殿下をシアにとられたくなくて、必死になって、嫉妬に狂って。

今回もフィルをシアにとられることを恐れている。また、同じ苦しみを味わって、同じ罪を犯して、わたしは死んじゃうかもしれない。

その時、フィルがわたしの頭をそっと撫でた。

びっくりして、わたしがフィルを見つめると、フィルは顔を赤くして、目をそらした。

「あのね……お姉ちゃんが苦しそうだったから、だから……」

「慰めてくれたの？」

「お姉ちゃんに頭を撫でられると、ぼくは安心できるから。だから、ぼくがお姉ちゃんの頭を撫でたら……お姉ちゃんも安心してくれたら、嬉しいなって」

フィルは恥ずかしそうに言い、わたしを上目遣いに見つめた。

わたしは胸のもやもやが消えていくような気がした。

そうだ。フィルを安心させてあげて、助けてあげるのは、わたしの役目だ。

たとえシアが現れても、まだ、フィルが望む限りは。

わたしは微笑んで、フィルの髪をそっと撫で返した。

すると、フィルは嬉しそうに、えへへと笑ってくれた。

その笑顔を見ていると、心が落ち着いてくる。

……よし！

シアが現れたのはたしかに脅威だけれど、わたしは開き直ることにした。

心配したって仕方ない！

まだ、シアがフィルを好きになると決まったわけじゃないし、フィルがシアを好きになるとも決まっていない。

もしそうなったら、そのときのこと。

そのときは、わたしは二人を祝福してあげればいい。

そうすれば、べつにわたしが死ぬ理由はない。

第一、フィルはわたしの弟だ。シアがフィルの恋人になっても、わたしがフィルの姉であるという立場は変わらない。

婚約者だった王太子とは、立場が違う。

前回の人生では、わたしはシアに嫉妬して、シアに対して罪を犯した。

それさえ避ければいいんだ。

問題は、シアに嫉妬しないというわたしの強い心にかかっている。

けれど、今はまだフィルをかわいがってもバチは当たらないはず！

どうせ失うものは何もない。未来の王妃の地位も、公爵令嬢の立場も、こだわりはないし。一度は死んだ身だ。

フィルは、黙っているわたしを不思議そうに見つめた。

わたしはフィルの頭にぽんと手を乗せた。

「あのね、フィルにもうひとり、お姉ちゃんができることになったの」

「もうひとり……？」

「そう。シアって子なんだけど」

シアは公爵家の養女になったから、ある意味では、フィルの姉になる。

わたしが説明すると、フィルはちょっと怯えたように首をかしげた。

おや、と思う。喜ぶかも、と思っていたのだけれど。

「嬉しくない？」

「ぼく……クレアお姉ちゃんがいれば……もうひとり、お姉ちゃんなんていなくても満足だよ？」

嬉しいことを言ってくれるなあ、と思う。

でも、実際にシアに会ったら、どうなるかはわからない。

案ずるより産むが易し、ということわざがある。

シアとフィルが会うのは、時間の問題だ。なら、一度、二人を会わせてみよう。

そのほうが……不安にならなくていいし。シアと関わらざるを得ないなら、正面から立ち向かわないといけない。

☆

少し一人で考える時間がほしかったので、とりあえず、わたしは屋敷の大浴場へ行くことにした。朝風呂というやつである。

大理石で造られた浴場は、さすが公爵家のものだけあって、とても広くて立派だった。他には誰もいない。王都の学園にも立派な大浴場はあるけど、こんなふうに独り占めはできない。

体を洗って、浴槽に浸かって、アリスに真新しい服を着せてもらって。

ああ……幸せだ。

生きているって素晴らしい。

前回の人生では殺されたけど、今は生きている。

そのことを実感すると、少しずつ、シアへの恐怖は薄れてきた。

ほかほかになって、部屋に戻ると、フィルがちょっと恥ずかしそうにうつむいた。

「？　どうしたの？」

「えっとね……その……お姉ちゃんが綺麗だなあって」

そっか。

お風呂上がりのわたしを見て、恥ずかしがっているんだ。

フィルが可愛くなって、わたしがフィルを抱きしめようとすると、フィルは慌ててさっとわたしを避けた。

前回に続き、避けられちゃった。……ちょっとショックだ。

わたしが傷ついた顔をしているのに気づいたのか、フィルは首をふるふると横に振った。

「あ、あのね、抱きしめられるのが嫌なんじゃなくて、むしろ嬉しいんだけど……でも……」

「でも？」

「なんか……いま抱きしめられたら、冷静でいられない気がして」

フィルは顔を赤くしていた。

そんなに恥ずかしがらなくてもいいのに。わたしは肩をすくめた。

すると、フィルはとてとてとわたしのもとへ近づいて、そして、わたしを見上げた。

「お姉ちゃん……椅子に座ってくれる？」

「……え？　いいけど……」

どうしたんだろう？　わたしがちょこんと椅子に座る。そうすると、フィルが小柄だといっても、さすがにわたしがフィルを見上げる形になる。

フィルがわたしを見下ろして、微笑んだ。

視点が違うだけなんだけど、いつもとは違う雰囲気に、ちょっとどきどきする。

フィルはさっとわたしの背後に回ると、ふわりとわたしの頭に何かをかけた。

それは……タオルだった。

そして、フィルが優しく、わたしの髪をタオルで拭く。

「お姉ちゃんの髪……まだ濡れてたから、乾かしてあげようかと思って」

「……あ、ありがとう……」

フィルの小さな手の感触が、タオル越しにわたしに伝わってくる。

いつもはわたしがフィルの頭を撫でているから、逆だと……ちょっと気恥ずかしい。

背後からフィルが小さくつぶやく。

「避けたりして……ごめんなさい」

「ううん、ありがとう、フィル」

「……クレアお姉ちゃん……良い匂いがする」

「そ、そう？」

お風呂上がりだからだと思うけど。

フィルは「うん……とっても……」と幸せそうな声で、つぶやいた。わたしはますます恥ずかしくなってくる。頬も……少し熱い。

そのとき、ノックとともに、ガチャ、と扉が開く音がする。

誰だろう？

アリスかな、と思って扉のほうを見ると、そこには銀髪の少女が立っていた。

シアだ。

「あ、あの……クレア様、ご気分が優れないようでしたから、心配で……あれ？」

そこまで言って、シアは、わたしとわたしの髪に触れるフィルを見て、固まった。

赤い目を丸くして、ぽかんとしている。

「い……」

と、シアがつぶやく。

「い？」

「いいなあ。羨ましいなあ」

何が羨ましいんだろう？　もしかして、ひと目見て、フィルのことを気に入っちゃったのかも。

心配になってきたし、フィルに髪を乾かされている姿を見られるのは……少し恥ずかしい。

でも、フィルはびくっと怯えたように、震えた。

気づくと、シアの瞳には強い敵意がこもっていた。その視線はまっすぐに、フィルに向けられている。

あれ……フィルを気に入ったのかと思ったけど……違う？

むしろ、シアはフィルを冷え冷えとした目で見ている。

そうすれば、フィルは怯えて当然だ。

わたしはおずおずと言う。

「えっと……あのね、シア。この子はわたしの弟のフィルっていうの」

「はい。……知っています」

あれ？　なんでシアがフィルのことを知っているんだろう？

わたしはフィルに挨拶するように促したけど、フィルは怖がって、わたしの陰に隠れてしまった。

出会うやいなや、フィルとシアが相思相愛になってしまうのが心配だった。実際に、前回の人生ではそうなりかけていたんだから。

でも……杞憂《きゆう》だったみたいだ。

出会ったことのないはずのフィルとシアは、まるで敵同士みたいだった。

シアはフィルに近づく。

「絶対に……あなたに、フィル様に、クレア様を奪われたりはしませんから」

シアは怖い顔でそれだけ言うと、わたしには輝くような笑顔を向けた。

「クレア様……弟よりも妹のほうがいいって証明してみせます！」

「へ？」

「私のほうがフィル様よりクレア様のことを大事にできると思うんです」

それまで怯えて黙っているだけだったフィルが、急に顔を上げて、シアを見つめた。

「そんなことない。ぼくのほうが……クレアお姉ちゃんのことを大事に思ってる」

フィルとシアはにらみ合い、しばらくして互いにぷんと顔をそむけた。

どうなってるんだろう……？

なんか……シアにフィルをとられるって心配は必要なさそうだ。

シアは「フィル様のいないときに、また会いに来ますね」といって、わたしに柔らかく微笑むと、部屋から出ていってしまった。

残されたわたしとフィルは顔を見合わせた。

「……ぼく……やっぱり、お姉ちゃんはクレアお姉ちゃんだけでいいよ」

「あ、あはは……そうかもね……」

フィルは怯えるように体を震わせていて、そして、わたしにぎゅっとしがみついていた。

もう一組の兄弟：con Damian los Riales

カロリスタ王国北方。リアレス公爵領。

辺鄙《へんぴ》な土地だ、といつも俺は思っている。

王国の七大貴族だと誇ってみせても、所詮は辺境の地の支配者にすぎない。

だが……それでも……俺はリアレス公爵の座が欲しかった。

ダミアン・ロス・リアレス。

リアレス公爵の息子として生まれた俺の名前だ。いずれは……俺自身が公爵になれるはずだった。

ところが、そうはならなかった。

夕暮れのなか、俺は公爵屋敷の執務室の椅子に座り、葡萄酒のグラスを傾けていた。

もちろん、俺が座っているのは公爵の椅子じゃない。客人としての椅子に腰掛けている。

現実は非情だ。

目の前の緋色の椅子に座っているのは、我が敬愛すべき兄、公爵カルルの野郎だ。俺よりも八つ年上の、威厳に溢れた、有能な人物だった。

カルルの後ろの紋章旗の獅子が、まるで俺を威嚇しているかのように見えた。

カルルは優雅に葡萄酒のグラスに口をつける。

「仲の良くない兄と、二人きりで酒盛りとはね」

俺が憎まれ口を叩くと、カルルは珍しくにやりと笑った。

「そう言うな。すべて首尾よく事が運んでいるのだから、気分よく祝杯をあげるべきだとは思わんかね」

「あいにく、俺はひねくれ者でね。どうも素直に喜べない」

俺は浮かない顔で、カルルに答えた。

クレアとフィルの挑戦した儀式。天青石の獲得。

あの儀式が成功するのは、必然だった。

この儀式は俺とカルルが手を組んで、事前に準備をしたからだ。

あの二人は知らないだろうが。カルルもあえてそのことは二人に教えていないという。

カルルの命令を受けて、俺がクレアとフィルのガキ二人を後からつける。池にたどり着くまでの危険は、これで排除できる。俺も以前の儀式の経験者だから洞窟のことは知っているし、そもそも洞窟自体にはそれほどの危険はない。

野生の獣にクレアが襲われたときはひやりとしたが、俺が飛び出すまでもなく、クレアは獣を倒してしまった。

さすがはカルルの兄貴の娘。非凡なところがある。

だが、問題は池の中のことだ。

天青石の鉱床は呪われている。普通の人間が天青石をとろうとすれば、ただでは済まない。呪いに意識を奪われ、そして水中に引き込まれて死亡する。それは俺の従者の……彼女が天青石を手に入れようとして、死んだときに起きたことだ。

もしフィルの介添人が普通の人間であれば、今回も死んでいただろう。

だが、クレアは普通じゃない。

なぜなら……。

「あの天青石にかけられた呪いは、『夜の魔女』の呪いだ。ならば夜の魔女自身が触れれば、呪いは効かないし、呪いは解ける」

「ああ……クレアは一度意識を奪われたようだが……戻ってきた。そして、天青石の呪いは……」

「呪いは失われた。今後、あの儀式で命を落とす人間はいないだろう」

カルルの言葉に俺はほっとため息をつく。俺の従者が死んで以来、俺はずっと呪いを解く方法を探していた。

二度と同じような犠牲者を出させはしない。それは俺にできる、彼女への唯一の贖罪だった。

カルルから、クレアを利用した解呪の儀式を聞いて、俺は飛びついた。カルルにとっても、儀式を成功させることには様々なメリットがあった。

俺とカルルの利害は一致し、今回の計画は進んだわけだ。

カルルとクレアの前で、フィルを罵倒したのも、儀式を行わせるための演技だった。

俺たちの方から儀式実行を誘導するつもりだったが、クレアの方から儀式を行うと言い出したときは驚いた。

だが、渡りに船だ。

そして、ようやく願いは成就したわけだ。

この仲の悪い、偉大な兄にも感謝しないといけない。

「だが、ダミアン。君はクレアたちに儀式の実行をやめるように勧めたそうじゃないか。矛盾しているように思えるが、あれはなぜだ？」

「……カルル兄貴の言う通りになるとは確信が持てなかったんでね。俺にも多少の良心はある。危険な儀式だと黙っていて、いざ失敗して死なれては後味が悪い」

カルルは儀式の成功を、完全に確信していたようだった。だが、俺はそこまでの自信はなかった。

俺はカルルの持つ最も重要な情報を知らないのだ。

つまり……。

「なあ、兄貴。夜の魔女ってのは、一体何なんだ？　教会のいう魔女なら、クレアは異端ということになる……」

「ダミアン。それは君の知らなくていいことだ。君の出番はここまでなんだよ」

「……けっ。まるで悪役みたいなセリフだな」

「そうだな。私は必要とあらば、クレアたちにとっての悪役にでもなるだろう。私は王国の臣下として、公爵として、この国のことを考える義務がある」

「ご立派なことだ。だが、まあ、俺にはそんな義務はない。好きにやらせてもらうぜ」

「わかっていると思うが……」

「他言は無用、だろう？」

俺は椅子を蹴って立ち上がった。

カルルの兄貴が尊敬すべき人物なのはよくわかっている。俺よりずっと公爵にふさわしいだろう。

だが……。どうにも俺にはカルルが不気味に思えた。

それに……今回、俺はクレアとフィルのガキ二人を利用した形になる。罪悪感を多少は覚えないこともない。

フィルとクレアは……昔の俺と、俺の従者の少女に少しだけ似ている。

もし二人が危機に陥ったら、俺は手を差し伸べるのに、やぶさかじゃない。もっとも、俺なんぞが役に立つかは疑問だが……。

俺は執務室の扉を開け放つと、大股でその外へと踏み出した。その足取りはいつもより少し軽い気がした。

Ⅱ　お料理しましょう！

ともかく、わたしとフィルは洞窟から無事に戻ってきた。

シアが公爵家にやってきたのは脅威だけれど、すぐにどうこうなる話でもない。

いまのところ、シアも可愛いだけの少女で、なぜかわたしの妹（？）になって、わたしを慕ってくれている。

ああ、平和だ。

そんな日々が数日続いたある日、わたしとフィルはふたたび屋敷の厨房に立っていた。

「今日は特別に厨房を使う許可をもらってきました」

わたしが自慢げに言うと、フィルがくすっと笑う。

「……なんで敬語なの？」

「なんとなくです。ともかく、これでフィルの料理の腕を存分に振るってもらうことが可能です」

もういっぺん、フィルにお菓子を作ってもらおうと思ったのだ。

ああ、甘いものが食べたい……！　とつぶやいていたら、フィルが笑いながら、「またお菓子を作ってあげる」と言ったのが、きっかけだ。

そういうわけで、屋敷の料理人の許可をとり、食材も用意してもらって、わたしたちは厨房にいるわけだ。

屋敷であんまり甘いものが出されないという事情もあるけれど、それ以上に、フィルがわたしのために作ってくれるというのが嬉しい。

フィルが出してきた食材はシンプルなものだった。

砂糖、牛のミルク、それに少量のレモンの果汁。

そして棒状のニッキだ。東方の島国でとれるというこの香辛料は、カロリスタ王国の料理でも広く使われている。

海向こうのマグレブ連邦の影響で料理に取りいれられたと聞くけど、船や飛空艇の発達でさらに入手が簡単になった。

今は大航海時代だ、とよく言われる。どんどん新しいことが起きて、世の中は変わってきている。

わたしはこの国がどうなるのか、それを見ることができずに、前回は死んでしまった。今回の人生では何歳まで、わたしは生きられるのだろう？

フィルは最後に古い穀物を引っ張り出してきた。

「……お米？」

「うん」

フィルはこくりとうなずいた。

カロリスタ王国の二大穀物は麦と米だ。北のアレマニアでは麦しか育たないけど、カロリスタ王国は温暖な気候だから米も育つ。

ただ、北方のリアレス公爵領では、あまりお米を食べることはない。

「何を作るの？」

「それは……できてからのお楽しみだよ」

フィルは柔らかく微笑んだ。

フィルは火を熾すと、赤い銅の鍋にミルクとレモン果汁、そしてニッキを放り込んだ。

「えっと……わたしが手伝えそうなことってある？」

「お姉ちゃんは見ててくれればいいよ」

「でも、それだとフィルに悪いもの」

フィルは首をかしげ、そして考え込んだ。

そして、ぽんと手を打つ。

「それなら、お米を研いでおいてくれる？」

「お米を？」

「うん」

米は食べる前に研ぐもの、という知識はあるけれど、当然、貴族の娘のわたしは、実際にやったことはない。

フィルもそのことがわかっていたのか、わたしに方法を教えてくれた。

フィルの言う通り、米と水を一緒の容器に入れて、混ぜていく。

冬の水はとても冷たくて、ちょっと泣きそうになる。

わたしの様子を見かねたのか、フィルが「えっと、ぼく……代わるよ？」と言ってくれる。

でも、わたしは首を横に振った。

「わたしがやりたいって言ったことだもの」

「……ありがと、クレアお姉ちゃん」

「こっちこそ、ありがとね、フィル」

わたしが研ぎ終わったお米は、いつのまにか沸騰していたミルクの鍋に入れられた。

そして、煮込まれていく。

ここから、結構長い時間がかかるという。

フィルとわたしは厨房の椅子を持ってきて、腰掛けた。

そして、とりとめのないことを話しながらくすくすと笑っていた。

ときどき、フィルが鍋をかき混ぜる。

やがて、鍋の中身が固まってきた。フィルは火を止めると、その真っ白などろどろのお米をお皿に盛り付ける。

不思議な見た目だ。

フィルは綺麗な笑みを浮かべた。

「どうぞ……食べてみて」

わたしはさじを持って、おそるおそる、それをすくって口に運んだ。

熱さのなかに、上品な甘さがあった。

「不思議な感触……でも、柔らかくて……とってもおいしい」

「乳粥《アロス・コン・レチェ》っていうんだ。王都のお屋敷で、ときどき作ってた」

「北方《こっち》では聞いたことのない食べ物だと思う。おいしいのに、なんでだろう？」

「あまり貴族の人たちは食べないかも。古くなっちゃったお米をおいしく食べる方法だから」

そういうフィルも、王族で、貴族のなかの貴族のはずなんだけど。でも、フィルには良い意味で、貴族らしい雰囲気があまりない。

わたしがぱくぱくと食べていると、フィルはくすっと笑った。

「冷めてもおいしいから……少し、残しておかない？」

「う、うん……」

ちょっと勢いよく食べすぎたかも。フィルのまえで恥ずかしい。

でも、フィルはそんなわたしを見て、幸せそうだった。

「お姉ちゃんがおいしそうに食べてくれると、ぼくも嬉しいな」

「わたしも……フィルがわたしのために、またお菓子を作ってくれて、すごく嬉しい」

……今度はわたしの番だ。いつか料理をできるようになって、フィルに食べてもらおう。

公爵の娘には、王太子の婚約者には、いらないスキルかもしれないけど。でも、わたしもフィルに同じことをしてあげたい。

そんなことを考えていたら、厨房に足音が響いた。

誰だろう？

アリスやシアだったら、乳粥《アロス・コン・レチェ》をわけてあげようかな。

と思ったら、そこにいたのは、まったく別の人物だった。

金髪の幼い少年。わたしよりも年下で、上級使用人の服を着ている。

青い瞳は生意気そうに輝いていた。

「何してんですか……クレアお嬢様？」

呆れ顔で言ったのは、レオンという名前の子だった。

レオン・ラ・マルケス
マルケス男爵の子息で、今は十一歳のはず。

そして、前回の人生でのわたしの従者で……わたしの敵だった。

前回の人生で、レオンという子は、わたしと仲が悪かった。わたしとは主従関係なのに、互いに顔も見たくないと思っていた。

理由はいろいろとある。まず、レオンは生意気だ。幼かったわたしに、レオンはいつも楯突いて馬鹿にするようなことを言った。

それでも、わたしがレオンを従者とし続けたのは、お父様の命令だったからだ。

マルケス男爵の子息であるレオンは、公爵の娘のわたしの従者にふさわしい生まれだ。もしそうじゃなかったら、わたしはすぐにレオンを首にしていたと思う。

もう一つは、わたしの側に問題があったと思う。レオンは、死んだアリスの後任だった。

アリスが死んで悲しくて、わたしはついレオンにつらく当たってしまった。そのうえ、いつも優しかったアリスと、レオンを比べて愚痴を言っていた。

そうすれば、レオンからも嫌われて当然だ。

わたしは、いま、目の前にいる十一歳のレオンの青い瞳をじっと見つめる。

レオンは気味悪そうに後ずさった。

「あー、お嬢様?」

前回のレオンはわたしと一緒に学園に入学した。そして、やっぱり、レオンもシアに好意を持った。

そして、わたしが殺されたときも、レオンは積極的にわたしを助けてくれたりはしなかった。

まあ、わたしはレオンに嫌われていたから。彼の思い人のシアを殺そうともしたわけで、当然とも言える。

とはいえ、今回の人生でわたしが破滅を回避するには、レオンに好かれておいた方が良さそうだ。

フィルやシアほどの重要性はないけど、破滅はどこからやってくるかわからない。

わたしはにっこりと微笑んでみせる。

「あら、レオンじゃない。元気?」

「それなりには」

むすっとした表情で、レオンが言う。

……可愛くない。

顔立ちは端正だし、幼いながらに美少年なんだけど。

「こんなところで油を売ってると、旦那様に叱られますよ」

「大丈夫。やるべきことはやってるから、いいの」

勉強も行儀作法の練習も、前回の人生で経験済みのことばかりだし、簡単にこなせてしまう。

空いた時間は……フィルとの時間に使える！

なんて幸せなんだろう。

レオンは呆れた様子だった。

「だからって、なんでお嬢様が厨房なんかに……」

そこでレオンはぴたっと足を止めた。

鍋から漂う美味しそうな匂いに気づいたんだろう。

まじまじと鍋の中身を見つめていた。

フィルが首をかしげて、レオンを見つめている。

「……食べる？」

「べ、べつにいりません……！」

と、そこでレオンのお腹がぎゅぎゅっと鳴った。

わたしとフィルに見つめられ、レオンが顔を真っ赤にする。

「ち、違いますから……！」

と、またレオンのお腹が鳴る。

レオンも見習いとはいえ、使用人の一人だ。

勉強している時間の方が長いとはいえ、仕事だってしているから、それなりに疲れるし……お腹も減るんだろう。

彼は、頬を膨らませて涙目でわたしたちを上目遣いに睨んだ。

……お、ちょっとだけ可愛いかも。

フィルがお皿に乳粥《アロス・コン・レチェ》をすくい、そして、レオンに手渡した。

「あげるよ？」

「ま、まあ、せっかくなので、頂いておきます」

というと、レオンはさじで乳粥《アロス・コン・レチェ》をすくって、口に運んだ。

途端にぱっと顔を輝かせる。

美味しかったんだろう。

……年齢相応の子どもだなあ、と思う。

十六歳になったレオンは、わたしにとっては嫌味なだけの少年だった。でも、それはそのときのわたしにそう見えていただけで、視点を変えれば、もっと違った風に見えていたのかもしれない。

「これを作ったのは……？」

「ぼくだよ」

おずおずとフィルが手を挙げる。

レオンはフィルをじーっと見つめると、ぽつりとつぶやく。

「おまえ、すごいな……！」

と言ってから、レオンははっと口に手を当てた。

一つしか年齢の違わない子どもとは言え、フィルは王族出身の次期公爵。使用人がタメ口をきいていい相手ではない。

でも、フィルは首をふるふると横に振り、微笑んだ。

「おまえ、って呼んでくれていいよ？」

「ですが、フィル様は次の公爵様ですし……」

「でも、いまはただの十歳の子どもだから」

そして、フィルがわたしを見上げる。つられて、レオンがわたしを見る。

わたしは肩をすくめた。

「いいんじゃない。べつに、二人ともまだ子どもなんだし。子どもらしい話し方をすれば？」

「そういうクレアお嬢様も子どもですけどね」

とレオンが言う。

いちいち余計な一言を、と思ったけど、レオンが恥ずかしそうにぷいっと顔をそむけているのを見て、微笑ましくなった。

照れ隠しでそんなことを言っているんだ。

フィルは嬉しそうに、レオンに手を差し出した。

「よろしくね……えっと……」

「レオンです。レオン・ラ・マルケス」

「レオンくん、よろしく」

「……よろしく……お願いします」

レオンは乳粥《アロス・コン・レチエ》の皿を置くと、おずおずと手を差し出して、フィルの手を握った。

フィルはくすぐったそうに笑い、レオンも顔を赤くしていた。

フィルに友達ができるのは、姉であるわたしとしても嬉しい。

けど……わたしがレオンに好かれようと思っていたのに、レオンとフィルが仲良くなっただけのような……。

ま、そのうち、なんとかなると思う。今回はアリスも死んでいないし、レオンとアリスを比べて不満を持ったりなんてこともしないし。

順調、順調、と思っていたら、レオンがわたしを振り向いた。

「あー、お嬢様。大事な用事を言い忘れるところでした」

「用事？　なに？」

上機嫌に尋ねたわたしは、次の瞬間、凍りつくことになる。

「王太子殿下がいらっしゃってますよ。お嬢様の婚約者の、王太子殿下です」

レオンはなんでもなさそうに、そう言った。

Ⅲ　王太子、王太子殿下！

王太子アルフォンソ殿下。

わたしの婚約者だ。

だけど……前回の人生では、わたしを捨てて、シアを婚約者にしようとした。

わたしの初恋の人で、そして破滅の直接の引き金だ。

前回の人生では王太子のことを強く想い、王太子の婚約者の地位にしがみつこうとしたけど……今回の人生では、王太子とは関わり合いになりたくない。

王太子は、わたしを捨てて、わたしの死のきっかけを作った人物だ。

頼まれたって、未来の王妃なんてお断りだ。

なるべく王太子にも会いたくないのだけれど……。

「この屋敷にお越しになっているんですから、会わないってわけにはいかないでしょ」

と、使用人の少年のレオンが言う。

そのとおりだ。

フィルが不安そうにわたしを見上げる。

「クレアお姉ちゃん……大丈夫？」

たぶん、わたしが暗い顔をしていたからだと思う。

わたしは微笑むと、ぽんぽんとフィルの頭を撫でた。

「大丈夫。ちょっと婚約者に会ってくるだけだから」

「でも……クレアお姉ちゃん、ぜんぜん嬉しそうじゃないから、心配で……」

フィルの観察通り、わたしは王太子に会いたくない。

けど、そういうわけにもいかないので、フィルに「ありがとう」と言い、そして部屋に戻ることにした。

☆

アリスに手伝ってもらって、一番良いドレスに着替えてから、客間に向かう。

公爵邸の広く豪華な客間には、高価な赤い絨毯が敷かれている。

窓からは明るく日光が差し込んでいた。

その奥の長椅子に、王太子アルフォンソ殿下は腰掛けていた。

金色の髪が日の光に照らされ、美しく輝いている。

青く澄んだ瞳がまっすぐにわたしを見つめていた。

わたしと同い年の十二歳だから、まだ幼い顔立ちだけれど、少し凛々しさも感じられる。

ほぼ完璧といっていいほどの優れた容姿だ。

前回は、この完璧な王太子のことが好きだったわけだけれど……いまとなっては、少し不気味に思ってしまう。

アルフォンソ殿下はにっこりと微笑んだ。

「久しぶりだな、クレア」

「はい。……とてもとてもご無沙汰しております」

殺されたとき以来、ということになる。

もちろん、今の王太子はシアのことも知らないし、わたしが殺されることも知らない。

「会えて嬉しいよ」

王太子は立ち上がってこちらに近づくと、親しげにわたしの肩を抱いた。

……認識が追いつかず、凍りつく。

ハグされたのだ。

まあ、婚約者だし、お互い子どもだし、ハグなんて挨拶みたいなものだし。

不思議ではないんだけれど。

前回のわたしなら、とても喜んでいたと思う。

でも、今のわたしは……素直に喜ぶことなんて、とてもできない。

「いつ見ても、クレアは美しい。私の理想の婚約者だよ」

「はあ、まあ、えっと……ありがとうございます」

わたしは淡々と返す。

王太子のセリフは、芝居がかっている。前回も、彼は良く、わたしのことを「理想の婚約者」だと呼んでくれた。

だから、親が決めた結婚だけれど、王太子もわたしのことを好きなんだ、と思って喜んでいた。

でも……いま思えば、「理想の婚約者」と呼んでくれたことはあっても、わたしのことを好きだとは、王太子は一度も言ってくれなかった。

実力ある名門公爵家の令嬢であり、それなりに美しく、教養がある、という意味で、わたしは理想の婚約者だったのかもしれない。

でも、それは王太子にとって都合がよい、というだけだったのかもしれない。

どうせ、シアに会ったら、今回も、王太子はわたしより彼女を選ぶ。

王太子はわたしから離れると、相変わらずニコニコとしていた。

だけど、その本心は読み取れない。

「突然の訪問、悪かったよ。公務の都合でこちらの近くまで来ていてね。クレアに会いたいと思ったから。たまにしか会えなくてすまないね」

「いえ、とんでもございません」

べつにフィルやアリスがいてくれれば、王太子と会えなくても全然ＯＫなんだけど。

とは流石に口に出さない。

「とはいえ、これからは毎日でも会えることになった」

「はい？」

「クレア。君には王宮に住んでほしいと思うんだ」

「それは……殿下とご結婚した際には、もちろん……」

「いや、もっと近い話だよ。来週にでもクレアには王宮に来てもらいたい」

わたしはぎょっとした。

前回の人生では、そんな話はなかった。十二歳まではこの屋敷に住んで、十三歳からは王立学園中等部の学生寮に住んでいたからだ。

わたしが表情を変えたのに、王太子は気づいたのか、気づかなかったのか、続けて言う。

「学園にも通ってもらう必要もないと思っている。クレアにはもっとふさわしい場所があるからね」

わたしは混乱した。

なんで王太子はこんなことを言うんだろう？

それに……王宮なんかに行ったら、フィルと一緒にいられなくなっちゃう！

殿下は一点の濁りもない澄んだ声で言う。

「ずっと私のそばにいてほしいんだよ、クレア」

わたしはさあっと顔が青くなった。

王太子は、わたしを王宮へ連れて行くという。しかも、来週早々なんて、あまりにも急だ。

その後もずっとわたしを王宮にとどめておくつもりらしい。

前回の人生のわたしなら喜んだはず……いや、さすがに喜ばないか。

憧れの学園生活を取り上げられて、窮屈な王宮にずっと住め、なんて言われたら。

いくら王太子のことが好きだったとしても、ためらっただろう。

今回のわたしは王太子に未練がないから、なおさらだ。

「……そんなこと……お父様がお許しになるかどうか……」

おずおずと、わたしは王太子に尋ねてみる。だけど、相変わらず王太子殿下は笑顔だった。

「公爵は快く認めると言っていたよ」

「そんな……！」

考えてみれば、当然だ。

父にとって、わたしの価値は王太子との政略結婚の道具という一点にある。

なら、王太子が強くわたしを王宮に留めようとするのは、願ってもないことだろう。

わたしはまじまじと王太子の青い瞳を見つめた。

その瞳は澄んでいて、何の感情の色も読み取れなかった。

いったい、王太子の目的はなんだろう？

王太子がわたしのことを好きで好きでたまらないから？

まさか。

なら、前回の人生は何だったの？　という話になる。

でも、その可能性もゼロではないか。まだ王太子はシアに出会っていないから。

あるいは、もっと別の理由かもしれない。

わたしが王宮にいないと、王太子が困る理由。

または、わたしを学園に行かせると、王太子が困る理由。

なにかあるのかもしれない。

「その……殿下のおそばにいられるのは嬉しいのですが……学園には行ってみたいという気もするんです。学園にいれば、殿下のおそばにもいられますし」

「もちろん、クレアが学園に行きたいというなら、それを尊重するよ」

「なら……」

「だが、私は王宮で、学園よりももっと良い楽しく、素晴らしい生活を保証するつもりだ。どうだろう？　ともかく一度試しに王宮に来てみてほしい。それから学園へ行くかどうかは決めても遅くないはずだ」

こうまで言われては、わたしも断ることはできない。

相手は王太子殿下だから。

仕方なく、わたしはうなずいた。

けれど、多少の条件をつけることぐらいは許されるはずだ。

「あの……殿下。王宮に何人か連れていきたい者がいまして……」

「かまわないよ。お気に入りの使用人がいれば、ぜひ連れて行くといい」

もちろん、アリスにはついてきてもらうつもりだった。アリスはわたしの専属メイドだし、父も認めるだろう。

でも、問題はもう一人のほうだ。

フィルも連れていきたい。

もちろん、フィルはこの公爵家の跡取りだからずっとわたしと一緒にいるわけにはいかないけれど、でも、短期間ならなんとでも理由をつけられる。

そのあいだに、王太子のもとから逃れる方法を探せばいい。

弟も王宮につれていきたい、とわたしが言うと、殿下は首をかしげた。

「弟？　ああ、あの王族出身の……フィアとかいったかな？」

「フィルです」

わたしの大事な弟の名前を間違えないでほしい。

とは口には出さないけれど。

王太子殿下はぽんと手を打ち、「そうだった」とつぶやいた。

そして、王太子の視線はすっと扉の方へと向かった。

「そのフィルというのは、もしかすると、入り口から私たちを見ている少年かな」

わたしは驚いて振り返ると、ドアの隙間からフィルの顔がのぞいていた。

フィルは慌てて隠れようとするけど、その前に王太子が素早く扉を開けて、フィルを捕まえてしまった。

フィルはびくっと震え、怯えたようにうつむいていた。

王太子は微笑んでいたが、その青い瞳は鋭くフィルを睨みつけていた。

「盗み聞きなんて、同じ王族として恥ずかしいよ」

「ち、違います……ぼくは……」

「どう違う？」

「クレアお姉ちゃんのことが心配で……」

「婚約者同士が会うのを、君がどうして心配するのかな？」

「えっと、それは……」

「答えてほしい」

鋭い口調で王太子はフィルを問い詰めた。

フィルは顔を上げたが、その黒い宝石みたいな瞳は涙目になっていた。

わたしはたまらず、二人に駆け寄る。

「殿下……やめてあげてください。フィルは悪気があったわけじゃないですし……」

わたしがそう言うと、殿下は一瞬怖い表情で、わたしを見て、それからすぐに柔らかく微笑んだ。

「いや……悪かったよ。年下相手に大人気ない真似をした。それにしても……二人は仲が良いのだな」

「フィルはわたしのとっても大事な弟ですから」

わたしがそう言うと、フィルが嬉しそうな顔をした。一方の王太子は……なぜか、びくっと怯えるように、わたしの顔を見た。

「クレアは、私より弟のほうが大事か？」

わたしはとっさに答えられず、困った。

本音を言えば、フィルのほうが大事だけれど。でも、殿下はまだ、わたしの婚約者だ。

わたしが何も言えずに黙っていると、王太子は額に手を当てていた。

「いや、いいんだ……。今の質問は忘れてくれ……」

「殿下……顔色が……」

なぜか殿下の顔色はとても悪く、真っ青になっていた。

どういうことだろう?

いくらなんでも王太子の反応は、普通じゃない。

わたしがフィルを大事だと言ったことが、そんなに問題だったんだろうか。

殿下は小さな声で言う。

「私は……クレアが私以外の人間を選ぶのが恐ろしいんだよ。もしそうなれば……わたしは生きていけない」

おおげさな……。

わたしに捨てられたぐらいで、生きていけないほどのショックを受けるなんて考えられない。

もしそうなら、前回の人生で、王太子がわたしを捨てて、シアを選ぶはずがない。

そうだ。

一度、王太子を……シアに会わせてみるのもありかもしれない。

王太子との婚約は、早いうちに解消してしまいたい。

それも円満に。

婚約破棄にも理由がいる。

聖女となるシアと王太子がくっつけば、お互いハッピーだ。

わたしは晴れてお役御免。自由の立場になる。

わたしはそう考えながら、王太子に手を差し伸べた。

そして、微笑む。

「不安に思わないでください。……わたしは殿下の婚約者ですよ」

今はまだ、とわたしは心のなかで付け加えた。

Ⅳ　どうなりたいか

ともかく、わたしは王宮に行くことになった。

なるべく早く屋敷に戻りたいところだけど、当面は仕方がない。

王太子がそう望んでいるのだから。

なぜ王太子がわたしを王宮へ連れて行くのか。

それが問題だ。

前回の人生では起きなかったイベントなのだから。

王立空軍所属の飛空戦艦『アガフィヤ』の甲板の上に立ち、わたしはため息をついた。

強い風が吹き付けて、わたしの焦げ茶色の髪を揺らす。

アガフィヤはさすが空軍の戦艦だけあって、その大きさは空飛ぶ要塞といってもおかしくないほどだ。

洗練された機能美が、この船にはある。

飛空艇大好きなわたしだから、普段ならテンションが上がるところなのだけれど。

前回の人生でわたしを捨てた相手に連れられての旅だから、気分は浮かない。

とはいえ、フィルとアリス、レオンがわたしについてきてくれている。シアもついてきているのだけれど、病気だといって自室に引きこもってしまった。王太子の名前を聞いて以来、シアの様子がなんだかおかしい。

わたしは、遠く雲の向こうに輝く夕日を見つめた。

もうすぐ、夜が来る。

「……クレアお姉ちゃん？」

声に振り返ると、フィルがいた。フィルは恐る恐る、といった様子で、こちらに歩いてくる。

飛んでいる船の上だから、怖いんだろう
わたしはにっこりと微笑み、そして、フィルの手をつかんだ。

そのままフィルを抱き寄せる。

「これで怖くないでしょう？」

フィルは恥ずかしそうにうつむきながら、こくこくとうなずいた。

わたしは手すりのついた柵の向こうを指差した。

「あれは、たぶんアンカーストレム公爵領ね」

真下に見えるのは、城壁に囲まれた都市だった。

一面が雪景色だけれど、教会の尖塔や公爵邸のような大規模な建物がいくつか見て取れる。

アンカーストレム公爵は、リアレス公爵と並ぶ王国七大貴族の一つだ。

この公爵領を越えると、いよいよ王都、ということになる。

フィルは興味深そうに、飛空戦艦から見える景色を眺めていた。

わたしはフィルに尋ねてみる。

「王都からうちに来るときは、飛空艇から景色を見なかったの？」

「うん……ずっと部屋に閉じこもっていたから」

リアレス公爵領に来る前、フィルは孤独だった。

「王都にも……いい思い出がないよ」

「ごめんね。わたしのわがままでフィルにまでついてきてもらっちゃって」

フィルは慌てて、ふるふると首を横に振った。

「ううん。ぼくも……お姉ちゃんと一緒にいたいから。それに……いまはお姉ちゃんがいるから、王都もきっと悪くないと思う」

「そっか」

わたしは嬉しくなって、フィルの頭を軽く撫でる。

足音がした。

気がつくと、王太子アルフォンソ殿下がわたしの後ろにいた。

王太子の金色の髪の幾筋かが、風に吹かれて舞っている。

「ここにいたのか……クレア。探したんだよ」

「申し訳ありません。なにかご用事がありましたでしょうか？」

「ああ、まあね……」

そして、王太子はちらりとフィルを見た。

フィルはびくっと震え、そして、わたしを一度見上げると、たたっと駆け出して、船内へと戻っていった。

せっかくのフィルとの時間だったのに。

でも、婚約者である王太子殿下を邪険に扱うわけにはいかない。

「弟と仲がよいのだな」

「ええ」

王太子の顔に、憂鬱《ゆううつ》そうな色が浮かんだ。

フィルと仲良くすることが、王太子には気がかりらしい。

婚約者だからヤキモチを焼いている、とかならいいのだけれど、そうではない気がする。

王太子は甲板の柵の手すりにもたれかかった。そして、その青い瞳でわたしを見つめる。

夕日に照らされた殿下は、改めて見ても美しかった。

王太子という至高の身分を持ちながら、その容姿も抜群に優れている。それだけでなくて、十二歳にして剣術の腕も一流で、学問にも熱心だった。

一点の非の打ち所もない完璧超人。それが殿下だと、前回の人生のわたしは思っていた。

とても真面目で、努力家で、優しい性格をしている。

だけど、殿下はわたしを捨てた。だから、わたしは殿下をまっすぐな瞳では見られない。

王太子はゆっくりと口を開く。

「……クレアは、大人になったら、何になりたい？」

唐突な質問に、わたしは面食らった。

お菓子屋さんになりたいとか、そういう話？

……そういえば、この質問、前回の人生でも王太子にされたような……。

あれは学園だったか、わたしの家の屋敷だったか、王宮だったか。

思い出せないけれど、大人になったら何になりたいか、と十二歳のときに聞かれた記憶がある。

そのとき、わたしは王太子のことが好きで、そして、自分が未来の王妃になると信じていた。

だから、「立派な王妃になりたいです」と答えていたと思う。

そのとき……王太子は「そうか」とつぶやき、なぜか冷たい瞳をしていた。

あの答えは、もしかして、間違いだったのかもしれない。王太子に嫌われる最初の原因だったのかも。

理由はわからなくて、あのときの王太子の冷たい反応にわたしは戸惑った。ただ、ともかく、今度はべつの答えをしたほうが良さそうだ。

それに、立派な王妃になるつもりなんて、欠片もない。

わたしは戦艦の外を指差した。

空を一羽の鳩《はと》がゆっくりと飛んでいる。飛空戦艦よりも鳩は遅くて、どんどん小さくなって、やがて見えなくなった。

「ああいうふうになりたいですね」

王太子の顔に疑問符が浮かんだ。

わたしは肩をすくめる。

「わたしは、鷲《わし》や鷹《たか》のような偉大な鳥になりたいとは言いません。でも、鳩でもいいから、自由に空を飛んでいたいんです」

「不思議な答えだな」

王太子がきょとんとした目をしているのを見て、急に恥ずかしくなってきた。

もっと、普通の回答をすればよかったかも。

でも。

「何になりたいか、なんてわかりません。でも、どうなりたいかなら、わかるんです。わたしは自由でいたいだけですから」

王妃なんて高望みはしない。

ただ、自由に楽しく生きていられれば、それでいい。そして、フィルやアリスがそばにいてくれれば、幸せだ。

王太子は憂いを帯びた瞳で、空を見つめていた。

「そうか。そうだな……私も自由でありたいよ。だが……」

それは叶わない。

殿下は王太子なのだから、それに伴う責任がある。

ただ、前回の人生で、殿下は無理にでも、シアを選ぼうとした。

それだけの魅力がシアにはあったんだと思う。まあ、もちろん婚約者のわたしの立場からすれば、たまったものじゃないんだけれど。

でも、殿下もその気になれば、自由になれるはずだ。

「きっと、殿下を自由にしてくれる方が現れますよ」

「そうかな」

「はい」

わたしが微笑むと、王太子は軽くうなずき、わたしに微笑んでみせた。

Ｖ　監禁？

飛空戦艦アガフィヤ号に乗って、わたしたちは王都アストゥリアスに到着した。

王立学園は王都にあったから、前回の人生でも王都は見慣れている。

それでも、久しぶりにその街並みを見ると、ため息が出てくる。

公爵領の町とは、やっぱり規模が違う。

放射状に広がる街は、巨大な城壁に囲まれている。

街の中心にあるのが王宮で、それを貴族の屋敷が取り囲み、さらにその外側に商人や職人の住む市街地が広がっている。

わたしたちが飛空戦艦から降りたのは、王宮近くにある空軍の港だった。

さすがは王太子殿下のお戻りだけあって、多くの軍人たちが出迎えに来ている。

フィルは完全に怯えていて、ぎゅっとわたしにしがみついた。

歩き出そうとする殿下を、わたしは呼び止める。

「あの……やっぱり、わたしたちは王都の公爵邸に滞在しようかと思うのですが……」

王都には、リアレス公爵家の屋敷もある。

当主が王都に来たときに滞在するためでもあるし、王都の政治について情報を集めるために有能な家臣たちもたくさん詰めている。

けれど、王太子殿下は首を横に振った。

「クレアには王宮に住んでほしくて、王都まで来てもらったんだから」

どうしても、王太子はわたしを自分のそばに置いておくつもりらしい。

わたしたちは、王太子に連れられて、広大な庭園と、白い美しい壁を持つ王宮へと入った。

内装も立派で、見るだけで最高級品だとわかる装飾で埋め尽くされていた。

フィルとアリス、レオンは目を丸くして、王宮を眺めていた。シアは特に興味がないようだった。

「さすが王様が住むだけあって、すごい場所ですねえ」

とメイドのアリスはつぶやき、フィルがそれにこくこくとうなずく。

二人も、わたしと一緒に王宮に滞在することになる。

フィルも王族だけど、傍系の父セシリオ親王の屋敷にずっと住んでいたから、王宮に入ったことはないみたいだ。

「……クレアお姉ちゃんは驚かないんだね」

「うーん、そうね。わたしは何度も入ったことがあるから」

「王太子殿下の婚約者だから？」

「そうそう」

わたしがそう言うと、なぜかフィルは「ふうん」とつぶやいて、複雑そうな顔をした。

王宮なんてできれば来たくなかったけど。

でも、フィルもアリスもいてくれるし。ついでにレオンもいる。

それにシアも。

そのシアは緊張した様子だった。でも、それはアリスたちの緊張とは少し違う気がする。

「クレア様の身に危険なことが起こったら……私が命にかえてもお守りします」

「ありがとう。でも、ちょっとおおげさかな」

わたしはくすっと笑った。

ここは王宮で、危険なことなんてあるはずもない。今のところ、王太子も敵じゃないし。

とりあえず、わたしは王太子の部屋に呼ばれることになった。

フィルが不安そうに、黒い瞳でわたしを見つめる。

「クレアお姉ちゃん……その……」

「大丈夫。また後ですぐに会えるから。それまではアリスお姉ちゃんやシアお姉ちゃんと一緒にいてね」

わたしが冗談めかしていうと「任せてください」とアリスは胸を張ってみせた。

「あたしがフィル様を可愛がってさしあげますから！」

「え、えっと……」

フィルが怯えたように後ずさる。

アリスはそんなフィルを見て、くすくすと笑った。

「でも、やっぱり、フィル様にとっては、クレア様だけがお姉ちゃんなんですね」

「うん……クレアお姉ちゃんがいないと……ぼくはだめだから」

フィルがそう言ってくれるのは嬉しいけど、アリスにはある程度懐いてもらわないと困る気もする。

どうしてフィルはわたしのことは慕ってくれるのに、アリスには怯えているんだろう？　……不思議だ。

一方のシアは上の空で、フィルと同じように、紅い瞳でわたしを心配そうに見つめていた。

なにがそんなにシアを不安にさせているんだろう？

わたしはフィルの髪をくしゃくしゃと撫でた。

フィルは不安そうな表情のままだったけど、少し嬉しそうにしていた。

わたしはシアの頭にもぽんと手を乗せた。

シアはきょとんとし、それから顔を赤くした。

「く、クレア様……」

「シアもわたしが戻ってくるまで、いい子にしていてね？」

「は、はい……」

わたしとシアは同い年。でも、誕生日はシアの方が後だったはず。それに、今のわたしは中身十七歳だし。

今回の人生では、シアはわたしの妹ということになっている。

いろいろあったけど、前回も今回も、シアは素直で、わたしを慕ってくれる良い子だ。

わたしは二人にひらひらと手を振ると、王太子殿下についていくことにした。

☆

王宮に到着した直後、わたしは王太子と一緒に数人の護衛を連れて王宮の廊下を歩いていた。さすがきらびやかな空間で、天井は綺麗な黒色の石で造られていて、星が流れるような美しい模様が刻まれている。

王太子は、口数が少なかった。表情もあまり読み取れない。

「きっと私の部屋を見ると驚くことになるだろう」

「そんなにすごい部屋なのですか？」

「ああ」

王宮の奥になればなるほど、重要な王族が住んでいる。

だから、わたしたちは王宮の奥へと向かっているんだけど……王太子の部屋って、前回の人生では、別の方向にあったような……？

でも、わたしは「まあ、いいか」と思って、そのまま王宮の五階の部屋に連れられてきた。

そして、王太子は部屋の扉を開ける。

立派な部屋なんだろうなあ、というわたしの予想は完璧に裏切られた。

豪華な部屋であることには間違いない。

でも……窓には鉄格子がはめられていた。

部屋の手前あたりには檻があって、出入り口と部屋の中心部を区切っている。

「これは……」

わたしが慌てて、振り返ると王太子に軽く突き飛ばされた。

わたしがよろめいて、檻のなかに入ると、王太子は檻の扉を閉め、そして鍵をかけてしまった。

「で、殿下……どういうことですか⁉」

「悪いね、クレア。でも、これも私とクレアがずっと一緒にいるために必要なことなんだよ」

殿下は青い瞳を輝かせ、そして不思議な微笑みを浮かべた。

　わたしは愕然とした。

「一緒にいるためって……だからって……こんなこと……」

「言っただろう。王宮に住んでもらう、と。その確実な実現のために、悪いけど、少し特殊な部屋にしてある」

王太子は淡々と言う。

わたしは口をぱくぱくとさせ、そして、目の前の檻をつかんでみた。びくともしない。窓に駆け寄って、鉄格子を触ってみるけど、こちらも外すのは難しそうだ。

どうやっても、脱出できそうにない。

少し特殊な部屋というけど、要するに豪華な内装の牢屋だった。

「こんなの、監禁じゃないですか」

「必要なことなんだよ」

「お父様が知ったらなんと言うか……」

「公爵のことなら心配はいらない。君は何も不安に思わず、ここにいてくれればいいんだ」

「わたしは……自由でいたいと言ったはずです！」

「そう。それが不安なんだ。君は自由になる必要なんてない」

「なっ……」

何を言っているのか、と思って、わたしは王太子をまじまじと見つめた。

王太子は薄く笑う。

「そんなにまじまじと見つめられると、照れてしまうね」

「殿下……！」

「どのみち、私も君も自由にはなれないさ。私は王太子、君は公爵令嬢にして未来の王妃。そうでなければ、私たちは生きていけないのだから」

それだけ言うと、王太子は檻の鍵を持ったまま、部屋の外へ出てしまった。

わたしは途方にくれた。

さすが王宮の奥の部屋だけあって、それなりに快適そうだけど。

でも、外に出られないのは困る。

どうしてこんなことになったんだろう……？

前回の人生で、王太子に監禁されたりはしていないし……。

そういえば、学園入学前のこの時期は、王太子とその家臣に連れられて、南方に旅行に行ったような気がする。

あのときの王太子は優しかった。

なんで旅行が監禁に変わるんだろう？

わたしを監禁しなければならないほど、殿下がわたしにこだわる理由があるんだろうか？

あるとすれば、前回の人生では、なんで殿下はわたしをあっさり捨てたんだろう？

わたしはそのまま、呆然と椅子に座っていた。

いろんな考えが頭に浮かぶ。

けど、監禁された衝撃が薄れてきて、することがないとだんだん考えることもなくなってきた。

退屈になってきたのだ。

部屋の隅には、本棚があったけれど、そこにあったのは大判の辞書と分厚い年表だけだった。

わたしは迷って、年表のほうを手にとった。

暇だから、年表のページを最初からめくっていく。

そして、一個一個目を通していく。

古代トラキア帝国の崩壊、アレマニア専制公国の成立といった大きな事件から、農民が起こした小さな反乱まで、網羅されていた。

どうせすることもないし。

暗記しよっと。

なにかの役に立つかもしれない。

自慢じゃないけど、わたしは真面目な性格だった。

こういうことが苦にならないし、退屈しのぎにはなる。

でも、本当は……フィルに会いたい。

「もう、フィルに会えないのかな……」

いつまで王太子はここにわたしを監禁する気なんだろう？

もしかして一生？

いや……どっちにしても、王太子はそのうちシアを選ぶはずだ。

シアは聖女になるし。

そうなったとき、監禁されているわたしはどうなるんだろう……？

やっぱり、邪魔者として処刑されるのでは……？

穏便に婚約破棄してしまいたいし、この監禁から逃げたい。

だけど、どうすれば……。

「……痛っ」

腕に急に痛みが走る。

見ると、右腕の肘より下に、赤い不思議な模様が現れていた。

四角や丸が組み合わさった幾何学的な刻印だった。

「これ……」

シンプルなデザインなのに、やっぱり、それはひどく恐ろしいものに見えた。

前回の人生でわたしが殺されたとき、そして、天青石を取りに行ったとき、この模様が現れた。

きっとこれは、わたしの破滅と関係ある。……けど、何なのかはわからない。

わたしはため息をついた。

わからないことだらけだ。

そのとき、とんとんと扉を叩く音がした。

誰だろう？

王太子の部下とか、敵……かもしれない。

「どうぞ」

わたしは小さく言った。

すると、扉がゆっくりと開き、そこには銀色の髪の小柄な少女が立っていた。

「……シア！」

「クレア様、ご無事で良かったです！」

シアは今にもわたしに抱きつきそうな雰囲気だったけれど、あいにく檻に邪魔されている。

「無事とはいえないけどね……」

ははは、とわたしが檻を指差して言うと、シアが沈んだ顔をした。

「すみません、クレア様……わたしが不甲斐ないばかりに……」

まるで自分に責任があるかのような、シアの発言に少し違和感を覚える。

シアはまだ十二歳の少女で、ちょっと前まで平民だった。

いまでこそ公爵家の養女だけど、王太子の横暴を止められる立場にあるわけない。

「シアのせいじゃないわ。そういうシアこそ大丈夫？」

「はい。わたしたちはみんな客人として丁寧に扱ってもらっています。フィル様やアリスさんたちも一緒です」

わたしはほっとした。

それが一番心配だった。フィルたちにも危害が加えられていたら、と思うとぞっとする。

もし……そのときは、わたしは王太子のことを許さないだろう。

「わたしやアリスさんは、公爵家の縁者ですし、クレア様との面会が認められたんですけど……男性はダメだということで……」

フィルやレオンは無理、ということらしい。

これは王太子の独占欲のせいなのか、それとも……。

考え込むわたしに、シアが言う。

「あの……クレア様に紹介したい人がいるんです」

シアは出入り口を指差した。

そこにはメイド服を着た……少年が立っていた。

Ⅵ　わたしのメイド、フィル！

王宮ではメイド服まで豪華なのか、白い布地に綺麗な金色の糸で刺繍が縫い付けられている。

ふわりとしたスカートは、ぱっと見ただけで高級品とわかった。頭には愛くるしいデザインのカチューシャがついている。

メイド服だから当然女物の服で、それを着ているのも、どう見ても黒髪の可愛らしい少女だ。

ただ、わたしはその子が女の子じゃないことを知ってる。

「ふぃ、フィル……!?」

わたしの言葉に、メイド服を着たフィルが顔を真っ赤にした。

どうしてフィルが女装しているんだろう？

部屋の檻の前で、シアがしれっとした顔で言う。

「男性はクレア様との面会が認められないので、フィル様には女装してもらいました」

「な、なるほど……」

わたしはつぶやいて、あらためてフィルをじっくりと眺めた。

黒い綺麗な髪に可愛らしいリボンもつけていて、スカートの裾の下には、白くほっそりとした足が見えている。

黒い宝石みたいな瞳は、とても恥ずかしそうに潤んでいた。

フィルには悪いけど……かなり似合っている。

思わず、檻をつかむ手に力が入る。

監禁されていなければ、フィルの髪を撫で回したいところだけど、あいにく部屋の手前の檻が邪魔をしている。

シアが言う。

「王太子殿下は、侍女一人のみなら、クレア様のおそばにいてもいいと仰っていました。そうでないと気が滅入るだろうから、と。つまり、同じ部屋で寝泊まりするということですね」

「なら、アリスが……」

「いえ、アリスさんは、公爵様と連絡を取るためレオンくんと電報室へ向いました。本当だったら、ぜひ……ぜひ、私が一緒の部屋で寝起きしたいところなのですが……」

「シアも他に用があるのね？」

「はい。客室での滞在を許されたので、王宮内で情報収集してみるつもりです。私も一緒になって監禁されてしまってはクレア様を助けることができませんから」

たしかに、そうだ。

王太子の監禁から、わたしを救ってくれそうなのは、シアとアリスぐらいだ。

「そこでフィル様の出番です。クレア様のそばに、フィル様は侍女として仕えていただきます」

「へ？　でも……フィルって男の子……」

「だから、女装していただいているんです」

フィルと二人きりで一緒の部屋……。

悪くない。

悪くないけど、監禁という状況でなければもっといいんだけれど。

シアによれば、これはアリスの提案らしい。「フィル様が一緒にいるのが、クレア様にとっては一番いいでしょうから」というのがアリスの言葉で、シアもしぶしぶそれにうなずいたらしい。

やがて見張りの兵士らしき人がやってきた。その人が檻の鍵を開けてくれて、フィルはしれっとわたしのメイドということで、部屋の中に入った。

「いいなあ、クレア様と一緒の部屋……」

シアは小さくつぶやきながら、王太子の部下とともに、名残おしそうに去って行った。

残されたのは、わたしとフィルのみとなる。

部屋にはちょうど二人分のベッドもあるし、あれこれの家具や設備も揃っていて、この部屋だけで生活が一通り完結するようになっている。着替えは備え付けのクローゼットですればいい。……つまり、フィルとの二人きりの生活に障害はまったくないということだ。

メイド服のフィルがおずおずとわたしを見上げる。

「あの……お姉ちゃん」

「なに？」

「ぼくのこの格好……変じゃない？」

わたしはにっこりと微笑んだ。

「ぜんぜん！　とてもよく似合ってる！」

「……あ、ありがとう」

「すごく可愛い！」

「ぼく、喜んでいいのかな……」

フィルが複雑そうな表情をして、首をかしげる。

わたしは、カチューシャのついたフィルの頭を軽く撫でた。

フィルのメイド服姿なんて、なかなか見られない。

「フィルがわたしのメイド……。ね……メイドっぽいこと言ってほしいな」

わたしがフィルの耳元でささやくと、フィルは顔をますます赤くした。

そして、小さな声で言う。

「お……おかえりなさいませ、クレア様」

「やっぱり……フィルって可愛い。まるで妹みたい」

そう言うと、フィルは涙目で頬を膨らませた。

「ぼ、ぼくはクレアお姉ちゃんの弟だよ」

「うんうん。わかってる。だからね、お屋敷に戻ったら、わたしのドレスを着てみない？」

「わ、わかってない……」

「きっと似合うと思うの」

「そ、そうかなあ。……でも、クレアお姉ちゃんが見てみたいなら、一度ぐらい着てみる」

「楽しみにしてるね、フィル」

わたしはもう一度、フィルの頭を撫でると、フィルはこくっとうなずいた。

さて、屋敷に戻るには、王太子の監禁から逃れないといけない。

問題は、どうしてわたしが監禁されているのか、だ。

☆

メイド服姿に女装したフィルの頭を撫でながら、わたしは考えた。

前回の人生での南方への旅行が、今回は王太子による監禁に変化している。

大きな変化が起きているけれど……。

良い方向の変化だとは思えない。

腕に現れた、赤い刻印のことも気になる。

わたしは王太子の婚約者だけれど、前回の人生では、王太子はシアに乗り換えた。

そのせいで、わたしは破滅している。

今回だって、きっと同じことが起きる。

いくら王太子がわたしのことを好きだと言っても、信用できない。

まして監禁なんてされてしまえば、なおさら……。

王太子がわたしのことを大好きで監禁しているのでなければ、その理由は何だろう？

公爵のことは心配いらない、と王太子は言っていた。

なら、お父様も、監禁に合意してるってこと？

ますますわけがわからない。

でも、この監禁から逃げられなければ……。

わたしは学園にも通うことができず、やがてシアが聖女となり、わたしは邪魔者になって……。

王太子から婚約を破棄されて、下手したら殺されるかもしれない。

シアやアリスがわたしを監禁から助け出そうとしてくれているみたいで、嬉しいけれど、でも、相手は王太子で、ここは王宮だ。

しかも父の公爵の力も借りられない。

なら、王太子の意向に反して、わたしがここから脱出するというのは難しいと思う。

それなら、監禁の理由を見つけ出し、王太子を説得するしかない。

わたしはそう決意した。

「フィルはそこの椅子に座っててくれる？」

「……うん」

わたしが椅子を指し示すと、フィルはこくっとうなずいて、椅子に腰掛けた。

やっぱり、白のフリフリのメイド服を着ていると、どう見ても女の子にしか見えない。

可愛いけれど、でも、今はフィルのことより、考えないといけないことがある。

わたしは机の前に座った。

不幸中の幸いか、羽ペンとインク、それに羊皮紙がある。

これなら、考えたことを書き出すことができる。

わたしはさらさらとペンを走らせた。

王太子がわたしを監禁する理由。

わたしに利用価値があるから？　公爵の娘だから？

そういえば、王太子にはサグレスという腹違いの弟がいたはずだ。

前回の時間軸では、王太子アルフォンソに対して、第二王子サグレスとその支持者は、いつも王位継承権を奪おうとしていた。

サグレスは優秀な少年で、かつその開放的な性格から、王宮では人気が高かった。

母も王妃ではないけれど、有力な中央貴族出身だったはずで、だから、サグレスは王都の貴族からは強く支持されていた。

そんな状況で、わたしのリアレス公爵家は、王太子の有力な味方だった。

七大貴族の一つだし、その力は他の貴族を圧倒している。

リアレス公爵の支持なくして、王太子は王太子であり続けることができない。

だから、聖女シアが現れるまで、王太子にとって、婚約者のわたしは必要不可欠の存在だったはずだ。

……今だから、客観的にそう考えられる。前回の人生では、王太子もわたしのことを好きだと思っていたけれど。

ただの利用価値のある道具に過ぎなかったんだと思う。

なら、王太子がわたしを監禁したのは……わたしを失うこと、つまり地位を失うことを恐れてかもしれない。

　つまり……。

　そこまで考えて、それでも、監禁という手段でないといけない理由がわからなかった。

　もっと別の手段が……。

　気づくと、わたしは考えることに熱中して、かなりの時間が経っていた。

　でも、明確な結論は出ない。

　なにか……大事なことを忘れているような……。

　横で、何かが動く気配がした。

　振り返ると、椅子に座ったフィルが、立ち上がりかけていて、でも、また椅子に座ってしまった。

　フィルのスカートの裾がふわりと揺れる。

　フィルはちらちらとわたしの方を、黒い宝石みたいな瞳で見つめていた。

　その目は……どことなく寂しそうだった。

　考え事に没頭して、けっこう長い時間フィルを放置しちゃったかも……。

　しまった。

「あ、あのね……お姉ちゃん」

　フィルがおずおずとなにかを言いかける。

　前回の人生でも似たようなことがあったような……。

　あれは、お屋敷にいたとき、ちょうど今ぐらいの時期のことだったと思う。

　わたしはそのとき、未来の王妃にふさわしくなろうと思って、いつも熱心に部屋で勉強していた。

そんなとき、フィルがわたしの部屋にやってきた。

そのときのわたしは、フィルを冷たく扱っていて、なのにフィルはわたしの部屋にやってきてくれた。

フィルは寂しそうな目で、わたしを見つめ、同じように「あの……クレア様と……」となにか言いかけていた。

でも。

わたしはそのとき、フィルを部屋から追い出してしまった。

勉強の邪魔だから、と。

あれは……アリスが死んだあとのことだったから、なおさら冷たくフィルに当たったんだ。アリスの事故死のせいで、わたしたちは疎遠になっていたけれど、あのとき、ちゃんとフィルの話を聞いていれば……わたしたちはもっと違った関係になっていたのかもしれない。

でも……前回のわたしはそんなこと、考えもしなかった。

当時は、わたしはフィルのことを大事に思っていなかったからだ。

けれど、今は違う。

わたしはフィルの言葉の続きを待った。

「クレアお姉ちゃんと……あ、遊びたいな、と思って」

フィルは顔を赤くして、うつむきながらそう言った。

わたしはきょとんとして、そして、くすっと笑った。

あのときも、きっとフィルは寂しくて、わたしと遊びたいと思ってたんだ。

かつてわたしはそんなフィルを拒絶してしまった。

だけど、今回は……。

フィルは慌てて付け足す。

「で、でも……お姉ちゃん、忙しそうだから、ぼくが邪魔なら……」

「邪魔なんかじゃないわ。だって、わたしにとっては、フィルとの時間が一番大事だもの」

わたしがそう言って、フィルの肩に優しく手を置くと、フィルはびっくりしたようにわたしを見上げ、それから嬉しそうに微笑んだ。

監禁問題を解決するのはもちろん重要だ。

でも、それは将来の破滅を回避するため。そして、フィルと一緒にいるため。

大事なことを間違えちゃいけない。

もしどうすればよいか考え続けて、フィルを放っておいてしまって、フィルに寂しい思いをさせたら本末転倒だ。

だって、ここから逃げるのも、破滅の未来を回避するのも、フィルと一緒にいるためなんだから。

王太子のことは、王太子に聞かないとわからない。

わたしは監禁されているけれど、王太子に限れば、向こうから会いに来てくれると思う。

……たぶん。

それまでは待つことにしよう。相手の出方を見て、真意を探ればいい。

だから……いまはフィルとの時間を過ごしても、悪くないはずだ。

メイド服姿のフィルなんて、こんな機会でもないと見れないし。

わたしが閉じ込められた部屋は、檻と鉄格子の窓を除けば、かなり豪華なものだった。

ここは王宮の最も奥だし、わたしは形式上、王太子の婚約者だし。

丁重に扱われて当然といえば当然だ。

……前回の人生では、最期に王太子の婚約者という立場を失って殺害されたわけだけど。

そんなことを思い出しても仕方ない。

☆

「……お姉ちゃん、おいしそうに食べるね」

フィルが首をかしげて、黒い髪がさらりと揺れる。

わたしは微笑んで首を横に振った。

「ええ。だって……美味しいんだもの」

監禁されたわたしと、そのメイド（ということになっている）フィルは、部屋で食事をとっていた。

もうすっかり日は暮れていて、少なくとも今日はこの部屋から出ることはできなさそうだった。

目の前にあるのは、オリーブオイルとニンニク、それに唐辛子をたっぷり使った煮込み料理だった。

陶器に油ごと注がれていて、エビやマッシュルームなどなど、具材がたくさん入っている。

これにバゲットをつけて食べると……かなりおいしい。

シンプルな料理だけど、さすが王家の食事だけあって、きっと一流の素材を使っているんだと思う。

わたしは監禁されていることも忘れて、幸せな気分になった。

それに……目の前にフィルがいて、フィルと一緒に食事ができているから、楽しいんだと思う。

フィルはちびちびと指先でバゲットをちぎり、それを油にひたす。

フィルもぱくぱくと食べていたけど、その陶器の中を見ると、マッシュルームだけが残されている。

「もしかして、キノコ、苦手なの？」

とわたしが聞くと、フィルは恥ずかしそうに、こくりとうなずいた。

知らなかった。

なんとなく、フィルは好き嫌いしないタイプかと思っていた。

前回の人生では、わたしは本当にフィルのことを知らなかったんだな、と改めて思う。

姉弟なのに、食べ物の好き嫌いも、趣味も知らなかった。

でも……これから知っていけばいい。

今回は、フィルはわたしの大事な弟で、フィルもわたしを姉だと思ってくれているから。

わたしは手を伸ばして、フィルの陶器から、マッシュルームをすくった。

「お、お姉ちゃん？」

「フィルが食べないなら、わたしがもらってあげる」

好き嫌いはダメ……なんて言わない。わたしも子どもだし。

それに……単純に、わたしはマッシュルームが大好きで、もっと食べたかったからだ。

フィルは不思議そうにわたしを見つめていて、やがて微笑んだ。

「お姉ちゃんが代わりに食べてくれるなら……嬉しいな」

「ありがとう」

ああ……幸せ。

あとは葡萄酒が飲めれば完璧なのだけれど。

カロリスタ王国では、十六歳から酒を飲むことが普通だ。だから、前回のわたしは食事のときに葡萄酒をたしなんでいたけど、さすがに十二歳で酒を飲みたいなんて言えないし。

そんなことを考えていたら、部屋の扉が開き、静かに銀髪の美少女が入ってきた。

シアだ。扉がパタンと閉まり、シアは真紅の瞳をぱちぱちとした。手には茶菓子を載せたお盆がある。入口の兵士に許可を得て入って来たらしい。

「クレア様と一緒に食事……いいなあ」

シアはわたしたちをとても羨ましそうに見つめていた。

シアはアリスと共に王城内の客室があてがわれ、待機させられているらしい。

理由をつけて様子を見に来てくれたようだ。王太子はわたしにしか行動に制約をかけていないし、一応監禁されたわたしを気遣ってくれたのか、公爵家のシアとアリスの来訪は自由に認められている。

ただし、鉄格子の中へ入って来られるのはフィルだけだ。

わたしたちがここから脱出できるかは、シアとアリスの活躍にかかっている。もしかしたら事態に進展があったのかも。

シアがなにか言いかけたそのとき、ふたたび部屋の扉が開いた。

「やあ、クレア。機嫌はどうかな?」

と笑いながら言うのは王太子で、本人はとても上機嫌だった。

シアがびくっと震える。

飛空戦艦ではシアは引きこもっていたから、これが……今回の人生での、王太子とシアの本格的な初対面になる。

いったい……どうなるだろう？

王太子は、おや、という表情をした。

シアを初めて見るからだと思う。監禁部屋に、わたしとフィル、鉄格子を挟んでシア、王太子の四人がいる。

シアはちゃんとした貴族の令嬢らしいドレス姿をしている。

公爵家の養女だし、当然だ。

……まあ、公爵家の正統な後継者であるフィルは、目下のところ、メイドに変装なわけだけれど……。

シアは銀髪紅眼の美しい少女だし、多くの人の関心を引く存在だと思う。

王太子も例外じゃないはずだ。

前回の人生で王太子はシアのことを好きになり、わたしを捨てた。

それがわたしの破滅の始まりだった。

なら……今回は？

わたしは王太子との婚約に執着するつもりはないし、状況さえ許せば、婚約者の地位を喜んで降りる。

王太子とシアの恋を応援してもいい。……王太子がまともな人間なら。

まだ、王太子がわたしを監禁した理由はわかっていない。

シアは警戒するように王太子を見つめていた。

前回と同じなら……王太子は、シアに一目惚れして、彼女に強い好意を持つはず。

王太子は軽く首をかしげた。

「ええと、君は……？」

「クレア様の妹です」

「……妹？　クレアの？」

シアは淡々と公爵家の養女になった経緯を説明した。

王太子はなるほどとうなずくと……それきり、興味を失ったように、わたしの方を向いた。鉄格子の鍵を開けるとシアを伴って内側へと入ってくる。

あれ？

前回と違う。

前回はシアと初対面のときから、シアに積極的に話しかけていた。

でも……今回はまるきり関心がないようにすら見える。

王太子はにこにこと、まるでわたしに媚びるように、笑みを浮かべた。

「なにか不都合はないかな、クレア。困ったことがあったら、何でも言ってくれ」

「あのー……ここに閉じ込められていることが、わたしは一番、困っています」

わたしは控えめに、おずおずと言う。

王太子の怒りを買ったら、どうなるかわからない。

だからといって、本心を言わないでいると、王太子がずっとにこにこしながら、わたしを監禁しかねない。

わたしの言葉に、「うんうん」とフィルとシアがうなずいている。

王太子は困ったような顔をした。

「こんなところに閉じ込めて悪いと思っているよ」

「なら……」

「君を解放はできない」

王太子の言葉にためらいはなかった。

「少なくとも、危険が去るまではね」

「危険？　それってなんのことですか？」

わたしには思い当たる節がなかった。

前回の人生を思い出しても……王太子たちと旅行していただけで、なにか危険な事件にあったことなんてない。

王太子は微笑んだ。

「君は知らなくていいことだ。すべてが解決したら、教えるよ」

「そうやって、わたしには何も話さないんですね。前回だって、ずっとそうだった」

「前回？」

王太子が不思議そうな顔をする。

しまった……。

うっかり前回なんて口走ったけれど、王太子には何のことかわからないだろう。

ともかく、収穫はあった。

王太子がわたしを監禁しているのは……なにかからわたしを守るため？

その何かを知ることができれば……わたしはここから出られるかもしれない。

王太子は立ち上がり、鉄格子のはまった窓のほうへと行った。

その後ろ姿を見ていたら、フィルがとてとてとやってきて、わたしに小声でささやく。

「クレアお姉ちゃん……じゃなくて、クレア様」

メイドということになっているので、フィルは慌ててわたしへの呼び方を直す。バレたらまずいことになるので、わたしは冷や汗をかいた。

もともと王太子はフィルへの関心が薄くてよく覚えていないだろうとは思う。それにフィルはお化粧までして気合を入れて変装させている（わたしとアリスの自信作だ）、滅多なことではばれないと思うけれど。

フィルは小さくささやく。

「危険ってなんのこと？」

「さあ？　わたしもわからないの」

「そうなんだ」

フィルは考え込み、やがて顔を上げた。

その黒い瞳がまっすぐにわたしを見つめている。

「なにか危ないことがあったら……クレア様のことを頑張って守る」

「ありがとう」

わたしは微笑んで、フィルの柔らかい黒髪を撫でた。

フィルは恥ずかしそうに身をよじった。

「ずいぶんと仲が良いね」

その言葉にどきりとする。

振り返ると、王太子がすぐそばに立っていた。

「クレアのお気に入りのメイドなのかな」

「は、はい……」

「女の子同士が仲良くしているのを見ると、微笑ましくなるね」

などと王太子は勝手なことを言って、機嫌が良さそうに笑った。

けど、フィルは男の子だ。

ばれたら……どうしよう?

王太子はそのまま何かを口にしかけ、そして、急に口を閉じた。

その視線の先には……布のかかった大きな箱があった。

王太子の関心をフィルからそらさないと。

タイミングよく、王太子は目の前のそれが気になったようだった。

視線の先は、部屋の隅に向けられていて、そこにはわたしの身長と同じぐらいの四角形の物が置かれている。

「楽器ですね」

とわたしがつぶやくと、王太子は「えっ」と不思議そうな顔をした。

あれ……。

たしかに変だ。

王太子の視線の先にある、部屋の隅に置かれたもの。

それは楽器だ。

でも……どうしてそれが楽器だとわかったのか、わたしは自分のことなのに不思議だった。

だって、それは赤い布をかけられていて、中身が見えなくなっている。

なのに、わたしはどうしてそれが楽器だとわかったんだろう？

王太子も怪訝そうだったが、やがて納得したようにうなずいた。

「ああ……クレアは布をめくって中を見たんだね」

そうすれば、たしかにあれが楽器だとわかったのかもしれない。

でも、部屋に入ってから、隅に置かれた物体には触れていない。

どうして、わたしはその物体が楽器だとわかったのか。

……答えは一つだ。

きっと前回の人生で見たことがあるから。

でも……いつ、どこで？

重要なことな気がするけど、思い出せない……。

頑張って思い出さないと！

そんなことを考えているうちに、王太子は部屋の隅に行き、楽器にかけられた赤い布をめくった。

それは木で出来た、茶色の四角い箱のようなものだった。

四つの脚が取り付けられていて、箱は床から浮いている。蓋みたいなものが上の方にあって、それが開けられている。

そして、箱の前方には、黒と白の板みたいなものがたくさん並んでいた。

フィルやシアは、珍しそうに、その楽器を眺めていた。

たぶん、初めて見るんだと思う。

でも、わたしは見たことがある。

たしか……。

「これは鍵盤楽器《クラヴィコルディオ》というものでね。この鍵盤を叩くと……」

王太子は「鍵盤」と呼んだ黒と白の板に触れる。

すると、空気が震えるような、不思議な音が鳴った。

驚くわたしたちを見て、王太子は楽しそうに微笑んだ。

「なかなかすごいだろう？」

王太子の表情は、柔らかかった。あどけないと感じるぐらいだ。

考えてみれば、王太子だって、まだ十二歳の少年だ。

なのに、今までは大人びて見えていたし、いきなりわたしを監禁したせいで怖くもあった。

でも……いまの王太子の表情はとても自然だった。

……そうだ。

こんな王太子を見たことがある。

前回の人生で、旅行先で、王家の別荘的な地方の宮殿に立ち寄った。

そのとき、王太子が同じものを見せてくれた。だから、わたしはこの楽器のことを知っているし、
布がかけられていても、何だかわかった。

こんなふうに監禁されたりしなくて、穏やかな時間だったと思う。

そう。

前回の人生でも、十二歳のころのわたしたちの関係は悪くなかった。

決定的に関係が悪くなったのは、シアが現れてからだけれど。

でも、それ以前にも、何か理由があったとしたら……。

あのとき、王太子は同じように、この楽器を得意げに紹介しようとしていた。

でも、この鍵盤楽器《クラヴィコルディオ》は壊れてしまっていた。

王太子はそのことをとても悲しんでいた。今から思えば、不自然なぐらい大げさに。

わたしはそのとき、なんて言ったっけ？

そうそう。「アルフォンソ様、こんな楽器の一つぐらい、壊れても大丈夫ですよ。だって、アルフォンソ様はいつかは国王になる方なんですから」と慰めたと思う。

もしかしたら、あの発言は無神経だったのかもしれない。

王太子は愛おしそうに、鍵盤楽器《クラヴィコルディオ》の木の板を撫でている。理由はわからないけれど、とても……大事なものなんだろう。

あのときは子どものおもちゃだとしか思わなかったけれど、王太子にとっては別の意味があったのかもしれない。

いま、この楽器は壊れていない。別の宮殿ではなく、王都の王宮に移されたからかもしれないけど、前回の人生とは違っている。

なにかが引っかかる。何の意味もなく前回の人生と違う状態になるとも思えないし。

もしかして、ここに破滅を回避するための鍵があるかも……。

そのとき、わたしはフィルに服の袖を軽く引っ張られた。

「……お姉ちゃん。あの楽器で、音楽を演奏すると、綺麗なのかな」

「さあ。わたしも聞いたことがないから……」

前回の人生では、壊れていたし、今も王太子が鍵盤を一つ叩いて、音を一つ出しただけだし。

この楽器にどれだけの価値があるのか、わたしにはわからない。

シアも気になる、という顔でわたしとフィルにうなずいた。

……とりあえず、この楽器が破滅と関係あるかはともかく。

楽器の演奏を聞いてみたい気もする。

とすれば、頼む相手は一人だ。

わたしは微笑みを浮かべた。

「殿下はこの鍵盤楽器《クラヴィコルディオ》というのを演奏できるのですか？」

「ああ。そうだね。なんといっても、私は……」

そこで、王太子は言いよどんだ。

なにか言いづらいことでもあるのかな。

わたしは不思議に思いながら、王太子をまっすぐに見つめた。

「この鍵盤楽器《クラヴィコルディオ》の音楽を聞いてみたいんです。あの……殿下に……演奏してみていただいても良いですか？」

わたしがそう言うと、王太子の青い瞳がぱっと輝き、嬉しそうに顔をほころばせた。

「ああ、もちろん。いいだろう。やってみよう」

王太子は椅子を持ってきて、鍵盤楽器《クラヴィコルディオ》の前に座った。

そして、鍵盤へと、子供らしい小さな手を下ろす。

この些細《ささい》な好奇心が……わたしと王太子の運命を変えることに、わたしはすぐに気づいた。

王太子の演奏は……控えめに言っても、素晴らしいものだった。

王太子の指先が鍵盤に触れるたびに、綺麗な音色を奏でる。

心躍るような、素敵な、そして美しい音楽だ。

自慢じゃないけれど、わたしも公爵令嬢として、多少は音楽の嗜みがある。家庭教師に習っていたから。

けど、それは伝統的な弦楽器《ヴィオリーン》でのことだし、こんな鍵盤楽器《クラヴィコルディオ》を使ったことはなかった。

それに、わたしの腕は素人としては上出来という程度だけど、王太子は違う。

わたしの目から見ても、王太子の演奏の腕は圧倒的に優れたものだと思う。

フィルもシアも、王太子に対する警戒心を捨てたように、その演奏に聞き入っている。

王太子はぐっと前のめりになり、演奏に熱中していた。

高く跳ねるような音が響き、そして、徐々にテンポを早くしていく。

まるで、わたしたちを歓迎するかのような、心地よい旋律だ。

そして、曲は盛り上がりを見せた後、徐々に静かになっていき、消え入るように、けれど温かく終わった。

王太子はしばらくじっとしていたが、やがて、ゆっくりと、わたしたちの方を向いた。

わたしも、フィルも、シアも、自然と、心のこもった拍手をする。

「ど、どうだったかな？」

王太子がおずおずと切り出す。

わたしを監禁したときの自信に満ちた表情とはぜんぜん違う。

わたしは、自然と柔らかい笑みが浮かぶのを感じた。

「……素晴らしかったですよ！」

「本当に？」

「はい」

わたしはしっかりとうなずいた。フィルとシアも同じ感想だったみたいで、こくこくとうなずいている。

素晴らしいとしか言えない、自分の語彙力のなさが悔しい。けれど、王太子の演奏が素人離れしていて、そして、わたしの心をとらえたのは、本当のことだ。

「すごかったです。宮廷楽団の、本物の音楽家みたいでした！」

わたしの言葉に、王太子は照れたように、金色の美しい髪をかき上げた。

「クレアにそう言ってもらえて嬉しいよ。……この楽器をくれて、使い方を教えてくれたのは、宮廷楽長でね。私は彼を尊敬していて、彼みたいになりたいと思っていた」

「なれると思いますよ。わたしは素人ですけど、でも、あんなすごい演奏ができるんですから」

王太子は苦笑して首を横に振った。

「私は本職の音楽家になるわけじゃないし、音楽に使える時間は限られている。そんな私が、宮廷楽団の団員みたいになれるわけがない」

「でも……王太子殿下のおっしゃり方だと、本当は本物の音楽家になりたい、というふうに聞こえます」

わたしの指摘に、王太子ははっとした顔をした。

「そう。たしかに私ももっと幼い頃は、音楽家になりたいと思っていた。だが、私は王族で……」

王太子の瞳が揺れている。

わたしは意外だった。

王太子に音楽家になりたいという夢があったなんて、前回の人生ではぜんぜん知らなかった。

そんな王太子に、前回のわたしは、「国王になるんだから音楽なんていらない」「楽器が壊れたぐらい大したことじゃない」と言ったのだから、無神経だったかもしれない。

でも、今回のわたしは、王太子の内心を知ることができた。

前回の人生で、王太子は、王太子らしくなるべく、すごく努力してきた人で、何でもできる完璧超人だった。

でも……それ以外の面もあったんだ。

「なればいいじゃないですか」

「え？」

「音楽家になってもいいんじゃないですか。王太子をやめて。殿下がそう望めば……それは叶うと思います」

わたしの言葉に、王太子は虚をつかれたように、目を見開いていた。

王太子が王太子でなくなって、音楽家になるということだって、出来なくはないと思う。

後継者以外にも王族はたくさんいる。そういった人たちは、聖職者となるか、軍人となるか、または芸術家となるのが普通だった。

最終的に決めるのは、王太子だけれど。

でも、王太子は……王太子という立場から自由になりたがっているのかもしれない。

王太子はしばらく黙っていて、そして、笑い出した。

「それは、無理だよ」

「どうしてですか？」

「私は……王太子であることが存在価値のすべてである人間だ。私は皆のために王太子で居続けなければならない。そのために、君が必要だ」

「そんなことありません。殿下は何でもできますし、それにあんなに素晴らしい演奏ができるんですから、王太子でなかったとしても……」

「私たちは自由になんてなれないよ、クレア」

王太子は静かにそう言うと、わたしの手を握った。王太子の手はとてもひんやりとしていた。

そして、彼はにっこりと笑う。

その瞳には、楽器を手にしていたときの輝くような光はすでになかった。何の感情も読み取れない。

「私の弟のサグレスが、次の国王になったら、この国はおしまいだ。私も、私の重臣たちも、そして、我が母たる王妃も、そのような事態は防がなければならない。その鍵となるのが君だ」

「わたし？」

「そのとおり」

「もっと詳しく教えてくれませんか？　わたしにも力になれることがあれば……」

と殊勝な態度を見せてみる。

わたしが一番知りたいのは、王太子がわたしを監禁した理由だ。その理由を知れば、脱出方法もわかってくると思う。

王位継承問題が関係することが今わかって、あと、わたしの身になにか危険が迫っていることも聞いた。

でも、それ以上の情報がないから、なんとしても聞き出したい。

けれど、わたしがどれだけ尋ねても、王太子は頑なに首を横に振った。

「今、言えることはそれだけだ。だが、すぐにすべてがわかるはずだ」

王太子はわたしに別れを告げて、部屋から出ていってしまった。

残されたわたしたちは顔を見合わせた。

フィルとシアがなにか言いたそうにしていた。

「……あのね、お姉ちゃん。気になることがあって」

「なに？」

なにかフィルが重要なことに気づいたのかも。

でも、全然違った。

「王太子殿下と手、つないでたよね？」

「？　え、ええ……そうだけど？」

じーっとフィルが、黒い瞳でわたしを見つめる。

そして、その小さな白い手で、わたしの手を握った。温かくて、柔らかくて、とても気持ちいい手だ。

わたしは首を傾げた。

「どうしたの？」

「……ぼくもお姉ちゃんと手をつなぎたいなと思って」

「え？」

「王太子殿下だけずるいから……ぼくのお姉ちゃんなのに、勝手に手を握ったから……」

そういえば、わたしは全然気にしていなかったけど、王太子と手をつないだことって、前回の人生でもあまりなかったと思う。

前回の、王太子のことを好きだったわたしなら。

喜んでいたかもしれないけど。

でも、今はフィルの手のほうが、ずっと心地よく感じる。

「ありがと。フィル」

わたしは空いている手で、フィルの頭を軽く撫でると、フィルは嬉しそうに微笑んだ。

シアは「いいなあ、クレア様と手をつなげて……」と小さくつぶやき、それから、ハッとした顔をした。

「と、ともかく、クレア様は王太子殿下のものなんかじゃありません。早くここから出ましょう」

「シアもありがとう。わたしのことを助けようとしてくれて」

「当然です。だって、私は……」

とシアはなにかつぶやきかけた。

どうしたんだろう？

まあ、ともかく、シアの言うとおりだ。

早く監禁状態からは抜け出してしまおう！

フィルと、シアと、アリスと、そして、わたし自身のために。

Ⅶ　一緒にお昼寝！

翌日も、わたしとフィルは同じ部屋で過ごしていた。

王太子の命令で閉じ込められているから、外には出られないし。

何もすることがないから、退屈だ。シアとアリスは、わたしを解放するための方法を探ってくれている。王太子がどうして監禁なんて手に出たのか、そのあたりを含めて、わたしたちは知る必要があった。でも……わたし自身は何もできない。

鉄格子のはめられた窓からは、穏やかな日の光が差し込んでいる。

もう昼ごはんを食べ終わって、二時過ぎだった。

この部屋には、そこそこの数の本が置かれている。小難しい本に偏っているけど。

フィルはそういう本を気に入って、飽きずに読んでいた。

何もしないよりはマシ、ということで、わたしも歴史の年表を開いて覚えていたけれど、とても眠くなってくる。

うつらうつら、としているうちに、いつのまにかフィルが目の前に来ていた。

小柄なフィルがわたしの目を覗き込む。

宝石みたいな目に見つめられて、わたしもフィルを見つめ返す。

フィルは首をかしげた。

「……お姉ちゃん……眠いの？」

「ええ……」

とても、とても眠い。

このままお昼寝してしまいたいような……。

……そっか。

べつにお昼寝したって、悪いことはない。

わたしは眠い目をこすり、そして、近くにあるわたしのベッドを手のひらでぽんぽんと叩く。

「フィル……一緒にお昼寝をする？」

フィルはわたしの言葉にきょとんとして、急に顔を赤くした。

ふるふるとフィルは首を横にふる。

「お姉ちゃん……それは……」

「嫌？」

「い、嫌じゃないけど、恥ずかしいし、それに……」

「でも、お屋敷で一度、一緒にお昼寝したでしょう？」

「そうだけど……」

フィルは上目遣いにわたしを見た。

「……お姉ちゃんは、ぼくが隣で寝ていても、何も思わない？」

「嬉しいな、とは思うけど」

わたしはそう言って、微笑んだ。

どうしてフィルは照れたような表情を浮かべた。

フィルが遠慮しているのか、わからない。お屋敷でお昼寝、と言ったときは、あっさりとうなずいたのに、今回はどうしたんだろう？

でも、フィルが嫌というなら、やめておこうかな。

と思ったら、フィルは首を縦に振った。

「お姉ちゃんが……そうしたいなら、いいよ」

「いいの？」

「うん。ぼくも……お姉ちゃんのそばにいたいし」

そういって、フィルは天使みたいな綺麗な笑みを浮かべた。

わたしは嬉しくなって、フィルを抱きしめようかと思ったけど、思いとどまった。

そんなことしたら、フィルが恥ずかしがって、お昼寝はしない、と考えを変えちゃうかもしれないし。

わたしとフィルは並んでベッドの上に寝た。

天蓋付きのベッドは豪華で、しかもかなりの広さがある。さすが王宮。

わたしとフィルはそれぞれ横向きに寝ていて、互いを見つめ合う格好になっている。

そっと、わたしはフィルに手を伸ばし、フィルのつややかな髪を撫でた。

フィルはくすぐったそうに身をよじる。

わたしはひとしきり、フィルの髪を撫でると、フィルは顔を赤くしていた。

そして、フィルは小声でつぶやいた。

「王太子殿下は……ひどいよね」

「え？」

「クレアお姉ちゃんの気持ちも考えないで、こんなところに閉じ込めて、お姉ちゃんを困らせて……ぼくならこんなことしないのに」

わたしはくすっと笑った。

「ありがとう。フィルがわたしの婚約者だったら、良かったのにね」

わたしは冗談のつもりで言ったのだけど、フィルは真顔でうなずいた。

「うん、ぼくもそう思う」

その表情はあまりにも真剣で、瞳はまっすぐにわたしを見つめていて、わたしは一瞬、動揺した。

まあ、たしかにフィルが婚約者なら、こんな問題は起こらなかったわけで。そのとおりなんだけど、婚約者ということは、将来は結婚するということだ。

フィルはまだ十歳の子どもだし、そのあたりのことがあんまり理解できずに喋っているのかなあ、と思う。

わたしはフィルの頬に触れてみた。その頬はとても温かくて、柔らかかった。

「フィルは婚約者じゃないけど、わたしの弟で、それにわたしのことを必要としてくれているから。それで十分嬉しいの」

わたしの答えに、フィルは「うん」と小さくうなずいた。

フィルはわたしのことを必要としてくれている。

なら、王太子は？

わたしのことを必要としているのかもしれない。でも、それはフィルがわたしのことを必要とするのとは、理由が違う。多分……もっと政治的な理由だ。

それを突き止める必要がある。

そんなことを一瞬考えて、でも、目の前のフィルがくしゃみをしたので、すぐにフィルに意識が戻る。

わたしは起き上がって、フィルに毛布をかけた。

そして、自分もその毛布の中に入る。

「お、お姉ちゃん……？」

「一緒の毛布にくるまると、一緒にお昼寝している感じがしていいかなと思って」

わたしがいたずらっぽく微笑んでみせると、フィルは「お、お姉ちゃんがそれでいいなら」と言って、受け入れてくれた。

わたしはふたたびフィルの髪を撫でていく。

ああ……フィルが可愛いなあ。

そんなことを考えているうちに、急速にわたしは眠くなってきて、そして意識が途切れた。

部屋の来客にも気づかずに、わたしは眠りへ落ちた。

王太子という呪縛：con Alphonso el Asturias

おかしい。

クレアの様子が以前と違う。

僕はそんなことを考えながら、従者たちとともに、王宮の廊下を歩いていた。

これまでの僕にとって、クレア・ロス・リアレスという少女は、「王太子の婚約者」という以上の何者でもなかった。

僕自身の婚約者であり、公爵令嬢だから、丁重に扱うけれど、それだけだ。

べつにクレアのことを嫌いなわけじゃない。僕の、つまり、王太子アルフォンソ・エル・アストゥリアスの婚約者という意味では、理想的だと思う。

見た目も美少女と言ってよいし、性格も真面目だし、身分も高い。

でも……僕はクレアのことが苦手だった。

最初に会った時……六歳のときから、クレアは「アルフォンソ様」と僕の名を呼び、きらきらとした目を向けてくれていた。

そして、幼い彼女は「立派な王妃様になれるようにがんばりますね」と言って微笑んだ。

彼女は、自分が未来の王妃となることに、何の疑いも持っていないように見えた。そして、公爵令嬢として、王太子の婚約者として、努力をしていたみたいだ。

僕はそんな彼女のことを「理想の婚約者」だと呼び、彼女は嬉しそうに微笑んでくれていた。

でも……内心では、僕はクレアを見るたびに鏡を見せられているような気分になった。

公爵令嬢でなければ、王太子の婚約者でなければならないと教えられ、その枠の外から出ることを許されていない存在。

そんなクレアは、僕と同じだ。

僕は国王の第一子として生まれ、王太子らしくあれと教えられてきた。

父である国王も、母である王妃も、重臣たちも、家庭教師たちも、みな僕のことを「未来の国王」として見ていて、それ以外の役割を求めていなかった。

父も母も、家臣たちも、特別冷たいわけじゃなかった。ただ、王太子でなければ、僕には存在価値がない。

それは明らかな事実だった。

たった一人、宮廷楽長のスカルラッティだけは違った。彼は白ひげを生やした外国出身の一流音楽家だ。スカルラッティは、僕に王族に必要以上の音楽の知識と、音楽の演奏技術を教えてくれた。

彼は厳しかったけれど、それは楽しい時間だった。「音楽は誰にとっても平等で、自由なものです」といつか彼は語っていて、その時間だけは、僕は王太子としての義務から解放されていた。

けれど……一年前、彼はカロリスタ王国を去り、故国へと帰ってしまった。そうして、僕はふたたび一人になった。

もはや、僕は王太子でいることしかできない。

だから、僕は努力した。正しく王太子であることができるように。

子どもなのに偉そうに話し、一人称も「私」だなんて気取ってみせて、家臣たちにはわがままを言わず。

ずっと勉強や剣術や行儀作法の習得に時間を当てて、遊ぶ時間もない。

僕には同い年の弟がいる。第二王子サグレス。

僕とは対照的に、サグレスは自由奔放に育った。サグレスの母は有力な宮廷貴族だったけれど、サグレスが王位を継承するとは誰も考えていなかった。

だから、彼は甘やかされて、子どもらしくわがまま放題に育ち、そしてみんなから愛されていた。

僕はサグレスのことを内心では軽んじていた。何の役にも立たない、第二王子。未来の王となる僕とは違う。

ところが、雲行きが怪しくなり始めた。

もともと僕の母である王妃アナスタシアは、大陸東方のある大公国の娘で、その後ろ盾があって、僕の王太子という立場もある。けど、その大公国が隣国との戦争で滅ぼされてしまった。そのため、王妃と僕の立場は弱くなる。

それだけじゃない。

自由に育ったはずのサグレスは、あらゆることに高い才能を示した。僕よりもずっと少ない時間しか勉強せずに、ずっと難しいことまで習得していた。剣術の腕も彼のほうが上。

……しかも、サグレスには人気があった。

人を惹き付ける不思議な力だ。

僕にはそれがない。まだ十二歳だけれど、僕とサグレスの差は歴然としていた。

僕だって自分のことを優秀な人間だと思っている。だけど、サグレスは……天才だ。

しだいに、次期国王にサグレスを推す人々が増えてきた。

特に王都の宮廷貴族たちは、地方の大貴族を抑え、国王の権力を強化するためにサグレスを擁立しようとしていた。

となると、僕が頼れるのは地方の大貴族だ。その筆頭が七大貴族のリアレス公爵家だった。

クレアとの婚約は、いまや僕が王太子でいるための必須条件だった。クレアの父であるリアレス公爵の支持が得られなければ、僕は王太子から廃されるだろう。

王太子でなくなった僕は、サグレスを推す一派から殺されるかもしれない。そうでないとしても……王太子でない僕は、ただの無力な子どもで、何の価値もない。

僕はずっと……王太子であるべく育てられてきた。王太子でなければ、生きる価値がない。

みんなそう思っている。口に出しては言わないけれど。クレアだって、王太子でない僕には、何の興味もないだろう。

だから、クレアを失わないようにする必要がある。そして、敵もそのことを知っている。

サグレス王子派のクロウリー伯爵が、公爵令嬢クレアの暗殺を企んでいる。クレアを亡き者にすれば、王太子とリアレス公爵の結びつきは弱くなる。

その情報をつかみ、僕は震えた。

クロウリーの陰謀を示す証拠は無い。だから彼を告発することはできないけれど、クレアの身に万一のことがあれば……おしまいだ。

クレアには、公爵令嬢である以上に重要なことがある。

僕は歩きながら、王宮の書庫の奥に眠る本のことを思い出す。

その古びた赤い本の書名は『聖ソフィアの預言』だった。

失われた魔法のなかで、今も生きる奇跡の一つ。王家に伝わる預言の書だ。

カロリスタ王国の歴史を陰から導いてきた、秘宝である。その預言は抽象的だけれど、外れたことがなかった。

この預言によれば、あと数年の後に、この国には大きな災が訪れる。

悲惨な飢餓と内戦。多くの人々の死。そして、現れる「夜の魔女」という災厄。

これらの破滅から王家を救い、そして次期国王となる王太子を救うのが「暁の聖女」だ。聖女は、教会に認められ、奇跡の魔法を操る存在。

そして、その聖女は、王太子の配偶者だと書かれている。

つまり、だ。クレアは聖女だということだ。

単に公爵令嬢というだけではなく、クレアが聖女となったことをアピールすれば、その力を利用して、僕の王太子としての地位は揺るぎないものとなる。

だからこそ、クレアを奪われるわけにはいかない。

たとえ暗殺という形でなくとも……クレアが別の男性に惹かれて、僕を捨てるようなことがあってもダメだ。

けど……久しぶりに会ったクレアの様子はおかしかった。

以前は僕のことを大好きだと言ってくれていたのに、今はそうでもない。むしろ警戒されているというか……距離を感じる。

だから、僕はクレアを王宮の部屋に閉じ込めた。暗殺から彼女を守るために、僕の婚約者としつづけるために。

本当は暗殺の危険のない旅行に連れ出すつもりだったけど、クレアの態度に不安を感じたから、王宮での監禁に切り替えた。

この機会にクレアとの関係を強化しなければならない。

だけど……どうすればいいんだろう？

クレアは僕に対する態度だけじゃなくて、以前とは考え方も変わったようだった。自由になりたい、とクレアが言っていたのを聞いて、僕は内心で驚いた。

王太子の理想の婚約者であろうとしていた、以前のクレアとはかなり違う。

そして、僕が鍵盤楽器《クラヴィコルディオ》の音楽を披露したとき。

あのときだけ、クレアは目を輝かせて、僕の演奏の腕を褒めてくれた。

褒めてくれたというより、絶賛だった。本物の音楽家にもなれると言ってくれた。

正直……嬉しかった。

鍵盤楽器《クラヴィコルディオ》の演奏技術は、僕が王太子であるためにはまったく必要ない。

だからこそ、「王太子」ではない僕のことを認めてくれたクレアの言葉は、僕の心に響いた。

以前はクレアのことが苦手だったけれど……今は違う。

もしかしたら、本当の彼女はもっと違う存在なのかもしれない。

クレアだけは、王太子でない僕を理解してくれて、そして僕を必要としてくれるかもしれない。

☆

クレアのことを知りたくて、今日も僕はクレアの部屋へと足を運んでいた。

部屋の前には、一人のメイドの姿があった。

くすんだ灰色の髪をした、年上の女の子だ。

あら、と彼女は僕の方を向き、微笑んだ。

「王太子殿下もクレア様にお会いになるのですか？」

「ああ。君はたしか……」

「アリスです。クロイツ準男爵の娘で、クレア様の専属メイドです」

「そうだったね」

アリスという少女は、王族の僕を前にしても、動揺した様子もなく、かといって、僕を警戒するでもなく、柔らかく微笑んだ。

クレアのお気に入りのメイドだけあって、なかなか可愛らしく品がある。

くすっとアリスは笑う。

「いくら可愛いからといって、わたしにみとれていては困ってしまいます。殿下はクレアお嬢様の婚約者なのですから」

「ああ、すまない……ええと……」

そんなにじろじろ見ていただろうか。慌てて僕が言うと、アリスはくすくすっともう一度笑った。

「冗談です、殿下」

「ああ、なるほど……」

いたずらっぽく目をつぶったアリスに、僕は肩をすくめた。

この子は……なかなか……度胸もあるらしい……。

ノックをしても返事がないので、アリスは軽くドアを押した。従者に待っているように命じて、僕も一緒に部屋に入る。

クレアはメイドと一緒のベッドで……昼寝をしていた。

とても幸せそうに、すやすやと。

僕はぽりぽりと頭をかいた。

「悪いタイミングで来てしまったな。女性が寝ている部屋に入るなんて、不作法だ」

「あら、たしかにそうですけど、でも、可愛らしいクレア様の寝顔を見れたから、ラッキーではないですか」

アリスは冗談めかして言う。

そして、愛おしそうにクレアの髪を軽く撫でた。

「クレア様はとっても良い子ですよ。だから、大事にしてあげてくださいね」

「まるで君はクレアの姉みたいな口ぶりだな」

「そうですね。わたしはクレア様の使用人にすぎませんから。姉、だなんて言うと、怒られちゃうかもしれません。でも……わたしはクレア様のことを妹以上に大事に思っていますよ。自慢のご主人さまです」

アリスは頬を緩めて、僕を見つめた。

そして、僕の内心を見透かすかのように言う。

「きっと殿下も、クレア様のことを好きになりますよ」

「クレアは僕の婚約者だ。もちろん、今もクレアのことを好きだよ」

僕は淡々と言う。

アリスは首を横に振り、不思議な笑みを浮かべた。

そう。これまでの僕はクレアのことを女の子として好きなわけじゃなかった。あくまで政治的に必要な存在だというだけだった。アリスには見抜かれているんだろう。

だけど……これから変わらないとは言えないかもしれない。いや、今も、もしかしたら……。

僕は、ベッドで寝ているもうひとりの少女を見る。クレアのメイドで、今は王宮のメイド服を着ている。

まあ、女の子同士だから良いのかもしれないけど、やけに仲が良いなと思う。

一緒のベッドで寝るなんて。

僕はもう一度、そのメイドの顔をしげしげと見た。

……あれ？　どこかで見たような……？

そのとき、クレアが小さく寝言をつぶやいた。「フィル」と。

Ⅷ　王妃

まどろみのなか。

夢もほとんど見なくて、見たとしても、フィルと一緒の幸せな夢を見るだけで。

わたしは心地よく昼寝していた。ときどき、フィルに触れたり、髪を撫でたりしていたような気がする。

ところが、急に物音がして、わたしはびっくりして目覚める。

目を開くと、目の前にはアリスと……王太子がいた。

アリスは困ったような笑顔で、王太子は驚いたような顔で、わたしを見つめていた。

いや、正確には、わたしとフィルを見ているんだ。

わたしは突然の来客を見て、慌てて飛び起きた。

「で、殿下！　どうして……」

「ああ、起こしてすまない。それに……こんなタイミングで来てしまって申し訳ない。その……いくら婚約者といっても……女性が寝ている姿を見るなど……」

「い、いえ……」

アリスも「ごめんなさい、クレアお嬢様」と手を合わせて、わたしに謝る。

びっくりしたのは確かだけれど、それより……わたしがフィルと一緒に寝ていた方が問題かもしれない。

王太子はフィルのことをメイドだと思っているから大丈夫かもしれないけど……。

けど、王太子は青い瞳でわたしを見つめ、そして小さくつぶやく。

「弟……か……」

「お、弟？　何のことですか？」

「その子は君の弟のフィルだろう？」

王太子に正体がばれていた。もしかして……わたしが寝言でフィルって名前を呼んじゃったんじゃ……。

いくら幼い弟とはいえ、他の男性と同じベッドで寝ていたというのは……王太子の婚約者としてはまずいかもしれない。

しかも、嘘をついている。

あ、でも、王太子はわたしのことを好きなわけじゃないし……大丈夫かな。

ところが、王太子はすねたように言う。

「やっぱり、僕より弟のほうが大事なんだね」

「僕？」

王太子の一人称がいつもと違うことに気づく。

王太子は少し恥ずかしそうに、幼い顔を赤くした。

「いや、いいんだ……」

「申し訳ありません。その……嘘をついてしまって……でも、フィルと一緒にいたかったんです」

わたしは本音を言うことにした。

いまさらごまかすことはできない。

「殿下が、男の人と会うことを禁止すると仰ってたので、フィルには女装してもらって……」

「わかってる。元はと言えば、私が君の自由を奪っているのが悪いんだからな」

てっきり、フィルを叩き出して、わたしと二度と会えなくしたりするかと思っていたら、意外と物分りがよくて、わたしは拍子抜けした。

王太子はにっこりと微笑んだ。

「王宮から出てもらうわけにはいかないが、この部屋以外の王宮の奥へは移動してもいいことにしよう」

「……本当ですか？」

「ああ、弟とも自由に会ってもいいさ。ただ、弟と一緒の部屋で暮らすっていうのはやめてほしいかな」

ああ、やっぱり……。

メイド服のフィルとの共同生活はここまで、ということらしい。

フィルはわたしの服の袖をぎゅっと握っていた。

女の子みたいなフィルが、黒い瞳でわたしを見つめ、「お姉ちゃん……」とつぶやく。

メイドフィルと一緒だから、この監禁生活も悪くないと思っていたけれど。

それも取り上げられたら、ますます……この監禁生活からは早く抜け出さないといけない。

「殿下……わたしに迫っている危険とは何でしょうか？　それさえ解決すれば……わたしは自由になれるんですよね？」

「ああ……君をここに閉じ込めておく必要はなくなるね」

「それでしたら、その危険をお教えいただけないでしょうか。わたしは……殿下と同じで、自由でいたいんです」

「いや、私は……」

「わたしも、殿下の抱える問題を解決する力になれるかもしれません。わたしは……殿下に閉じ込められて守っていただくのではなく、自分のことは自分で守れる存在でいたいんです」

王太子は大きく目を見開き、気圧されたように黙った。やがて、とぎれとぎれに言葉を紡ぐ。

「……私は教えても良いのだが……しかし……」

殿下はためらった。

教えられない、ということだろう。

しかも、王太子自身の意思ではなく。

考えてみれば、十二歳の王太子が一人でわたしを監禁したりするわけない。誰かが裏で糸を引いているに違いない。

重臣か、もしくは……。

「アナスタシア様の言いつけですか？」

「なぜ知ってる？」

と王太子は反射的に答え、しまったという顔をした。

かまをかけてみたのだけれど、当たりみたいだ。

王太子の母、王妃アナスタシア。美しく、そして冷徹な女性だ。

前回の人生でも、王太子に対する彼女の影響力は大きかった。

わたしが監禁された理由は、たぶん、王位継承権の争いと関係している。ということは、王妃にとっても重要な問題のはずだ。

王妃アナスタシアを説得して、わたしを襲う危険の正体を知る。

そして、問題を解決して、ここから脱出する。

それしかない。

でも……王妃アナスタシア……。

「お姉ちゃん？」

フィルが心配そうにわたしを見つめた。

たぶん、わたしが不安そうな顔をしていたからだろう。

前回の人生で、王妃アナスタシアは、王太子と聖女シアの婚約を熱心に支持していた。

というのも……王妃アナスタシアは、わたしのことが大嫌いだったのだ。

王妃のアナスタシア様は、大陸東方の大公国の公女の生まれらしい。

金髪碧眼の、それはそれは綺麗な方で、すらりとした長身の、スタイル抜群の美女だった。

息子の王太子が美少年になったのもうなずける。

王妃は十七歳で当時の王太子、つまり今の国王陛下に政略結婚で嫁いだ。そして、すぐに寵愛を受けて、身ごもったという。

今、王太子が十二歳ということは……ええと……王妃様はまだ二十九歳！　若い！

前回の人生では、わたしは順調に行けば、十八歳で学園を卒業して、王太子の妻となるはずだった。

王妃アナスタシアとそう変わらない人生が待っていたはずだったけど……。

実際には、わたしは婚約破棄されて、処刑されて、十二歳に戻ってやり直すことになった。人生、何が起こるかわからない。いや、さすがにやり直しが起こるなんて、普通は起こるはずないんだけど……。

ともかく、問題は王妃だ。

王妃は、昔は「氷の公女」なんて、ときどき呼ばれてたらしい。

それもそのはず。王妃の冷たい美貌は印象的で、そして、誰も笑った姿を見たことなかったから、そんなあだ名をつけられてもおかしくなかったのだと思う。

怖い人だ。

それに、前回の人生では、王妃はどういうわけか、わたしを嫌っていた。大事な息子の婚約者なんだから、大事にしてくれても良かったのに……。

単に王妃が誰にでも無愛想なだけじゃなくて、わたしが嫌われていたのは確実だった。

王妃様は王太子とわたしの婚約破棄を支持していた。

王太子が聖女シアに思いを寄せていることを知ると、周囲の臣下たちが渋るのを押し切って、シアを婚約者にしようとした。

でも、今回も王妃に嫌われるわけにはいかない。

王太子の婚約者なんて、まっぴらごめんだけれど、でも、王妃に嫌われるのは、わたしの破滅のリスクを大きくする。

相手はこの国で最も身分の高い相手だし、機嫌を損ねれば、別の理由で処刑されてもおかしくない。

そして、この監禁から逃れるためには、王妃を説得して、わたしの監禁理由を聞き出す必要がある。

フィルは別室に移って、王太子も去った。ベッドの上に座ったまま、わたしは今後のことを考える。

残されたアリスが、わたしにささやく。

「あたしたちも、王妃アナスタシア様が裏にいることは調べてきました」

「間違いないってことね」

「はい……それ以上のことはあまり分からなくて……お役に立てず、申し訳ありません」

「ううん、ありがとう」

やはり、王妃は避けては通れない壁のようだった。

わたしが考えこんでいると、アリスが微笑んだ。

「こんなときに言うことじゃないかもしれませんが、あたしの予想通りになりましたね」

「アリスの予想どおり？」

「ほら、言ったじゃないですか。クレア様とフィル様と王太子殿下で、三角関係になるって」

「ああ、そういえば、そんな冗談、言ってたっけ……」

「冗談じゃなくなりましたよ」

とアリスがいたずらっぽく灰色の瞳を輝かせる。

わたしは肩をすくめた。

「王太子殿下は、政略結婚でわたしと結婚する予定なわけだし……べつにわたしのことを好きなわけじゃないじゃない？」

「あら、そんな自信のないことをおっしゃらないでください。今のお嬢様なら、殿方だったら誰でも恋に落ちますよ」

「そうかなあ……」

「少なくとも、あたしが男だったら、絶対にクレアお嬢様を放っておきません！」

と身を乗り出してアリスが言う。

わたしはふふっと笑った。

「王太子じゃなくて、アリスがわたしの婚約者だったら良かったのにね。そしたら、こんなところに監禁されなくて済んだのに」

「安心しちゃダメですよ。あたしがクレアお嬢様の恋人なら、クレアお嬢様のことを奪われたくなくて、部屋のなかに閉じ込めて、溺愛しちゃうかもしれません」

「それは怖いけど、でもアリスとなら、ちょっと楽しいかもね」

とわたしが言うと、アリスもうなずいて、わたしたちは見つめ合って、くすくすっと笑った。

「でもですね、王太子殿下はホントにやきもちやいてましたよ」

「そう？」

「はい。クレアお嬢様がフィル様とあんまりにも仲が良すぎるからですよ。王太子殿下のすねた顔、なかなか可愛くなかったですか？」

「ええと……」

そんなことを感じる余裕はなかった。

相手は王族筆頭みたいな存在で、わたしを監禁している相手だし。

逆にアリスは、はるかに身分が高い相手について「可愛い」なんて思えてしまうぐらいには、度胸があるみたいだ。

まあ、アリスからしてみれば、王太子も「年下の男の子」にすぎないのかもしれない。

わたしは「うーん」と腕を組んだ。

「嫉妬、ねえ……。フィルはわたしの弟だし、まだ小さな子どもなのに」

「クレア様も、小さな子どもじゃないですか。これからおふたりとも成長していきますよ」

アリスの言葉に、わたしはつい笑ってしまった。アリスはわたしが笑った理由がわからないようで、きょとんとした顔をしていた。

……わたしの体は十二歳だけれど、中身は十七歳。十四歳のアリスより年上なんだ。

わたしはまじまじとアリスを見つめ、アリスはますます不思議そうに首をかしげた。

アリスは十五歳の誕生日を迎えずに、前回は命を落とした。でも、今回は、生きていて、わたしの目の前にいる。

わたしがフィルと一緒に洞窟に行って、儀式を成功させたから。だから、アリスを救えた。

なら……今回もきっと……王太子の問題だって解決できるはず。

わたしは自分に言い聞かせた。

アリスがそっとわたしの頭に手を触れて、そして、わたしの茶色の髪を撫でた。

「……アリス?」

「お嬢様は、以前とは変わりましたね」

どきりとする。

ちょっと前まで、わたしはただの十二歳の女の子で、アリスがずっと知っているわたしと、今の中身十七歳のわたしは違う。

まあ、今もただの「十七歳の女の子」にすぎないんだけれど、アリスからしてみれば、不思議だろう。

「前までは、クレアお嬢様はあたしの妹みたいだったのに……今はなんだか、お姉ちゃんみたいに感じることもありますね」

「アリスのほうがわたしより百倍しっかりしていると思うけど」

「そうでしょうか。あたしだったら、弟のためだとしても、危ない洞窟に一緒に行く勇気は、きっとなかったと思います」

「そんなことない！」

とわたしは思わず強く言ってしまった。きょとん、とアリスが首をかしげる。

しまった……。つい前回の人生のことを思い出してしまった。

前回の人生で、実際にはアリスは危険を顧みず、フィルのために洞窟に行ってくれた。アリスは、勇気がある、優しい少女だ。

けど、前回の人生のことなんて言うわけにはいかない。わたしは急いで手を振って見せる。

「わたしが洞窟に行ったのは、まあ、その……やむにやまれず、というか……」

アリスはくすっと笑った。

「フィル様が困っていたから、ですよね。それだけクレアお嬢様はフィル様のことが大事なんですね。でも……」

「でも？」

アリスは灰色の瞳を輝かせ、そしてわざとらしく頬を膨らませて、言う。

「あたしも、ちょっとやきもちを焼いちゃうなあ、と思って」

「へ？」

「前まではあたしだけのクレアお嬢様だったのに、なんかフィル様にとられちゃったみたいだなあと思って」

アリスの口調は冗談めかしていた。

けど……たしかに、前回の人生では、アリスがいたころ、わたしはアリスにべったりだった。

まるで本物の姉を慕うように、わたしはいつもアリスのそばにいた。勉強や行儀作法の訓練以外の時間は、アリスと過ごすのが、わたしの幸せだった。

そんなわたしをアリスも可愛がってくれていたと思う。

でも、今回の人生では、フィルがやってきてから、アリスと過ごす時間はかなり減った。

わたしはアリスにフィルを取られちゃうんじゃないかと思ったけど……アリスも、同じように思っていたんだ。

フィルにわたしを取られちゃった、と。

わたしは目からウロコが落ちる思いだった。

わたしは自分のことしか考えていなくて、わたしが必要とされることだけを考えていて。

わたしを必要としてくれる人のことに気づいていなかった。

アリスは照れたように笑った。

「今のは冗談です。忘れてくださいね、クレアお嬢様」

そして、お辞儀をしてから、アリスは背を向けて、立ち去ろうとした。

わたしはアリスの腕をそっとつかむ。

アリスが振り返ると、わたしはベッドから立ち上がり、ぎゅっとアリスを抱きしめた。

アリスがびっくりしたように、目を丸くする。

「お、お嬢様？」

「わたしもね……アリスがいなくなっちゃうんじゃないかって思って、心配だったの」

「あたしはお嬢様の前からいなくなったりしませんよ。……お嬢様があたしを必要とする限りは」

アリスの言葉は、以前にわたしがフィルに言ったセリフと、ほとんど同じだった。「フィルが必要とするかぎり、わたしはフィルのそばにいる」……フィルがわたしのことを必要としなくなる、と思って、だから、そんなことを言ったんだ。

アリスもきっと、わたしがアリスのことを必要としなくなるときが来ると思っているんだと思う。

わたしとアリスは主人と使用人という関係だ。

でも……。

「わたしにとって、アリスは必要な存在だよ。だって、アリスは……わたしのお姉さんだもの」

アリスは嬉しそうに微笑み、そして、もう一度、わたしの髪を撫でた。

「そうですね。クレアお嬢様がフィル様のことを大事なのと同じように、わたしもクレアお嬢様のことを大事に思っていますよ。でも……きっとクレアお嬢様は一人でも、大丈夫です。フィル様も王太子殿下も、クレアお嬢様のことを必要としていますから」

「でも、今のわたしにはアリスの力が必要なの」

フィル、シア、そして、アリス。

この三人がわたしの味方だ。

王妃の説得には、誰かに一緒についてきてほしかった。

フィルは幼すぎるし。前回の聖女シアを連れて行けば、何が起こるかわからない。

となると……。

「アリス。王妃様の説得を手伝ってくれない？」

「はい。お嬢様のためとあらば、喜んで」

アリスはわたしを抱きしめ返すと、柔らかく微笑んで、うなずいた。

Ⅸ　一番のお気に入り

王太子はわたしたちの王宮内での移動を許してくれた。

だから、フィルがわたしの部屋から追い出されても、フィルに会うこと自体は自由にできる。

次の日の朝、わたしがフィルの部屋を訪れると、フィルはぱっと顔を輝かせて、わたしを出迎えてくれた。

今日は、男の子らしい半ズボン姿だ。

「……お姉ちゃん！　会いたかった！」

「昨日まで同じ部屋にいたでしょ？」

わたしがくすくすと笑うと、フィルは真顔になった。

「でも、十八時間も会ってなかったよ」

「え？　ええと……そうだけど……」

「だから……寂しかった」

王太子に昼寝を見られたのが、昨日の夕方三時頃。今が朝の九時だから、たしかにきっかり十八時間だけど。

一日も経っていないのに、そんなに寂しがるとは思わなかった。

でも……姉としては嬉しい。

フィルが、こほ、と軽く咳をする。

わたしは心配になって、フィルの黒い瞳を覗き込んだ。

「大丈夫……？」

「平気。お姉ちゃんに会えたのが嬉しくて、ちょっと咳き込んじゃっただけ」

とフィルが可愛らしく微笑む。

本当に可愛いなあ、と思って、わたしはフィルを抱きしめようとしたそのとき、部屋の扉がノックされた。

タイミングが悪い。

がっかりしながら、わたしが扉を開けると、そこにはアリスとシアがいた。

フィルを抱きしめられなかったのは残念だけど、二人とも、わたしのために来てくれたのだ。

わたしが鉄格子越しに二人を歓迎すると、二人とも嬉しそうな顔をした。

アリスはにこにこと、シアは照れたようにうつむいている。その後ろに、戸惑ったような顔の、従者のレオン少年がいた。

アリスがわざとらしく咳払いをする。

「それでは、クレアお嬢様解放作戦の会議を始めましょう！」

おー、という掛け声とともに、アリスが右手を天井に向けて突き出す。

一瞬の間を置いて、わたしたちも「おー」と言い、おずおずと手を挙げた。

まず、シアが報告する。

「王妃様との面会の約束は整いました。明日の午前八時からです」

シアは公爵家の家臣たちを通して、わたしが王妃と会えるように調整してくれた。

公爵家の養女とはいえ、シアは新参者だし、家臣たちに頼みを聞いてもらうのは大変だったと思う。

とわたしが言うと、シアは首を横に振った。

「みんなクレア様のためと聞いたら、喜んで協力してくれましたよ。さすがクレア様……人望が厚い
……」

「いや、単にわたしが公爵令嬢だからだと思うけど……」

「ただの公爵の娘だったら、みんな熱心に協力してくれたりしませんよ」

「そ、そうかな？」

「はい」

シアはにっこりと微笑む。そう言われると、わたしもなんだか家臣に信頼されているような気がしてくる。

レオンはぷいっと顔を横に背けていたけど……。

わたしは言う。

「今わかっていることは、わたしが暗殺の危険にさらされているということね」

レオンがそれに反応し、わたしを青い瞳で見つめる。

「要するに、それ以外、何もわかっていないんでしょ？」

「まあ、そうね……」

ほとんど情報はない。

王太子はわたしを守ろうとここに監禁しているという。

でも、何から？

あとは、王太子がわたしを必要な理由は、彼が王位継承を確かにするため、というのも推測できる。

アリスが手を広げて自慢そうに話し始める。

「あたしは王宮の人たちにいろいろ話を聞いてきました。王太子アルフォンソ殿下と、第二王子サグレス殿下。この二人のどちらが王位を継承すべきかをめぐって、今、王宮内では不穏な空気が流れているみたいなんです」

「普通に考えたら、王太子殿下がすんなりと継承するんじゃないの？」

「そのとおりです」

アリスがうなずく。

話が複雑になったのは、宮廷貴族たちの策謀があるという。

王都で国王のそばに仕える宮廷貴族たちは、自前の領地を持たず、王家から金銭ベースの封禄を得ることで、生計を立てている。

彼らにとっては、国王の権利を強くし、王国の税収を上げることで、自分たちの封禄を増やす道が開かれる。

隣国との戦争の準備を進めていることもあり、宮廷貴族は王家を焚き付けて、地方への増税を企んでいた。

一方で、地方の大貴族たちは、領地から得られる収入で財政を成立させている。わたしの父のリアレス公爵も、そうした大貴族の筆頭だ。

大貴族たちは、王国からの増税に抵抗するし、場合によっては反乱を起こしたりもする。

宮廷貴族と地方貴族は真っ向から利害が対立している。

そして、宮廷貴族が推すのがサグレス王子、地方貴族が推すのがアルフォンソ王太子ということだ。

「それに、サグレス王子はかっこいい方ですからねえ」

とアリスが言う。

「まるで見てきたみたいな言い方ね」

「見てきましたよ」

とあっさりアリスが言うので、みんなぎょっとした顔をした。もちろん、わたしも。

「ど、どうやって……?」

「普通に王宮をうろうろしていたら、声をかけられました。王子とは思えない、自由奔放で、頭の回転の速い方でしたね」

「へえ……」

「もちろん王太子殿下も優秀な方なのだとは思いますけど、仕えるなら、サグレス王子というふうに思う方も多いかもしれません」

「なるほどね」

王太子の憂鬱そうな顔が思い浮かぶ。そして、前回の人生でのサグレス王子の顔も。

前回、「王太子の敵はわたしの敵！」という偏見で、わたしはサグレスを見ていた。接する機会も少なかったと思う
だから、サグレスのことをいい加減なやつとしか思っていなかったけど……でも、その評価は高いみたいだ。

アリスはにっこりと笑う。

「もちろん、あたしのご主人さまはクレア様一択ですけどね」

「ありがとう、アリス。わたしにとっても、一番のメイドは、やっぱりアリスね」

「あら、メイドのフィル様が一番のお気に入りなんじゃないですか」

とからかうようにアリスは言い、わたしとフィルは顔を赤くした。

また、メイド服姿のフィルは見てみたいけどね。

「ところで、あたしは王宮のなかで情報収集してきただけではありません」

アリスがいたずらっぽく灰色の目を輝かせ、フィルが首をかしげる。

「情報収集以外って……アリスさん、何してきたの？」

「あ、フィル様、あたしのことは呼び捨てで大丈夫ですよ！　あたしは準男爵の娘とはいえ、公爵家のメイド。つまり、フィル様の家来なんですから！」

「け、家来なんて、そんな……」

「もちろん家来以上の関係になっても大丈夫です。次期当主と年上のメイドの禁断の恋……劇的な感

じがしますね！」

などとアリスが早口で冗談を言うと、フィルは「え、えっと……」と顔を赤くして、わたしの後ろに隠れてしまった。

……幼いフィルには早すぎる冗談のような……それに、アリスも「年上のメイド」といっても、まだ十四歳の女の子だし。

わたしは軽くアリスを睨む。

「フィルをとっていっちゃダメなんだからね？」

「わかっていますってば」

うふふ、とアリスが微笑む。

わたしは肩をすくめ、シアとレオンは顔を見合わせていた。

「あのー、それで、アリスさんが王宮でしていたことって……」

おずおずとシアが話を本題へと戻そうとする。アリスはぽんと手を打った。

「おっと、本題を忘れるところでした。ですが、シア様も、あたしのことは呼び捨てでいいですよ。あたしは公爵家のメイドで……」

話がさっきと同じ流れになりそうだったので、わたしはアリスを止めた。

アリスはおしゃべりで冗談好きで、そして、人がたくさんいるとテンションが上がるタイプだった。

アリスはさっと小さな箱を出した。

白くて綺麗な紙の箱だ。

アリスが胸を張る。

「さあ、この中身は何でしょうか？」

「中身……？」

「みなさん、甘いものは好きですか？」

フィルとシアとレオンは顔を見合わせて、そして、全員、こくりとうなずいた。

アリスはますます上機嫌になる。

「それは良かったです」

「お菓子でも入っているの？」

とわたしが聞くと、アリスはそのとおりと答えた。

「厨房の方と仲良くなりまして。はちみつ漬け果実《メンブリージョ》とチーズ、それにおいしそうなパンをいただいたんです」

そして、アリスが白い箱を開ける。

そこには、ルビー色の綺麗な粒が入っていた。

正方形に整えられたそれは、どうやらジャムのようだった。わたしは見たことも食べたこともない食べ物だ。

「フィル、これ、知ってる？」

「うん……。カリンの果実をね、はちみつとレモン汁で煮込んだものだと思う。チーズに合わせると……とってもおいしかったと思う」

さすがフィル。食べ物のことなら何でも知ってる。

「クレア様とフィル様が、お屋敷で一緒にお菓子を食べていたと聞いて、羨ましくなって。なので、ここでちょっとしたお茶会をしましょう」

いつのまにか、レオンがポットを手に取り、紅茶の準備をしていた。その顔は生き生きとしていて、お菓子を食べるのを楽しみにしているみたいだった。

シアも同様で、わくわくとした表情で、お茶が入るのを待っている。

部屋は広めで、ちょうど中央にテーブルがあって、六人分の椅子がある。

わたしたちは五人だから、座ってお茶ができるはずだ。

楽しそうなアリス、シア、レオンを見て、フィルも柔らかい表情を浮かべていた。

「……お姉ちゃん」

「なに？」

「公爵家の人たちは、みんないい人だね」

「そう？」

「うん。前の家では、こんなふうに、みんなでお菓子を食べることなんてなかったし……」

王族の家にいたとき、フィルは孤独だった。誰にも愛されていなくて、使用人みたいに扱われていて。料理のことには詳しいけれど、仲の良い人と一緒に食べるなんてこともなかったと思う。

でも……今は違う。

わたしはもちろん、アリスも、フィルの味方だ。シアも最初こそフィルとぎくしゃくしていたけれど、最近ではそうでもないみたいだし。

それに、レオンはフィルの友達だ。

レオンがティーカップをフィルの前に置く。

レオンは小声で「どうぞ」とフィルに言った。

フィルは微笑んで「ありがとう」とつぶやく。

「……その……こないだ……フィル様の作った乳粥《アロス・コン・レチェ》、おいしかったです」

レオンは照れたように下を向き、言う。

フィルはびっくりしたように、綺麗な黒い瞳を見開いた。

「……褒めてくれて嬉しいな」

二人のあいだには、和やかな空気が流れていた。

……レオンのやつ、わたしにはこんな態度を見せないくせに。

いつかは、レオンと仲良くなろうと心のなかで決意していると、わたしの分のお茶もレオンは渡してくれた。

いよいよ準備が整って、わたしたちはみんなテーブルの前の椅子にちょこんと座った。

アリス以外はまだ小柄な子どもだから、椅子がちょっと大きすぎる。

わたしも他のみんなも、待ちきれないとばかりに、お菓子を取ろうとした。

さあ、どんな味だろう？

わたしがわくわくしていたそのとき、部屋の扉がノックされ、一人の少年が入ってきた。

彼はわたしたちを見ると、青く澄んだ瞳をぱちくりとさせた。

「……なにやってるの？」

王太子アルフォンソの問いに、わたしたちは顔を見合わせた。

みんな、どうしようか、という顔をしている。

王太子は、わたしを監禁している。

だから、わたしたちにとっては敵みたいなものだ。特にフィルとシアの視線には、王太子に対する敵意がこもっている気がする。

アリスだけは楽しそうな目をしていたけれど、それでも王太子を歓迎してもいいものかどうか、決めかねているといった感じだった。

みんなの視線はわたしに注がれる。

王太子は、五人の人間を相手に、居心地が悪く感じみたいだった。

彼は「悪い、邪魔したね」と言って、立ち去ろうとした。

けれど、わたしは後ろから声をかけた。

「殿下……お茶、ご一緒しませんか？」

「え？」

「ちょうど一人分の椅子もありますし、お菓子もお茶もまだありますし」

「だけど……」

王太子はわたしたちをちらちらと見た。

「私がいたら、君たちも居心地が悪いだろう？」

王太子は自分が敵視されていることをよくわかっているみたいだ。

そのとおり。わたしは王太子に、フィルたちに対するのと同じような、親しみは持っていない。

今は、まだ。

でも、これからもそうとは限らない。

前回の人生では、わたしは王太子に片思いしていた。王太子は、わたしのことを利用しようとしかしていなかったと思う。

王太子の手で、わたしは破滅させられた。

だから、王太子には複雑な思いがあるけれど、わたしだって、王太子のことを何も理解していなかったんだから、責任はゼロじゃない。

今回、わたしは王太子の婚約者で居続けるつもりもない。だから……王太子との関係もやり直せるかもしれない。

わたしは微笑んだ。

「素晴らしい音楽を聞かせていただいたお礼です」

とわたしが言うと、王太子はきょとんとして、それからみるみる顔を赤くした。

照れて、恥ずかしがっているんだと思う。

王太子という立場を離れて、王太子という仮面を外せば、アルフォンソ・エル・アストゥリアスは、ただの十二歳の少年にすぎない。

そう。わたしより五つも年下の男の子だ。

王太子は、うろたえ、わたしたちを見回し、そして、結局うなずいた。

「ご一緒させてもらうよ」

「はい！　こちらへどうぞ」

王太子は椅子に腰掛けた。

他のみんなは、やっぱり王太子を警戒していた。アリスだけは何か別のことが気になるようで、ちらちらと王太子を見ていた。

アリスが王太子にジャムとチーズ、そして紅茶をサーブする。

王太子は「ありがとう」と言うと、「いえいえー」と微笑んだ。

そして、みんなそろって、紅茶を口にした。

南方のグレイ王国産の紅茶は、綺麗に澄んだオレンジ色で、なんとも言えずよい香りが素晴らしかった。

王宮の茶葉が高級なのもあるだろうけれど、紅茶を淹れたレオンの腕が良かったのもあると思う。

わたしがレオンに「おいしく入ってる」と耳打ちして褒めると、レオンはぷいっと顔をそむけて「大したことじゃないです」と言ったが、その口調は柔らかかった。

お待ちかねのはちみつ漬け果実《メンブリージョ》をチーズと一緒にパンに薄く塗る。

はちみつ漬け果実《メンブリージョ》は控えめな甘さだけど、果実感たっぷりで、ジャムなのに新鮮さを感じさせた。

塩辛いチーズによくあっていて、紅茶の香りを引き立てる。

わたしたちはしばらくのあいだ、お茶とお菓子を堪能《たんのう》した。

最初にあった緊張した空気は薄れ、わたしもフィルも王太子も他のみんなも、穏やかな表情になっていた。

アリスが突然、口を開いた。

「あの……王太子殿下の素晴らしい音楽って何のことですか？」

そういえば、王太子が鍵盤楽器《クラヴィコルディオ》を演奏したとき、アリスはその場にいなかった。

わたしはくすっと笑う。

「王太子殿下の楽器の腕は素晴らしいの。本物の宮廷音楽家みたいで……」

「クレア……私にそんな腕はないよ……恥ずかしいから……」

やめてくれ、ということだと思うけど、わたしは無視して、詳細に、王太子の音楽への造詣の深さをアリスに語った。

監禁されているんだし、このぐらいの意地悪は許されるだろう。それに、本心から褒めているんだし。

アリスは「へええ」と感心して、うなずくと、立ち上がって王太子に迫った。

「……殿下！　あたしも殿下の演奏を聞いてみたいです！」

もともとアリスは人との距離感が近くて、王太子にかなり至近距離で顔を近づけている。

そして、アリスはわたしたちより年上の、とても可愛い女の子だった。

当然、王太子は顔を真っ赤にして、「い、いや……それは」と言って、うろたえていた。

アリスが可愛いから、可愛い女の子に迫られてうろたえているんだろうけど……いちおう、殿下はわたしの婚約者で、だからわたしを監禁しているんですよね？

べつに王太子に未練はないからいいのだけど、そんな顔を他の女の子にされると、やっぱり浮気者だなあ、と思ってしまう。

わたしはフィルをちらりと見た。フィルは首をかしげて、宝石みたいな黒い瞳でわたしを見つめ返す。

「お姉ちゃん……どうしたの？」

「ううん……フィルなら、わたしだけを見ていてくれるのになあ、って思って」

「うん……だって、ぼくのお姉ちゃんはクレアお姉ちゃんだけだものね」

そう言って、フィルは嬉しそうに微笑んだ。

わたしはフィルにうなずき返すと、王太子に声をかけた。

そして、にっこりと微笑む。

「わたしも殿下の演奏、また聞いてみたいです」

わたしがそう言うと、王太子は顔をますます赤くした。

恥ずかしがっている王太子は少し可愛いかもしれない。

「ちょうどこの部屋に弦楽器《ヴィオリーン》があるみたいですから。もちろん、殿下が鍵盤楽器《クラヴィコルディオ》しか演奏できないのでしたら、別ですけど」

わたしが少し挑発的にそう言うと、王太子は首を横に振った。

「もちろん、弦楽器《ヴィオリーン》だって弾けるさ。宮廷楽長に習ったからね」

「そうですよね。楽しみです」

わたしが微笑むと、王太子は照れながらも、「クレアがそう言うなら」と言って、嬉しそうに弦楽器《ヴィオリーン》を手にとった。

鍵盤楽器《クラヴィコルディオ》というのはわたしは見たことがなかったけれど、弦楽器《ヴィオリーン》ではわたしも手にとったことのある、それなりに普及している楽器だ。

だから、王太子も演奏できるはず、と思った。まあ、鍵盤楽器《クラヴィコルディオ》のほうを熱心に練習していたのだと思うし、弦楽器《ヴィオリーン》のほうはそれほどでもないかもしれないけど。

ところが……王太子の腕は予想以上だった。

王太子が弓を弾くと、鍵盤楽器《クラヴィコルディオ》のとき以上に、豊かな表情の音色が弦楽器《ヴィオリーン》から流れる。

それはどこかさみしげで、美しい曲だった。さっきまで、王太子はわたしやアリスに頬を染めていたけれど、今は音楽のことしか、考えていないようで、演奏に没頭していた。

その表情は……前回の人生で、わたしが知っていた王太子のどんな表情よりも美しかった。

わたしは王太子のことを何も知らなかったんだなあ、と思う。

わたしを危険から守ろうとしてくれていたり、音楽家になりたいという夢があったり……。前回の人生でも、これは同じだったはずで、でも、わたしは何も知らなかった。

王太子が演奏を終えると、みんな拍手した。アリスとレオンは王太子の演奏の凄さにびっくりしていて、フィルやシアも素直に王太子に称賛を送っていた。

「今の曲はなんという曲なのですか？」

「ああ……今の曲は……無伴奏弦楽器《ヴィオリーン》のための別れのソナタ、という曲の第一楽章のなかから、一番綺麗な部分を弾いたんだ」

「別れのソナタ？」

「うん。そういう曲名だけど？」

「綺麗な曲で、とっても素敵でした。でも……どうして別れの曲なんですか？」

「いや、単に僕が好きな曲だから……」

わたしに問われ、王太子はしどろもどろに答えた。素が出ているのか、一人称が僕になっている。

わたしは王太子に微笑んだ。

「別れの曲はふさわしくありません。みんなで楽しい時間を過ごしているんですから」

「ああ……そうか。そうかもしれない。それに……クレアにはこれからも僕のそばにいてもらわないと困るし……」

「監禁から解放してくださるという意味での別れの曲でしたら、大歓迎ですよ！」

「いや、そんなつもりはなくて……なあ、クレア、やっぱり、僕のそばにいるのは嫌かな。僕は君を必要としている」

その言葉に、他のみんなが反応した。アリスは面白がっていて、シアは複雑そうな表情を浮かべ、レオンは顔を赤くし、そして……フィルは王太子を睨みつけていた。

普通に考えれば、愛の告白なのかもしれない。でも、王太子がわたしを必要としているのは、公爵令嬢であるというわたしの身分が役に立つからだ。

わたしは必要とされる存在になりたい。前回の人生では、誰からも必要とされずに、殺されていったから。

でも……。

わたしは首を横に振った。

ショックを受ける王太子に、わたしは優しく言う。

「殿下……わたしはわたし自身として必要とされたいんです。わたしがわたしだから必要としてくれるのでしたら、とても嬉しいのですが……殿下はそうではありません」

「いや……そんなことはない……」

「殿下はわたしのことを好きですか？」

王太子は絶句した。

答えられない、と思う。王太子はわたしのことを好きなわけではないから。

恋人として、どころか、友人だとも、前回の王太子は、わたしのことを思っていなかった。

今回も……同じはずだ。

王太子に対して、わたしは、ゆっくりと言う。

「殿下……アンコールです」

「アンコール？」

「はい。別れの曲はふさわしくありませんから、もっと楽しく、心躍るような、喜びにあふれるような曲を聞かせてください」

王太子はしばらく呆然としていたが、やがて、ふふっと笑った。

「クレアは……面白いな」

「そうですか？」

「ああ……普通のお嬢様だと思っていたが……クレアは……」

王太子は何か言いかけて、そして首を横に振った。

そして、柔らかく微笑んだ。

「……わかったよ。楽しく、心躍るような、喜びにあふれるような曲か」

そして、王太子はふたたび弦楽器《ヴィオリーン》を手にとった。

美しい調べが部屋に満ちる。

わたし、王太子、シア、アリス、レオン、そして、フィル。

前回の人生では、ばらばらの運命をたどった六人が、今は穏やかな時間をともに過ごしている。

監禁されていることを除けば、素敵な時間だった。

こんな時間が続けばいいのに、と思う。

でも、それはきっと許されない。

破滅の予兆がきっとすぐにやってくる。

その回避のために、わたしは王妃と会わないといけない。

フィルがわたしを見上げ、頬を膨らませていた。

「お姉ちゃん……王太子殿下と仲が良さそうだね……」

「そう？」

「うん……」

もしかして、ヤキモチを焼いてくれているのかもしれない。

そうだとしたら、ちょっと可愛い。いや……かなり可愛いかも。抱きしめたり撫で回したりして、「フィルが一番大事だよ」って言ってあげたくなる。けど、みんながいる前では流石にできない。残念……。

王太子の演奏を聞きながら、フィルはつぶやいた。

「ぼくも……お姉ちゃんを喜ばせてあげたいな」

「フィルが一緒にいてくれるだけで、わたしは嬉しいけどね」

「ありがとう。……でも、きっとそれだけじゃ、ダメなんだと思う……」

フィルは小さく、でも強い決意を秘めたような表情で、そうつぶやいた。

第四章

闇との対決

魔女崇拝者たち：la Wicca

それは黄金の夜明けだった。

ロス・クロウリー伯爵は、自らの白い髭を撫でながら、仲間たちを振り返り、にこりと微笑んだ。

「諸君、我々の目的を覚えているかね？」

黒一色の空間に伯爵の低い声が響く。明かりといえば、中央の台座にあるろうそく一本だ。

六人の男女がうなずく。彼ら彼女らは、いずれも宮廷貴族の出身だった。

「我々の目的は……『夜の魔女』を、この世に出現させることです」

一人の答えに、クロウリー伯爵は満足げにうなずいた。

王都にある、クロウリー伯爵の屋敷。

そこが彼ら秘密結社のアジトだった。

クロウリー伯爵は、年配の宮廷政治家の一人として、国王の信頼を得ている。

そして、第二王子サグレス派の有力者として知られていた。

だが、サグレス王子派であること自体は間違ってはいないが、それは仮の姿にすぎない。

クロウリー伯爵は、熱心な魔女崇拝者《ウィッカ》だった。

王宮にある預言の書。その書物によれば、カロリスタ王国にとって激動の時代がやってくる。そして、「暁の聖女」と「夜の魔女」が出現し、この国の歴史を導くのだ。

王国を救うという「暁の聖女」。そして、破滅をもたらすという「夜の魔女」。

聖女は教会も認める存在である。これまでの歴史でも、失われた魔法を操る聖女が何人も現れた。

暁の聖女は、そうしたかつての聖女よりも、遥かに強力な力を有するが……しかし、崇拝の対象という意味では、何ら変わるところはない。

だが、魔女は違う。聖女と同じく、魔法を使う奇跡を起こしながら、忌むべき存在であるとされる魔女。

普通であれば、魔女を崇拝するなどは、教会の教義に反する。だが……。

「破滅なくして救済はありえない。一刻も早く夜の魔女を降臨させることこそが、この王国の救済につながるのだ」

この王国には、このままでは未来がない。

いわゆる東方世界と呼ばれる、異教の諸国の脅威。同じ神を信じるはずの西方世界諸国との対立。

そして、腐敗した王家と大貴族の横暴。

こうした状況を打破するためには、一度、すべてを清算する必要がある。

そのために魔女を崇拝する集団が、クロウリーらの秘密結社〈黄金の夜明け団〉だった。

「我らの待望する魔女の名はクレア。すでに彼女には……魔女の刻印が現れつつある」

仲間たちが歓喜の声を上げる。

クロウリーは嗤《わら》う。

愚かで、無力な王太子は、公爵令嬢クレアを聖女候補だと信じている。だから、王太子はその地位を維持するために、クレアを必要だと思いこんでいる。

だが、彼が必死で守ろうとしている彼女こそが、魔女なのだ。

おそらく王妃は、クレアの正体が聖女でない可能性に気づいているだろう。けれど、王太子には教えていないのだ。

つまり、クロウリーはクレアを殺すつもりなどなかった。

クレアは大事な魔女候補だ。クレアが絶望し、そして、この世を憎む時、彼女は闇へと堕ち、完全な夜の魔女となる。

だから、クロウリーが狙うのは、クレアの周囲の人々だった。

クレアという令嬢について、クロウリーはすでに調べていた。

彼女が溺愛しているという幼い弟、フィル。

彼が無惨な死を迎えれば……それだけで、クレアは夜の魔女へと堕ちるかもしれない。

「神よ、『夜の魔女』を救い給え。『夜の魔女』はすべての罪を背負うだろう」

暗闇のなかに、クロウリーたちの嗤いが響き渡った。

Ⅰ　フィルの危機

次の日の朝、わたしは王妃と会うために、ドレスを着ようとしていた。

王妃は厳格な性格だと思うし、何が彼女の逆鱗に触れるかわからない。

だから、行儀作法に外れた振る舞いはできないし、身だしなみも整えておく必要がある。

わたしの部屋には、フィルの代わりにアリスがやってきた。

アリスは上機嫌にわたしのドレスの着付けをしている。

女の子のアリスなら、同室を許されたというわけだ。

それに……王太子はアリスのことを気に入ったのかもしれない。なぜかシアは王太子に強い警戒心を示しているけど、アリスは物怖じせず、いつもどおり明るく率直に王太子に接していた。

わたしの言葉に、アリスはくすっと笑った。

「あたしが王太子殿下に気に入られたなんて、そんなことないですよ」

「そう？」

「はい。だって、殿下のお気に入りは、クレアお嬢様なんですから」

「そんなことはないと思うけど……」

わたしは形式上の婚約者だけど、王太子に好かれたりはしていないと思う。わたしが王太子の立場でも、わたしよりアリスを気に入るかも……。

「今のお嬢様は素敵ですよ。もっと自信をもってください。ほら、ドレスもこんなに似合っていますし」

ドレスを着たわたしは、鏡の前に立つ。

青一色のドレスだ。華美な感じにならないようにしている。

……まあ、なんとか公爵令嬢らしいというか、王太子の婚約者らしい雰囲気は出ているかもしれない。

シアには見劣りするけど、いちおうわたしだって、前回の人生では、学園ではそれなりに美少女ということで知られていたし。

「そういうアリスこそ、とっても可愛いじゃない」

「そ、そうですか？」

えへへ、とアリスが笑う。

アリスもわたしと一緒に王妃に会うから、珍しく正装している。

いつもは真っ黒でぶかぶかなメイド服姿だけど、今日はドレス姿だ。

髪と目の色と同じ、淡い灰色のドレス。胸元が少し開いていて、大人な感じを出している。

わたしはまだ子どもにすぎないけど、アリスはもう十四歳で、大人の女性ではないとしても、美しい少女といって差し支えない。

こういう姿をしていると、アリスも立派な準男爵令嬢だった。

「さあ、王妃様に会いに行きましょう！」

アリスの言葉に、わたしはうなずく。

王妃から、わたしが監禁されている理由を聞き出さないといけない。

嫌われないようにしないと……。

ところが、わたしとアリスが部屋を出ようとしたとき、慌てた様子のレオン少年が飛び込んできた。

「お、お嬢様、大変です！　ふぃ……」

レオンの口が急に止まった。

アリスがレオンの額にデコピンしたからだ。

レオンが涙目になって、アリスを上目遣いに見つめる。

「痛いです、アリスさん……」

「レディの部屋にノックもなしに入っちゃダメでしょ？」

とアリスがにこにこしながら言う。

二人とも下級貴族出身の使用人で、言ってみれば、アリスがレオンの先輩にあたる。

公爵屋敷にレオンが初めてやってきたときも、アリスがなにかとレオンの世話を焼いたらしい。

だから、レオンはアリスに頭が上がらないようだった。

前回の人生ではフィルのサポートもしていたし、つくづくアリスは面倒見のいい性格だなあと思う。

レオン少年が素直に「すみません……」とうなずく。わたしに対しては生意気なのに……。

アリスは「よろしい」と言ってくすっと笑う。

「それで、だいぶ慌ててたみたいだけど、用事はなに？」

わたしはレオンに続きを言うようにうながした。

「フィル様がご病気なんですよ！」

「ど、どういうこと？」

レオンの説明によると、今朝からフィルが高熱を出しているのだと言う。

フィルは一人で何でもできるとはいえ、まだ幼い子どもだ。だから、一応、身の回りの世話をレオンに任せていた。

それで、レオンが朝にフィルの部屋に行くと、ぐったりした様子でベッドに横たわっていたという。

「原因がわからないんですが、意識もはっきりとしないんです。いま、お医者さまを呼んでいるところですが……」

わたしは部屋の時計に目を走らせた。

フィルのことが心配だ。普通だったら、今すぐにフィルのもとへ飛んでいくところだけど……王妃との面会時間は迫っている。

どうしよう？

……少しだけど、まだ時間はある。

ひと目、フィルの様子を見てから、王妃に会いに行くこともできるはずだ。

わたしはそう考えて、アリスとレオンと一緒に、フィルの部屋へと向かった。

☆

部屋に入ると、シアが深刻そうな顔で、ベッドの上のフィルを見つめていた。驚いたことに、なぜか王太子も落ち着かない様子で、部屋にいたけれど、そんなことは今はどうでもいい。

フィルはぐったりとした様子で、顔が真っ赤だし、ひどく汗をかいていた。

「……フィル！」

わたしが駆け寄って声をかけても、フィルはぴくりとも反応しなかった。

目は固くつぶっていて、開かなかった。

予想以上に……重症みたいだ。

「さっきまでは意識があったんですけど……」

シアが小さくつぶやき、王太子もうなずく。

わたしはフィルの端整な顔を見つめる。

その白くて柔らかそうな頬には、生気がなかった。

もし……このまま、フィルが死んでしまったら……。

そう考えたら、わたしは不安でたまらなくなってきた。

いったい、何が原因なんだろう？

昨日までは、あんなに元気だったのに。

前回の人生でも、もしかして似たようなことがあったかも……。

わたしはあの頃、フィルに冷たかったから……思い出せないけど……たしか、フィルが寝込んだことがあったような……。

わたしは、無力だ。

何もできない。

わたしは医者じゃないし、魔法でフィルの病気を治してあげることはできない。

もしわたしが聖女なら……フィルを助けてあげることができたかもしれない。

けど、聖女はシアで、そして、そのシアが聖女の力に目覚めるのは、何年も先のことだ。シアも悔しそうに唇を噛んでいる。

わたしはそっとフィルの小さな手を握った。

その柔らかい手は、熱を帯びていた。

この温かさが、もし失われてしまったら。このまま、フィルが二度と目を覚まさなかったら。

わたしは……。

そのとき、フィルがぴくっと震えた。

「ふぃ、フィル？」

わたしがもう一度呼びかけると、フィルはうっすらと目を開けた。

「お、お姉ちゃん……？」

「……よかった」

ほっとするわたしに、フィルは弱々しく微笑んだ。

一時的に意識を取り戻したけど、フィルは回復したわけじゃなさそうだった。

かなりつらそうに咳き込む。

それでも、フィルはわたしの手をしっかりと握り返した。

「……一緒にいてほしいな」

と、フィルはうわごとのようにつぶやく。

意識もはっきりとしていないみたいだ。

わたしは反射的にフィルに答える。

「もちろん、わたしはフィルのそばにいるから。だから……早く良くなってね」

「……うん」

フィルが嬉しそうに微笑んだ。わたしも微笑み返す。

あとは医者さえ来れば……。

アリスがつんつんとわたしの腕をつつく。

「あの……お嬢様。そろそろ王妃様との面会の時間ですが、いかがいたしましょう？」

そうだった。

監禁の理由を知るために、王妃に会おうとしていた。

もしここで、王妃との面会の約束を破れば……理由を探るどころか、心証は最悪になるだろう。

でも……。

「クレアお姉ちゃん……行っちゃうの？」

フィルが心細そうに、わたしを見上げる。

意識も朦朧《もうろう》としていて、たぶん、わたしが王妃と会いに行くという予定も思い出せていないのかもしれない。

今にでも死んでしまいそうなフィルを放っておいて、どこかへ行くなんて……わたしにはできない。

ここにいても、わたしには何も出来ない。けれど……もしここでわたしがいなくなって……フィルに万一のことがあったら……。

わたしは一生、後悔すると思う。

「王妃様との面会は延期しましょう」

わたしが言うと、アリスは明るくうなずいた。

「お嬢様なら、きっとそうおっしゃると思っていました」

大事なことを間違えてはいけない。

わたしはフィルが大事で、王妃と会うのは、フィルと一緒にいるための方法に過ぎない。

優先順位がどちらが高いかと言えば、明白だった。

王妃にはちゃんと謝ろう。

事情を説明すれば、きっと許してもらえるはず……。

そんなことを考えていたら、突然、フィルの体が跳ねた。

苦しげなうめきを、フィルが上げる。

その腕に、急に真っ赤な、禍々しい幾何学的な模様が現れる。

これは……。

わたしは自分の腕を見た。その模様は、わたしに刻まれた刻印にそっくりだった。

シアが息を呑む。

フィルの体がつぎつぎと赤い模様に侵食されていき、それとともにフィルの体から生気が失われていく。

「……魔女の呪い」

シアが小さくつぶやいた。

わたしは驚いて、シアを見る。シアがどうして、魔女のことを知っているんだろう？　それに呪い？

いや……そんなことよりも……。

「このままじゃ、フィルが死んじゃう！」

でも……どうすれば……。

そのとき、部屋の扉が勢いよく開けられた。

わたしたちは、一斉に振り向く。

そこに立っていたのは、信じられないほど美しく、そして冷たい雰囲気の若い女性だった。

金色の流れるようなロングヘアをかき上げ、そして、青い瞳でわたしをまっすぐに見つめている。

すらりとした長身でスタイルは抜群。そして、豪華な、しかし品のある衣装を身にまとっている。

「その子を助けたい？」

凛とした声でそう尋ねる彼女こそ……王妃アナスタシアだった。

王妃アナスタシアの登場に、わたしは一瞬固まった。「は、母上……！」と王太子がうろたえて声を上げる。

どうして王妃様がここに来たんだろう？

それより、王妃様はもしかしてフィルを助ける方法を知っている？

王妃はベッドのフィルに駆け寄ると、つぶやく。

「やっぱり……呪いをかけられたのね」

「『やっぱり』ってどういうことですか？　それに呪いって……誰がフィルを呪ったりしたんですか？」

「説明している時間はないの。……クレア・ロス・リアレス」

名前を呼ばれて、わたしは固まる。前回の人生では、敵だった相手が、深い青色の瞳で、わたしを見つめている。

「この子の呪いはね、魔女の呪い。根源的には、あなたと同一のものよ」

「わたしと同じ……？」

「そう。夜の魔女であるあなたと、ね。だから、あなたがこの子の呪いを引き受ければ、この子は回復する」

王妃の言葉に、わたしは飛びついた。

フィルが助かるなら、何でもする。……どんなことでも。

だって、まだ、わたしはフィルとちょっとの時間しか過ごせていない。

せっかくフィルが弟になってくれたのに、わたしを必要としてくれているのに。

だから……わたしは絶対にフィルを助ける。

けれど、シアが王妃の言葉に激しく反応した。

「私は反対です！　そんなことをしたら、クレア様がどうなるか……」

「ええ。成功すれば、何も起こらないかもしれない。けれど、呪いに負けたら、フィルって子は助かっても、この場でクレアは夜の魔女となるでしょうね」

「そんな危険なこと、クレア様にはさせられません。もしクレア様が魔女になったら、私は……」

「そうね。魔女になったクレアは殺さないといけないわ」

きっぱりと王妃は言い切る。

この世に災いをもたらすという存在。

夜の魔女。それにわたしがなってしまうかもしれないという。そうなったら……わたしは、ふたたび破滅するんだと思う。きっとみんなの手で殺されて。

だから、わたしが破滅を回避したいなら、ここでフィルを見捨てるべきなんだ。

でも……！

「わたし、やります！」

シアが悲鳴を上げる。わたしはシアににっこりと微笑む。

「クレア様！」

「ごめんね、シア」

シアは泣きそうな顔で、でも、それ以上、何も言わなかった。

そして、わたしは王妃に向き直った。

「何をすればいいんですか？」

「することは簡単。この子の額に手を当てて、その呪いを引き受けようと願うだけ。魔女候補であるあなたは、それだけで、この子の呪いを消すことができるわ」

わたしはうなずいた。王妃の言う通りにやってみよう。

それ以外にフィルを助けられる方法はなさそうだ。

……一度は破滅した身だ。

怖いことなんて……ない！

わたしはフィルの小さな額にそっと手を当てた。

すでにフィルの身体中に赤く禍々しい模様が走っている。

そんな姿になっても、フィルは可愛かった。

「いま助けるからね、フィル」

わたしは目を閉じ、そして、フィルを救おうと願った。

その途端、わたしのなかに何か熱いものが流れ込んでくるのを感じた。

僕にとってのクレア：con Alphonso el Asturias

僕の目の前で、クレアは弟を救うと宣言した。

何の迷いも、ためらいもなく、僕の母上……王妃アナスタシアの言葉に従って、魔女の呪いを引き受けると言った。

どうして……そんな恐ろしいことができるんだろう。そんな勇気が持てるんだろう。

少なくとも、目の前で起きていることは普通ではない。

僕にはそこまでの勇気を持つことが……できるだろうか。

王太子という地位を守ることも、音楽家になりたいという夢も、どちらも大事だけれど。

でも、そのために命を懸ける覚悟があるかといえば……。

僕は所詮、王太子という与えられた地位のなかで、生きている存在に過ぎない。

けれど……。

少し前まで、クレアは同い年の普通の女の子にすぎなかった。

……今のクレアは僕よりもずっと大人のように見える。

クレアは目を閉じて、その弟……フィルの手を握っている。

二人の意識はどこか別の、遠い場所にあり、そして、魔女の呪いに抗《あらが》っているようだった。

みんな、固唾を呑んでクレアの様子を見守っている。

例外は、冷静な母上と……シアという少女だった。

シアは明らかに取り乱した様子で、その表情は絶望に染まっていた。

「……ああ、今度もクレア様を救えなかった。魔女に……なっちゃう」

今度も？ ……「今度」ということは、かつて救えなかったことがあるということか。

……いや、そんなことを考えている場合じゃない。

それよりも。

「は、母上。魔女、とはどういうことです？　クレアは聖女候補だったのではないのですか⁉」

預言によれば、魔女は聖女と対立する、世の災いだ。

クレアは聖女となり、僕の地位を支えるために、重要な役割を果たすはずだった。

でも、そうではないという。

「……わからなかったの」

「わからなかった？」

「聖女も魔女も同じ奇跡である魔法を操る存在だから。どちらが魔女かわからなかった。でも、本物の聖女は……」

母上は、ちらりとシアを見た。悔しそうに唇を噛むこの少女が、聖女？

「……だとすれば……」

僕の言葉は、別の人物の声でさえぎられた。

「いま、大事なのはそんな話じゃないはずです」

物怖じせずに、堂々と言ったのは、メイドのアリスだった。

メイド服の、決して身分が高くない少女は、王太子である僕と、王妃を前にしても、動じなかった。

「あたしたちにクレア様を助けることはできませんか？　力になることはできないのでしょうか？」

クレアを助ける？　僕たちが？

できるかどうか、考えもしなかった。シアもはっとした顔をしていて、その横の使用人の少年も驚いている。

アリスの視線は真剣そのものだった。

母上は、それに答える。

「残念だけれど、それはできないわ。あの呪いを引き受けられるのは、クレアだけ」

「祈ることしか……できないんですね」

とアリスはつぶやき、そして、目を閉じているクレアの手に、自分の手をそっと重ねた。

アリスと、シアの二人は、クレアとフィルのことを強く助けたいと願っているようだった。

僕は……どうだろう？

もし聖女でないのであれば、僕にとってのクレアの利用価値はかなり下がる。

けど……。

クレアは僕の楽器の腕を心から褒めてくれた。僕を一人の人間として認めてくれた。

その生き生きとした表情は……とても魅力的だった。

ああ、僕も……クレアに助かって欲しいと思っているんだ。

婚約者としてではなく、聖女候補としてではなく、一人の人間として、僕にとってクレアは必要な存在になる気がする。

けれど、僕はクレアを助ける手段を持たない。

自分の無力さが歯がゆかった。

Ⅱ　扉の向こう側

真っ暗な空間に、わたしはいた。

また、洞窟で見た夢を……見ることになるんだろうか？

みんながわたしのことを蔑んで、必要じゃないという夢。

でも、そこには誰もいなかった。

代わりに、真っ赤な扉がわたしの目の前に現れる。

その扉を開ければ。

「真実にたどり着ける」

扉から不思議な声がした。

真実？

「この扉を開ければ、君はどんな願いでも叶えることができる」

「願い？」

「そう。君の敵を滅ぼすことさ。前回の人生で、君を捨てた王太子。君からすべてを奪ったシア。そして、君をいらないと言った大勢の人々。みんな……殺してしまいたいと思わないかね？」

「わたしは……そんなこと……一度も考えたことは……ない」

「嘘だな。シアを殺そうとしたのは君だろう？」

わたしは黙った。

扉の声の言う通り、前回の人生で、わたしはシアを殺そうとした。

でも、今はそれを後悔している。

今の王太子だって、殺す理由なんてなにもない。

そう。何も……。

「君が望んでその扉を開けば、あらゆるものは夜に堕ちるだろう。そして、君は君の弟、大事なものを守る力を手に入れる。君は必要とされる存在になるんだ」

わたしは目の前の扉を見つめた。

さっきよりも、ずっと、ずっと大きくなっている。

その巨大な扉は赤く鈍く輝き……わたしはそれに魅入られた。

あの扉を開ければ、わたしは……。

「クレアお姉ちゃん！」

甲高い、けれど綺麗な声がした。

振り返ると、フィルはわたしを睨んでいる。

その幼い顔には、決然とした表情が浮かんでいて、黒い宝石みたいな瞳がわたしを射貫いている。

「その扉を開けたら、お姉ちゃんは魔女になっちゃうんだ」

「でも……」

わたしはもう一度、その扉を見る。

その赤く禍々しい扉は、あまりにも魅力的で……。

突然、フィルがわたしに抱きついた。

その小さな、柔らかい手の感触に、わたしはびっくりする。

「ふぃ、フィル？」

「そんなものを使わなくても、ぼくはお姉ちゃんのことが必要だよ。きっとぼくがお姉ちゃんを守るから。だから、魔女の呪いを受け入れないで」

……そうだった！

わたしはフィルを魔女の呪いから助けに来ていたんだった。

扉の力なのか、わたしは正気を失っていて……扉の向こう側に取り込まれるところだった。

きっとあの扉の向こうに行くことが……魔女になることなんだ。

超えてはいけない境界を超えること。

それが魔女への道なんだ。

フィルが弱々しく微笑んだ。

「……帰って、お姉ちゃん？」

「え？　でも、フィルは……？」

「このまま、ぼくはこの呪いの中に沈んでいくから。だから……」

わたしはフィルが言い終わらないうちに、わたしはフィルをひょいと抱き上げた。

意識のなかの空間だからか、フィルはとっても軽かった。

「お、お姉ちゃん⁉」

お姫様抱っこのような形で抱き上げられたフィルは、うろたえ、そして顔を真っ赤にした。

わたしはくすっとわらう。

「照れてる？」

「う、うん……でも、嬉しいかも……」

「あのね、フィル。わたしのことをまだ必要としてくれる？」

「ぼくは……お姉ちゃんのことが必要だよ。他の誰よりも」

「そっか。なら、わたしはまだ、フィルと一緒にいるから。だって、そう約束したものね。フィルがわたしを必要とするかぎり、わたしはフィルと一緒にいるって」

いつのまにか、周りには真紅の血の海のようなものができていて、わたしたちを取り囲んでいた。

これが……きっと呪いなんだ。

でも……フィルがいれば……ぜんぜん怖くない！

「少しじっとしててね」

わたしはフィルに声をかけ、微笑む。フィルはこくりとうなずいた。

そして、わたしはフィルを抱きかかえたまま、走り出した。

きっと元いた場所に、お屋敷に、わたしたちの居場所に戻ってみせる。

そんなことを考えながら、わたしは自然と、真紅の海を飛び越えていた。

次の瞬間、目の前が真っ白になるほどの光に包まれ、そして……。

☆

目を覚ますと、アリスとシアがわたしの目を覗き込んでいた。すごく心配そうに。

二人とも目が赤い。泣いてたんだろうか？

見回すと、王太子がホッとした顔で胸を撫で下ろしていて、王妃様はわたしを見ると、軽く微笑んだ。

「フィルは……？」

「ご安心ください。無事ですよ」

アリスは目元を拭いながら、嬉しそうに微笑んだ。

フィルはすやすやと寝息を立てていて、でも、その表情は穏やかだった。

あの赤い禍々しい刻印も消えている。

良かった。フィルは助かったんだ。

わたしはしばらくのあいだ、嬉しさと安心とで、放心状態みたいな感じになった。

けれど、やがて気づく。

あれが魔女の呪いだと、王妃様は言った。

それなら、わたしの腕にある赤い刻印は……魔女の証？

わたしは慌てて、そっと自分の服の裾をまくった。

腕には、やっぱり赤い刻印が残されている。

わたしにとっての危険は……まだ去っていないのかも。

「あの……王妃様、ありがとうございました」

わたしが王妃アナスタシアにおずおずと話しかけると、王妃様は首をかしげ、綺麗な笑みを見せた。

氷の公女、と言われたアナスタシア様だけれど……その表情はとても柔らかかった。

「私は何もしていないわ」

「……でも……フィルの助け方を教えて下さいましたし……」

「あれは『教えた』のうちに入らないでしょう？　結局、あなたが強くそう願っただけなのだから」

たしかに……それはそうだけど。

わたしはフィルを助けたかった。フィルがいない現実なんて、考えられなかった。

だから、わたしはフィルのそばにいて……。

そういえば、フィルのそばにいようとして、王妃様との面会の約束を破ってしまったんだ！

わたしがそのことを王妃様に謝ると、王妃様は首を横に振った。

「この状況で、もしあなたが私に会いに来ていたら、むしろ私はあなたを軽蔑していたわ。大事な弟を放り出して……自分の保身のことを考える人なんて、唾棄《だき》に値するから。……私自身がそうだったように」

その言葉を口にした時、一瞬、王妃様の目は鋭く、厳しくなった。

王妃様が……弟を見捨てた？

どういうことだろう？

ともかく、王妃様は弟に強い思い入れがあるようで、もしわたしがフィルを蔑ろにしていたら、王妃様から嫌われたことは間違いないようだった。

そのとき、わたしははっとする。

今回の人生では、わたしがフィルに冷たくするなんて、考えられないけど……。

でも、前回の人生では……わたしはフィルのことを弟ではないかのように扱っていた。

それは人前でもそうだったと思う。

なら、王妃様はそれを直接見たか、そうでないにしても、わたしがフィルを邪険に扱っていること
を誰かから聞いたのかも。

そして、わたしは王妃に嫌われた。

すべて筋が通る。

王妃様は明るく目を輝かせ、わたしの手を握った。

「私はあなたを評価するわ。弟を救おうとしたその勇気を、弟に対するその思いを」

前回の人生ではあれほど毛嫌いされていたのに、今は正面切って称賛されると、ちょっと居心地が
悪い。

しかも、相手は十七歳も年上の、ものすごい美人だ。

でも……嫌われるよりは、ずっと良いのだけれど。

一方で、王太子は、困惑した様子でたたずんでいた。

「そうか……クレアは、聖女じゃなかったのか……」

王太子は額に手を当てて、つぶやく。

びっくりして、わたしは王太子を見る。

王太子はわたしを聖女だと思っていたんだ。……知らなかった。

それで、わたしはピンとくる。

前回の人生であれほど王太子がシアに執着していたのは……シアが聖女になることを知ったからか
もしれない。

逆に、今回の人生で、王太子がシアに興味の欠片も示さないのは、聖女になることを知らないから

……なのかも。

まあ、王太子はまだ十二歳の子供で、シアの魅力に気づけていないからかもしれないけど。

ただ、前回の人生で、途中まではわたしを大事にして、そして、捨てたのは……きっとわたしのことを聖女だと思っていたからだ。

今回の人生で、わたしを監禁したのも、わたしを聖女だと思っていたからなんだろう。

ただの公爵令嬢ではなく、聖女なら……王太子の地位を確かなものにするのに、これほど便利な道具はないだろう。

教会の聖女には、それぐらいの権威がある。

なんだ……。

解けてみれば、簡単な謎だった。

要するに、聖女という便利な道具であれば、わたしは王太子にとって必要な存在で。そうでなければ、必要じゃない。

それだけのことなんだ。

わたしは自虐的にそう考えて、それから良いことを考えつく。

一歩前に踏み出して、わたしはぐいっと王太子に近づく。

王太子がびっくりして後ずさるが、なぜか顔を赤くする。

わたしは面白くなって、からかうように王太子を上目遣いに見つめてみた。

「殿下。わたしは魔女なんだそうですよ。もう、殿下にとっては必要のない存在でしょう？」

「いや、それは……」

「まあ、まだ大貴族の公爵令嬢としての使いみちがあるかもしれませんけど……でも、それなら、他にも名門貴族の娘もいますし、魔女候補の危険なわたしが、婚約者である必要はないです。ね？」

「ええと……」

王太子はうろたえて、周りを見たが、誰も彼に助け船を出そうとはしなかった。

そう。

王太子はわたしに言うしかない。クレアはいらない、と。

「……わたしを監禁しておくことはないいんじゃないですか？」

王太子はしばらく黙った。

そして、急に顔を上げると、きっぱりと首を横に振った。

わたしは唖然とする。

王太子は戸惑いながらも、もう監禁する必要はない、もうクレアは必要ない、と言うかと思っていたのに。

「クレアは聖女候補だから、命を狙われている。そう思っていた。だが、違った。狙われているのは、魔女候補だからだ」

「……それで？」

「結局、クレアは今でも狙われている。なら、危険な目にあうかもしれない女の子を、放り出すわけにはいかないだろう？　クレアを狙う奴は、間違いなくすぐそばにいる。その人物を捕まえなければ、僕は安心してクレアを解放できないよ」

わたしは口をぱくぱくさせる。

たしかに……そうだ。

理由はわからないが、誰かがフィルに呪いをかけた。同じようなことがまたあったら……。

それに……。

「殿下は、わたしのことを心配してくださっているのですか？」

「……当然だろう？　クレアは僕の……婚約者なんだから」

王太子はぷいっと顔を背け、そして、ますます顔を赤くした。

……照れてるんだ。

そう思うと、わたしは微笑ましくなった。

よくわからないけど……王太子は、わたしのことを、道具以外の何かとしてみてくれるようになったのかもしれない。

王太子も十二歳の子どもだし、中身十七歳のわたしより、ずっと年下だ。

わたしは周りを見回した。

シアも、アリスも、レオンも、王妃様も、そして王太子も、立場はぜんぜん違うけれど、わたしの味方のようだった。

いつのまにか、フィルが目を覚ましていて、可愛らしく微笑んでいた。

「みんなお姉ちゃんのことが心配なんだね」

わたしはフィルに向かって、大きくうなずいた。

少なくとも、今のわたしは破滅からは遠い場所にいる。そんな気がして少し嬉しかった。

Ⅲ　預言書

その日の夕方、わたしとフィルと王太子は、王宮の書庫の奥深くにいた。

本の並んだ高い棚の隙間を、わたしたちは歩いていく。

さすが王宮の書庫だけあって、公爵家の何倍もの蔵書がある。

たくさんの古めかしい蔵書に、フィルはきらきらと目を輝かせている。

フィルは大の本好きで、そんなフィルにとっては宝の山のようだった。

「フィルって本当に本の虫ね」

とわたしがからかうように言うと、フィルは微笑んで、ためらいなく「うん」とうなずいた。

フィルが喜んでくれるのは、わたしも嬉しい。

それだけでも、ここに来た甲斐がある。

けれど、王太子がわたしたちをここに案内したのは、もっと別の用事だった。

王宮奥にある預言の書。

それをわたしたちに見せるためだ。内容は極秘だから、従者なしに、わたしたち三人だけでここに来ている。

わたしは歩きながら、蜘蛛の巣を手で払い、王太子に聞いてみる。

「王妃様って弟がいらっしゃるんですか？」

「ああ……子どものころ、仲の良い弟がいたそうだよ。僕から見れば、叔父にあたる人かな。でも、母上がこの国に嫁いだ後に、病気で亡くなってしまってね。生きているあいだに会うことができなくて、母上はそのことをずっと後悔しているんだ」

「そういうことだったんですね……」

それなら、王妃がわたしとフィルを、王妃が弟にこだわるのも理解できる。

王妃は、わたしとフィルを、自分と弟の関係に重ねて見ているのかもしれない。

王妃は弟を救えなかったけど、わたしはフィルを救えた。

王太子はかすかに微笑んだ。

「母上はクレアのことを気に入ったみたいだよ。とてもね」

「それは……良かったです」

まあ、嫌われるよりはずっと良いのだけれど、なんとなく不安だ。

良くないことが起きそうな……。

王太子は壁と書棚のあいだの狭い空間で、立ち止まった。

そして、その壁をとんとんと叩く。

すると、壁から扉が現れた。隠し扉になっているようだけれど……物理的に隠されていたわけじゃない。

「魔法の力さ。失われたとはいえ、古い魔法の痕跡は今でも残っている」

「その一つがこの隠し扉と……その先にある預言の書なのですね」

「そのとおり」

王太子が扉を開け放つと、小さな四角形の部屋があった。

フィルが驚いたように息を呑む。

そこには大きな赤い宝石と……古びた赤い本が、ガラスの箱のなかに並べられていた。

かなり分厚く、紙はかなり傷んでいた。

「これが……預言の書……」

「そのとおり。『聖ソフィアの預言』さ」

「読んでみてもいいですか?」

「どうぞご自由に」

王太子はガラスの箱からうやうやしくそれを取り出すと、わたしに手渡した。

この預言の書の内容を知ることができれば、わたしが破滅を回避するのに役立つかもしれない。

わたしは勢い込んでページをめくった。

けれど……。

「何ですか、これ?」

「読めないだろう?」

王太子は肩をすくめた。

預言書は、見たこともないような、不思議な記号のようなもので埋め尽くされていた。

たぶん……カロリスタ王国の言葉ではないのだと思う。

それに、有名な外国語でもない。

自慢じゃないけど、わたしは公爵令嬢だ。

社交に差し支えないように、アレマニア、トラキア、マグレブ……といった主要国の言葉を多少は勉強している。

でも、ここに書かれているのは、そのなかのどの言葉でもなかった。

「フィル、ここに書かれている文字、わかる？」

わたしはダメもとでフィルに聞いてみる。

フィルは興味深そうに、本の文字を見つめ、そしてつぶやく。

「魔法時代より前の……とても古い言葉の……文字じゃないかな？」

「どうして知ってるの⁉」

わたしはフィルをまじまじと見つめ、王太子もびっくりしたようにフィルを見る。

二人分の視線を受けて、フィルはびくっと震える。

「え、えっとね、読めるわけじゃないんだ。けど、事典で見たことがあったから……古代文字の一種だって……」

フィルが消え入るような声で言う。

いけない。フィルを怖がらせちゃったかも。

わたしはフィルの頭を撫でると、微笑んだ。

「教えてくれてありがとう、フィル」

フィルはくすぐったそうにして、安心したようにうなずいた。

その横で、なぜか王太子が拗ねたように、わたしたちを見つめている。

「……そのとおり。フィル君の言う通り、これは太古の昔、龍の時代の言葉で書かれている。……つまり、ね。読めないんだよ」

「読めない？」

「この預言書の文字の大半は解読できていない。僕らの時代について、わかっていることは少ない。あと数年で、やがてこの国に大きな災いが訪れること、その危機を救うのは、国王の妻たる『暁の聖女』であること。そして……」

「災いをもたらすのが、『夜の魔女』ということですか」

「ああ。……だから、僕は、クレアが暁の聖女だと思った。そうであれば、国王となる僕が破滅を防ぐには、クレアの存在が必要になる」

「けど、わたしは聖女じゃなかったわけですね」

「まあ、うん。勘違いだったようだ。ただ、聖女は国王の妻ということになっているから……」

「だとすると、殿下が別の方とご結婚なさるということでしょう？」

わたしが言うと、殿下は目を見開いてとても驚いていた。

……その発想がなかったのか。

「そして、災いを防ぐには、夜の魔女の出現を防がないといけないわけですね。すると、殿下はわたしを……」

わたしは言いよどんだ。

預言のとおりだとすれば、王太子はわたしを……夜の魔女を殺す必要がある。

考えてみると、危険な状況かもしれない。

ここにいるのは、王太子とわたしとフィルだけだ。しかも、王宮奥の書庫。

もし王太子がわたしを殺そうとしたら……逃げられないかもしれない。

その時、フィルがわたしの前に立ちはだかった。

「クレアお姉ちゃんに……なにかしようとしたら、許さないよ」

フィルは威嚇するように王太子に向かって言う。

こんなふうにフィルが敵意を示すのを見るのは、はじめてだ。

わたしはびっくりして、フィルを見つめた。

「……お姉ちゃんはぼくが守るんだ」

フィルは小さく、でも、きっぱりと言った。

王太子は意外そうに端整な眉を上げたが、やがて首を横に振った。

「いや、僕はクレアを殺さない」

「どうしてですか？」

「まず、聖女が不在なのに、クレアをどうこうしようとするのは危険が大きすぎる。夜の魔女は聖女にしか倒せない。預言ではそう記されている。それに……」

「それに？」

「僕はいちおう王太子だ。この国の未来の統治者だ。なのに、何の罪もない女の子を……自分の婚約者を殺すことは、正義に反する」

王太子はよどみなく言った。

王太子は努力家で、責任感の強い人だった。前回の人生でも、まだ十二歳の今回も、それは変わらない。

逆に言えば、王太子は、今の二つの条件さえ問題がなければ、わたしを殺すということだと思う。

つまり、前回の人生は……そうだった。

聖女シアが現れた。そして、わたしはシアを殺そうとする大罪を犯した。

そんな状況なら、王太子がわたしを殺すのに、ためらいはないはずだ。だって、相手は災いを呼ぶ「夜の魔女」なんだから。

王太子はうつむき、つぶやいた。

「ともかく、僕らの敵を倒すことが必要だ。クレアを狙い、フィル君に呪いをかけ、僕を陥れようとする存在。それを倒せば……」

王太子がわたしを監禁しておく必要もなくなる。

わたしがうなずこうとしたとき、部屋に一人の人影が現れた。

「その必要はない」

重々しい言葉に、わたしたちは振り返る。

そこにいたのは、白ひげの老人だった。

立派な黒い正装に身を包んでいる。

胸の紋章には、伯爵であることを示す冠がついていた。

腰に大剣を下げている。

「クロウリー伯爵!」

王太子が声を上げて、警戒したように彼を睨む。

クロウリー？

どこかで聞いたような……。

そうだ。

前回の人生で、王国への反逆罪で告発され、処刑された貴族。サグレス王子を支持する熱烈な中央集権派。

そのはずだ。

貴族社会のあいだでかなり話題になったから、覚えている。

その事件が起きたのは……わたしが十二歳のとき。

今と同じだ！

伯爵はコツコツと歩みをすすめる。

そして、暗く嗤った。

「王太子殿下、壮健《そうけん》であられることを心よりお喜び申し上げます」

「……なぜあなたがこのような場所にいる？」

「つけてきたのですよ、殿下と、夜の魔女の娘のあとをね」

この人はわたしが魔女となるかもしれないことを知っている。

伯爵はわたしたちをじろりと見た。

「さあ、殿下。私にその預言書と娘を引き渡してもらおう」

「どうしてそんなことをしなければならない？」

伯爵はそれに答えず、急にわたしの前に来た。

わたしはとっさに身構える。

ところが、伯爵はわたしの前にひざまずき、うやうやしく頭を垂れた。

「あなたこそが、我々が仕えるべき方。夜の魔女クレア様なのですね」

……なのですね、なんて言われても困る。

わたしは夜の魔女になるつもりなんてない。

この人は……。

「私は、いや、我々は魔女崇拝者なのです」

「魔女を崇拝？　だって、魔女はこの王国に災いをもたらす存在なのでしょう？」

「いいえ、夜の魔女はこの国に救いと希望をもたらすのです！　夜がなければ、夜明けはやってこない。あなたが真の力に目覚めることこそが我々の希望。夜の魔女の力をもって、人々に本物の絶望と恐怖と死を与える。そして、この国には大きな内戦が起き、王国は滅亡寸前となる。貴族が滅ぼされ、その後に……真の王国がやってくる」

わたしは……あとずさった。この人は何を言っているんだろう？

わたしが魔女になることを望んでいる？　そして、内戦を起こす？

「もしかして、フィルに呪いをかけたのも……」

「ええ、私が仕組んだことですよ。あと一歩で、クレア様を完全な魔女にできたのですが、残念でした」

この人がどうして魔女を崇拝するのかはわからない。

でも……この人はフィルを傷つけようとした。

許せない！

フィルがわたしの前に立ち、クロウリー伯爵に言う。

「お姉ちゃんは……魔女なんかにならないよ」

「それはどうかな。フィルくん、君の姉の腕には刻印がある。それを見てみたまえ。あれはそこの預言書の文字と、そっくり同じ文字が刻まれているはずだ。その意味は……夜の魔女、さ」

やっぱり！

この赤い模様は魔女の印なんだ。

でも……。

「それでも、お姉ちゃんは魔女になったりなんかしない」

フィルがつぶやく。

伯爵は王太子に向き直った。

「さて、殿下。取引をしましょう。我々は魔女と預言の書が必要だ。その二つを引き渡せば、我々はあなたの国王即位を支持します」

「クロウリー伯爵は、サグレス派だったはずではないかな」

「王などどちらでもかまわないのです。ただ、我々は魔女の力で、王国を強化するのが目的です。王妃様の母国は滅ぼされ、大貴族たちも当てにならない。殿下の王太子としての立場はとてももろい。殿下には後ろ盾が必要だと思いませんか？　私なら、サグレス王子派の宮廷貴族を切り崩し、殿下を国王とすることを確実にできます」

王太子は黙った。

魅力的な提案かもしれない。

サグレス王子派に、王太子は負けそうになっている。地方の大貴族は王太子の味方をする者もいる

けれど、一枚岩だなんて全然言えない。

「もし断れば？」

王太子の反問に、クロウリー伯爵はにやりと笑う。

「そうなったら殿下とこのフィル少年の命を奪い、クレア様を連れ去るだけのこと。多少面倒ではありますが、やむを得ませんな」

この場には、子どものわたしたちしかいない。

クロウリー伯爵は、腰の剣を見せつける。王太子も剣を帯びているけれど、かなうかどうか。

伯爵の言葉を受け入れれば、王太子の地位は盤石。断れば命の危険がある。

もしわたしが王太子の立場なら……王太子はわたしを引き渡すかもしれない。

けど、もしわたしがクロウリー伯爵の手に落ちれば、魔女にさせられるんだと思う。

そうなったとき、わたしは……きっと彼らの道具に成り下がり、人を不幸にする存在になる。

「わたしは……魔女なんかになりたくない」

わたしの小さなつぶやきに、王太子は振り返った。そして、その顔に微笑みを浮かべる。

そして、王太子は青い瞳を見開き、今度はまっすぐにクロウリー伯爵を見つめた。

そして、その口から言葉がゆっくりと紡がれる。

「せっかくの申し出だが……断る」

「ほう。なぜです？　この公爵令嬢は殿下にとって必要ない存在だと思いましたが」

「クレアは僕の大事な婚約者だ。たとえ聖女でなくても、公爵令嬢でなくても、いや婚約者でなくなったとしても、クレアを引き渡すつもりはない」

わたしとフィルは顔を見合わせた。

まさか、王太子の口からこんな言葉が出るなんて。

王太子は少し顔を赤くする。

「クレアは僕の音楽の腕を褒めてくれた。僕自身を認めてくれた。だから……僕も、聖女でないクレアと一緒にいたいんだ」

「ははあ、なるほど。殿下は……」

「僕はクレアをあなたには引き渡さない！　僕がクレアを守る！」

王太子は剣を抜いた。

先手を打って、クロウリー伯爵を制圧するつもりだろう。

けれど……クロウリー伯爵は目にもとまらぬ速さで大剣を抜く。

その赤銅色の剣が一閃し、王太子の剣を弾き返した。

王太子はなんとか持ちこたえたが、所詮は子どもの力だ。

クロウリー伯爵の二撃目に耐えられず、剣を取り落した。

「しまった……」

王太子は慌てて剣を拾おうとするが、その前にクロウリー伯爵が立ちはだかる。

伯爵は王太子に剣を突きつける。

「魔女はいただいていこう。サグレス王子が即位し、そしてその後に夜の魔女の時代がやってくる」

「そんなことは……させない」

「もうあなたは終わりですな、殿下」

そして、クロウリー伯爵は剣を振り下ろそうとした。

けれど、その動きは途中で止まった。

「な……んだと」

伯爵は驚愕の表情を浮かべたまま、どさりとその場に倒れた。

その体からは赤い血が流れている。その腹部には背後から一本のナイフが突き立てられていた。

そのナイフを握っているのは、わたしだった。護身用のナイフだ。

「く、クレア……」

「殿下、今です！」

王太子ははっとして、剣を拾うと、その剣の柄で伯爵の頭を強打した。伯爵は低いうめき声を上げ、ぐったりと動かなくなった。

気を失ったんだ。

わたしはほっとして、そして、王太子とフィルを見た。

二人とも呆然としている。わたしは微笑んだ。

「王太子殿下暗殺未遂の犯人、逮捕できましたね」

そう言ってみたものの、わたしも膝が震えている。

……あ、危なかった。あと一歩で、わたしたちは破滅するところだった。

「……お姉ちゃん、すごい……」

フィルが小さくつぶやいた。

ふっと、自分の腕を見る。わたしの腕からは、あの赤い刻印は跡形なく消えていた。

エピローグ

わたしは王太子の監禁から解放された。

魔女崇拝者のクロウリー伯爵が逮捕されたからだ。子どもだと思って、油断したのが彼の命取りになった。

伯爵がわたしを狙っていた犯人で、王太子や王妃はクロウリー伯爵の陰謀に気づきつつも、その証拠をつかめていなかったらしい。

そういうわけで、わたしの身の危険はなくなった。

けれど、わたしは魔女候補であることに変わりはない。

王宮から屋敷に戻れることになって、翌日の夕方に、わたしたちは飛空艇の発着場に立っていた。

王太子と王妃がわたしを見送ろうとして、夕日を背景に立っている。その後ろにはたくさんの従者たちがいた。

王太子がわたしに頭を下げる。

「今回のことは悪かったよ、クレア」

「いいんです。わたしを守るためだったんですから。でも、最初から相談してほしかったですけど」

「ああ、今後はそうするよ」

今後、か。

それは……ないと思う。

「あの……殿下、それに王妃様。最後にお伝えしておきたいことがあるんです」

「なにかな」

「わたしは王太子の婚約者を辞退しようと思うんです。わたしは魔女になるかもしれませんし……聖女様を探すべきです」

わたしはきっぱりと言った。

もともと、わたしは王太子の婚約者という立場に未練はない。

それに、王太子の婚約者であれば、政争に巻き込まれることもあると思う。

クロウリー伯爵がいなくなっても、王太子派とサグレス王子派の権力闘争は続いている。

ところが、王妃様は微笑むと、首を横に振った。

「悪いけど、クレア。あなたには王太子の婚約者でいてほしいの」

「な、なんでですか？」

「わたしがあなたを気に入ったからよ」

「そ、それだけ？」

「あなたなら、きっとわたしよりも上手く王妃を務められるわ。それに、あなたのお父様が婚約破棄なんてお許しにならないでしょう？」

それはそのとおりだ。わたしと王太子の政略結婚は、リアレス公爵家の権力を強くするために行われる。

とはいえ、王太子サイドから断られているなら、話は別。だから事前に話しておいて、夜の魔女となるかもしれないことを理由に断ろうとしていたのに。

王妃アナスタシアはくすっと笑った。

「聖女は国王の配偶者。預言にはたしかにそう書かれているわ。そして、その素質を持った子がいる」

王妃はちらりとシアを見た。シアはうつむく。

王妃はシアの才能に気づいているのかもしれない。

「なら、預言に従わないと……」

「何でもかんでも預言のとおりにする必要はないの。それとも、あなたは預言に従って、夜の魔女になるつもり？」

ぐっ、と詰まる。

たしかに預言通りなら、わたしは夜の魔女になってしまう。だから、わたしは預言にあらがわないといけない。

そして、王太子と王妃も、預言に従わないつもりなんだ。

「預言はあくまで預言。それが魔法の奇跡で生み出されたものでも、人の手で変えることはできるはず。私はあなたを見て、そう信じることにしたの。だから、あなたはアルフォンソの婚約者でいなさい」

「でも……」

わたしは王太子をちらりと見る。王太子はわたしに関心なんかないはずで……。

ところが、王太子はうつむいた。

「クレアには……僕の婚約者でいてほしい」

「え？」

「君は理想の婚約者ではないかもしれないが、でも、僕にとって必要な存在だ」

「……殿下」

「その殿下って呼び方も変えてほしいな。アルフォンソ、と呼んでほしい」

わたしはびっくりして、王太子をまじまじと見つめた。王太子は頬を少し赤くして早口で言う。

「婚約者同士なんだ。そんなに他人行儀になる必要はないだろう?」

「わ、わかりました。アルフォンソ様?」

「うん、それでいい」

王太子は、……アルフォンソ様はぱっと顔を輝かせ、あどけない笑みを浮かべた。

飛空戦艦アガフィヤ号が轟音を上げる。その機関が本格的に動き始めたらしい。

出発の時間だ。

「また会おう、クレア。学園に入れば、ずっと一緒だ」

「は、はい……」

わたしは結局、婚約破棄を強く主張できないまま、飛空戦艦に乗り込んだ。シア、アリス、レオン、そしてフィルが一緒だ。

飛空戦艦が空に浮かび、そして、どんどんと王太子たちの姿は小さくなっていく。

わたしは甲板に出て、そして、欄干によりかかり、王都の風景を眺めた。

この華麗で巨大な都市に次来るのは、わたしが十三歳になったとき。

王立学園に入学するときだ。

わたしの隣にフィルがやってくる。

フィルはわたしの真似をして欄干に寄りかかろうとして、小柄すぎてうまくつかめず、バランスを崩しそうになった。

そんなフィルをわたしが抱きとめる。

「気をつけないと危ないよ」

「う、うん……」

フィルは宝石みたいな瞳で、上目遣いにわたしを見つめる。

やっとフィルと一緒の、お屋敷での平穏な生活が戻ってくる。

「王太子殿下は婚約を破棄してくれなかったんだね」

「そうみたいね」

どういうわけか、王妃様と……アルフォンソ様自身に気に入られてしまった。

前回の人生とは真逆だ。

まあ、でも、悪くない。

アルフォンソ様との婚約とシアに嫌がらせしたことが、破滅の原因だと思っていたけど、もっと重要な理由は……わたしが夜の魔女であることだった。

フィルががっかりしたように目を伏せる。

「王太子殿下が婚約者じゃなくなったら、ぼくがお姉ちゃんのお婿さんになろうと思っていたのに」

「え？」

「そうしたら、ぼくがクレアお姉ちゃんとずっと一緒にいられるでしょ？」

最初はびっくりしたけど、わたしは微笑ましくなった。

よく小さい女の子が「将来はお父さんと結婚する！」なんて言うけれど。

きっとフィルも同じような感覚で言っているんだと思う。

「そうね。でも、フィルは可愛いからお婿さんというか、お嫁さんみたいな感じかも」

言いながら、わたしはフィルの黒い艶のある髪を撫でる。

フィルは頬を膨らませる。

「本気にしてない……」

だって、フィルはまだ小さな子どもだから。だから、そんなことを言うだけなんだと思う。

きっと、いつか、フィルにはわたしより大事な人ができる。

でも、今は、わたしはフィルと一緒にいられて幸せだ。そのあいだは……フィルにとって、わたしは最高の姉でいたい。

でも……学園に入学したら、わたしはフィルとしばらく会えなくなっちゃう。

わたしが学園に入学すれば、屋敷を離れる。年下のフィルは学園に入学するまでのあいだはお屋敷にとどまる。

だから、しばらくは一緒にいられない。

わたしがその不安をフィルに言うと、フィルはくすっと笑った。

「ぼくね……王立学園に飛び級で入るつもりなんだ」

「そうなの？」

「そうすれば、お姉ちゃんと一緒にいられるから」

そっか。その手があったか。

「ありがとう、フィル」

わたしは嬉しくなって、フィルをじっと見つめる。

その黒い宝石みたいな瞳が、わたしを見つめ返す。

白い頬はほんのりと赤く染まっていた。

……可愛いなあ、と思う。

わたしがフィルの最高の姉になれるのかはまだわからない。

でも……一つだけ確かなのは、わたしにとって……フィルは世界で一番可愛い弟だ、ということだ。

フィルは不思議そうに首をかしげる。

……やっぱり、抱きしめたくなる……。

……今度こそ!

わたしはそっとフィルの肩に手を置く。

フィルはびくっと震えたけど、逃げたりしようとはしなかった。

そのまま、わたしはフィルをぎゅっと抱きしめた。

「フィルがわたしと一緒にいてくれて……すっごく嬉しいの」

はじめて抱きしめるフィルの身体は、ちっちゃくて、そしてとても温かかった。

フィルはおずおずと、両手をわたしの体にまわして、抱きしめ返してくれる。

思わず、心臓がどくんと跳ねる。フィルの顔も真っ赤だったけれど、もし鏡を見たら、わたしの頬も赤くなっていたはずだ。

わたしはフィルに微笑みかけると、フィルも恥ずかしそうにしながら、でも、誰もが幸せになるような素敵な笑顔を浮かべてくれた。

「ぼくも……ずっとお姉ちゃんと一緒にいたいな」

フィルが望んでくれるなら。

わたしはきっと、いつまでもフィルのそばにいる。

さあ、学園入学はそんなに遠くない未来のことだ。

わたしが破滅した学園。

サグレス王子との対決。国王暗殺事件。そして内戦の発生。シアとの対立。婚約破棄。

そのどれもが、きっと、わたしを夜の魔女へと導いている。

だから、わたしはそのすべてを解決しないといけない。

そうしなければ、フィルの側にはいられないから。

フィルの最高の姉になるためなら……この国をどんな災いからだって救ってみせる！

……大丈夫。わたしは一人じゃない。

フィルだけじゃなくて、貴族の子弟のシアやアリス、レオンたちも一緒についてくる。そして、王太子のアルフォンソ様とも同じ学年になる。

今回の人生では、どんな学園生活が待っているんだろう？

わたしは少しの不安と大きな期待を感じながら、飛空戦艦の遥か下の、カロリスタ王国の風景を眺めた。

第四・五章

冬から春への旅

姉バカ姫

やっぱり家が一番、というのはよく聞く言葉だけれど。

わたしとフィルはお屋敷に戻ってきて、それを実感する。

「やっぱり家が一番だね、フィル」

「口に出して言わなくても……いいと思うよ？」

フィルがくすっと笑った
わたしたちが飛空戦艦アガフィヤ号に乗って、王都から戻ってきたのが昨日のこと。

王都では、王太子のアルフォンソ様に監禁されたりとか、魔女崇拝者の人に襲われたりとか……いろいろあって、とっても疲れた。

久々にお屋敷でゆっくりしたいところだ。

いつもどおり、わたしの部屋にフィルはいる。勉強机用の椅子を持ってきて、腰掛けている。

そんなフィルに向かい合うように、わたしはベッドに腰掛けていた。

「でも……ぼくもこのお屋敷に戻って来ることができて、嬉しいな」

「すっかりフィルもこのお屋敷に馴染んだものね。それに、将来はフィルが公爵様になって、このお屋敷はフィルのものになるんだし」

「そっか……このお屋敷が……ぼくのものに……」

「ピンとこない？」

「うん」

フィルは素直にうなずいた。

まだ十歳のフィルには、ぜんぜん実感の湧かないことだとは思う。

でも、いつか、その日はやってくるはずだ。前回の人生で、未来の王妃としての地位を失ったわたしとは違って、フィルはちゃんと立派な公爵様になるはずだから。

……もっとも、今回の人生ではいまのところ、わたしも王太子殿下の婚約者のままだけれど……。

ともかく、今のフィルもわたしも、まだ何の責任もない子どもだ。やがてやってくる破滅の未来は回避しないといけない。けれど、でも、今は休んでも罰は当たらないと思う。

「クレアお姉ちゃん、今日は何して遊ぶ？」

フィルがわたしの部屋にいるのは、わたしが遊びに誘ったからだ。

でも、具体的な内容は言っていない。

とっておきのお楽しみを、アリスが来たらやるつもりなのだけれど……まだ、手が空かないみたいだ。

まあ、わたしはフィルがいてくれるだけで幸せで。このままぼんやり二人で過ごしているだけでもいいのだけれど。

せっかくなら、アリスが来るまで、何かしてみたい。

わたしは、部屋の片隅にあるチェス盤に目をつけた。

たまにはボードゲームというのも悪くないかもしれない。

「チェス、やってみる？」

と言ってから、何か大事なことを忘れている気がした。

……なんだろう？

前回の人生でチェスといえば……。

わたしは、はっとした。

そうだ！

フィルって……チェスがすごく上手なんだった。

前回の人生で、王立学園のチェス大会ではいつも優勝していたはず。

たかが子どものチェス大会と侮ってはいけない。

王立学園には、カロリスタ王国中のほぼすべての上流階級の子弟が集まる。

そして、チェスを本格的に指すのは国民のほんの一握りだ。

貴族や平民上層部、そして、彼らをパトロンとする職業チェスプレイヤー。

上流階級の子どもたちは、チェスのプロたちの指導を受けていることも多いし、かなり強いのだ。

そのなかで優勝したということは、圧倒的な実力があるとも言える。

わたし自身も、公爵令嬢のたしなみとして、それなりに練習したから、決して弱いわけではないはずだけれど……フィルに敵うかといえば、そうではないと思う。

もしフィルに惨敗などすれば……姉としての威厳が丸つぶれかも……。せっかく、少しは……お姉ちゃんらしくなってきたのに！

ということで、わたしは提案を取り下げようとした。我ながら……せこい気もするけど……仕方ない。

そのとき、フィルが首を傾げた。

「えっと……お姉ちゃん……ぼく……」

「そ、そうだよね。わたしなんかじゃ、フィルの相手にならないよね！」

とわたしは失言を口走る。しまった。言わなくていいことを言ってしまったかも。

ところが、フィルは首を小さく横に振った。

「ぼく、チェスのルール知らないよ？」

「え？　……そうなの？」

「うん」

考えてみれば、今のフィルは、十五歳のときのフィルとは違う。

もともとフィルは、父の親王の屋敷では孤独な身だったたし、チェスなんてやったことがなくても当然かも知れない。

この公爵家に来てから、チェスのルールを覚えて、定跡や戦略を学び、実戦経験を積んだんだ。

前回の人生で、誰にチェスを教わったのかはわからないけれど。でも、少なくとも今回の人生では、まだ、誰にも習っていないということだ。

……ということは！

わたしは胸を張った。

「じゃあ、わたしがフィルにチェスを教えてあげる！」

「……いいの？」

「もちろん！」

「でも……そんなのでいいの？　お姉ちゃん、退屈じゃない？」

「ぜんぜん、そんなことない！　フィルに何か教えてあげられるなんて、とても幸せだもの」

わたしがそう言うと、フィルは頬をほころばせた。

「……ありがとう、クレアお姉ちゃん」

「いいえ。未来の王立学園最強のチェスプレイヤーの師匠になれるんだから、お安い御用だもの」

「未来の……？」

フィルが不思議そうな顔をする。ついうっかり、前回の人生のことを口走ってしまった。

まあ、でもごまかすことが可能な範囲だ。

「それぐらい、フィルが強くなるって、わたしは確信してるってこと！」

「か、買いかぶりすぎだよ……」

「そんなことないわ。フィルはすっごく賢いし、きっとわたしの言ったとおりになる」

前回の人生でも、フィルはチェスが強いだけじゃなくて、勉強もできたし、勉強以外でもいろいろな知識を持っていたらしい。

それは本好きだからだろうけど、でも、わたしとフィルは疎遠だったから、そのフィルの凄さを、わたしはあまり知ることがなかった。

けれど、今は違う。

これから……わたしはフィルのことをもっと知っていくことができる。

わたしが前回破滅した時点まで、あと五年もあるんだから。

たとえ、わたしが破滅を回避できなくても、それだけの時間がわたしたちには残されている。

そして、破滅を回避することができれば、もっと長く、フィルと一緒にいられる。だから、頑張らなくちゃ。

フィルがそれを望んでくれるあいだは、だけど。

いずれにしても、今、わたしが頑張ることは、決まっている。

フィルにチェスのルールを教えてあげることだ。

わたしはチェス盤を広げ、そこに、黒と白のコマを並べる。コマは象牙でできていて、繊細な彫刻が施されている。……とっても高価なもののはずだ。

前回の人生では、学園に入る前は意識もしなかったことだけれど、子ども部屋にあるチェス盤すら、こんな高級素材で造られているなんて……やっぱり、良くも悪くも、うちは公爵家なんだな、と思う。

わたしは歩兵、僧正、城といったそれぞれのコマの動き方を教えていく。フィルは興味深そうにそれを聞いていた。

今回の人生では、もしかしたら、フィルはそんなに真剣にチェスに取り組まないかもしれない、と思っていた。

けど、やっぱり、フィルの表情を見ていると、そんなことはなさそうだ。

前回の人生のフィルと、今回の人生のフィルは同じ人間だから。

だから、きっとフィルは強くなるだろう。

それに、社交の一環として覚えておいて損はないという事情もある。

キャッスリングみたいな特殊ルールまで、フィルはすぐに覚えてしまった。

やっぱり、フィルは頭がいい。こんなに聡明な弟は、他にはいないだろうな、と思ってしまう。

わたしが一通りルールを教えてあげると、フィルは満足そうに、わたしを上目遣いに見つめた。

「これでお姉ちゃんとチェスができるね」

「ええ！」

さて、さっそく実戦といこう。

まあ、最初だから、今日はわたしが勝つとは思う。

でも、フィルはどんどん強くなっていって、きっといつかはわたしより強くなるかと思うと……。

「お姉ちゃん……どうして笑っているの？」

「あ、ごめんなさい」

つい、成長したフィルのことを考えて、にやけてしまった。

フィルは「？」という表情で、わたしを見つめる。

そんなとき、部屋の扉がノックされた。

お……これは。

ついに待ち人来る、だ。

わたしが「どうぞ」と返事をすると、アリスが軽やかな足取りで部屋に入ってきた。

「お待たせしました！」

楽しそうなアリスに対して、フィルは不思議そうな顔をする。

アリスの後ろには、使用人のレオン少年もいて、困ったような、落ち着かない表情を浮かべている。

ちなみにシアは用事があるとかで来られないみたいだ。どうしたんだろう？

ともかく、アリスとわたしは、部屋のクローゼットを開け放った。

そこにはわたしのための衣装が並んでいる。これでも公爵令嬢なので、かなりたくさんの種類のドレスがある。

所狭しと並ぶドレスのなかの一着を、わたしは手にとった。

「えっと……お姉ちゃん？」

首をかしげるフィルに、わたしは微笑む。

わたしの手に持っているドレスは、ピンク色のフリフリのついた可愛らしいデザインだった。

わたしにはそういうお姫様的な衣装は似合わないと思っているので、あまり着ることがなかった。

それに、これはわたしがもう少し、小さかった頃のものだ。九歳ぐらいのときだったと思う。

つまり、裏を返せば……小柄なフィルには……ピッタリのサイズだった。

「ね、フィル……これ、着てみない？」

「え……ぼ、ぼくが!?」

「うん。きっと似合うと思うの！」

「ぼ、ぼく……いちおう男の子だよ？」

「でも、王宮でのメイド服、とっても似合ってたもの。フィルってすごく可愛いから、きっとお姫様みたいな服も似合うと思うの！」

「か……可愛い……」

フィルが複雑そうな表情を浮かべ、そして、アリスとレオンへと視線を移した。

アリスは楽しげに、レオンはちょっと頬を赤くして、「うんうん」とうなずいている。

フィルは口をぱくぱくさせて、そして、ふたたびわたしを上目遣いに見つめた。

「このために……アリスさんとレオンくんを呼んだの？　そ……そんなに似合うと思う？」

「もちろん！」

フィルは恥ずかしそうに、うつむいた。

……やっぱり、ダメかな？　メイド服のときは必要に迫られて変装したわけだけれど、今回はもっと重大な理由がある。

純粋にわたし（とアリス）の趣味だ。

無理やり女装させたりするつもりはないけれど……でも、もう一度、フィルの可愛い姿を見てみたい！

フィルは困ったように、黒い宝石みたいな瞳で、わたしをじっと見つめた。

「お姉ちゃんは……ぼくがこのドレスを着たら、嬉しい？」

「ええ、とっても！」

「……なら、着てみてもいいかな……」

とフィルは微笑んで、うなずいてくれた。

わたしとアリスは顔を見合わせる。

……やった！

早速、わたしとアリスは、フィルにドレスを着てもらうことにする。

ドレスを着るのを手伝った時、フィルの腕に軽く触れた。

その腕は本当にほっそりとしていて、女の子みたいだった。

この腕が、前回の人生で、わたしを殺したんだな、と思う。でも、今回は、絶対にそうはさせない。

もちろん、それはわたしが破滅しないためでもある。

けど、もうひとつ理由がある。

フィルはわたしを殺したとき、とても辛そうな顔をしていた。あんな顔を……わたしの大事な弟には、させたくない。

フィルの手は幸せなことだけに使ってほしい。

「……お姉ちゃん……恥ずかしいから……あまりぺたぺた触らないでほしいな」

「あっ……ごめんね。フィルが可愛くて、つい」

わたしが手を合わせて謝ると、フィルは頬を赤くして「可愛いって言われるのも、恥ずかしいよ」

とつぶやいた。

やがてフィルは、レースの装飾がいっぱいのピンクのドレスを身にまとった。

フィルのきれいな黒髪とあいまって、派手になりかねない服が清楚な感じに収まる。

用意周到なことにアリスはカツラまで用意していた。フィルと同じ色の黒色のカツラをつけて、ストレートのロングヘアにすると……どこからどう見ても、完璧な貴族の令嬢だ。

とっても可憐で……可愛らしい。

「すごいっ……！　ホントにお姫様みたい！」

「ええ、よく似合っていますよ！　フィル様」

わたしとアリスの二人に撫で回され、フィルは目を回していた。

「こんなに可愛いなら、わたしより、アルフォンソ様の婚約者にふさわしいんじゃない？」

「お、王太子殿下の婚約者なんて……なりたくないよ……ぼく、男だよ？」

「あっ、そうだったっけ？」

「わ、忘れないでよ……ぼくは可愛い女の子と結婚したいんだから！」

「フィルのいう可愛い子ってどんな子？」

「……そ、それは……」

「それは？」

「クレアお姉ちゃんみたいな……」

わたしはきょとんとして、そして、フィルの言いたいことがわかって、とても嬉しくなった。

そういえば、王都から戻ってくるときも、フィルはわたしと結婚したい、と言ってくれたし。

小さい女の子が「将来はお父さんと結婚する！」なんて言うのと同じ感覚だと思うけれど、それでも、思わずにやついてしまうぐらい、嬉しいことには変わりはない。

わたしが思わず抱きしめようとすると、フィルはひょいと身をかわした。

「そ、それは……恥ずかしいからダメ」

「……残念」

「ぼ、ぼくは女の子じゃなくて、男なんだよ？」

「でも、可愛くってつい……」

わたしが肩を落とすと、フィルはうろたえた。「そ、そんなにがっかりしないでよ……」とフィルが困ったように言う。

……もしかして、これは押せばいけるのでは？

王都から戻ってくる時に、抱きしめたフィルの体は小さくて、温かくて、とても心地よかった。

あの感覚をもう一度、と思って、わたしはふたたびフィルに手を伸ばす。

が、そんなわたしの前に、レオンが立ちはだかった。レオンは青い瞳で、わたしを上目遣いに睨む。

「……お嬢様……姉バカもそのぐらいにしてください。フィル様が困っているじゃないですか！」

もともと、レオンは生意気でわたしと対立することが多かったけれど。

でも、今回はわたしに楯突くためだけに言っているわけじゃなくて、もしかしたら、フィルをかばおうとしているのかもしれない。

いつのまにか、フィルとレオンは仲良しになっていたし。

わたしは微笑ましくなったが、レオンの言葉で一つ気になったことがある。

「姉バカ？」

「そうですよ。親バカならぬ姉バカです」

隣のアリスが「うまいこと言いますねー。クレアお嬢様は姉バカ姫ですね」と感心している。

姉バカ姫って……いや、否定はできないけれど……。

レオンはそんなアリスの言葉にうなずきつつ、続きを言う。

「フィル様が可愛いのはわかりますが、そのぐらいに……」

「レオンもフィルのことを可愛いと思うの？」

わたしはレオンの言葉尻をとらえて聞いてみた。

ちょっとした反撃だ。

この反撃には予想外の効果があった。

レオンがぐっと詰まったからだ。

そして、レオンはとても小さな声で、言う。

「可愛いと思いますよ」

「なんだ。レオンもわたしの仲間じゃない！」

「お嬢様と一緒にしないでください！」

レオンがムキになって言い返すが、その顔は真っ赤だった。

一方、わたしとアリスとレオンの三人に「可愛い」「可愛い」と言われ続けたせいか、フィルも頬を朱色に染めていた。

わたしはアリスを振り返った。

「ね、アリス……まだフィルに似合いそうな服って、たくさんあるものね？」

「はい、もちろん！」

フィルは唖然として、そして、次の瞬間、「えっー！」と声を上げた。

「ま、また着替えるの？」

「ええ。だって、もっとフィルの可愛いところを見たいから」

もちろん、普段どおりでも可愛いけれど、もっといろんな可愛いところを見てみたい。

だって、フィルは……世界で一番可愛い、わたしの弟だから。

フィルはむうっと頬を膨らませ、そして小さくつぶやいた。

「可愛いじゃなくて……お姉ちゃんに、かっこいいって言われるように頑張らないと……」

フィルの言葉にわたしは微笑ましくなる。そんなことを考えているなんて、やっぱり可愛いなあ、と思う。口に出しては言わないけれど。

そういえば、前回の人生のフィルはどんなことを思い、どんなことを考えていたんだろうか？

わたしはふっと気になった。

十五歳のフィル

王立学園の講堂に、十五歳のぼくは立っている。

多くの生徒の視線を浴びながら、ぼくの目の前に、一人の少女が膝をついていた。

彼女は、すべてを失い、罵倒され、生きている価値がないと言われ、深く傷ついていた。

それでも……なお、彼女は美しかった。簡素なドレスに、茶色のロングヘアがよく似合っている。

彼女の深い茶色の瞳がじっとぼくを見つめた。

十七歳の彼女の名は……クレア・ロス・リアレス。元王太子の婚約者。ぼくの……血のつながらない、二つ年上の姉だ。

そして、姉上はこれから処刑される。

ぼくの手で。ぼくは次期リアレス公爵フィル・ロス・リアレスとして、彼女を殺す義務がある。

「た、助けて……。わたし、あなたの姉でしょう？　か、家族でしょう？」

姉上はぼくにすがり、泣きそうな顔で命乞いをする。

ぼくは姉上の……そんな顔を見たくなかった。

「姉上を……あなたを姉だと思ったことなんて、一度もありませんでしたよ」

ぼくは自分に言い聞かせるようにそう言うと、「魔女」であるクレアの胸を短剣で貫いた。

彼女は目を大きく見開き、そして血を吐き、その場に倒れ込んだ。

あふれる鮮血のなかで、姉上は虚ろな瞳で、ぼくを見上げる。

彼女の頬からは徐々に生気が薄れていく。

……どうして、こうなったんだろう。

ぼくは、姉上……クレア様とのはじめての出会いを思い出した。

☆

十五歳になった今でこそ、ぼくは完全にリアレス公爵家の一員だ。

でも、最初はあまり公爵家には馴染めなかった。

ぼくはもともと王家の一員だった。父のセシリオ・エル・アストゥリアス親王には何人もの子がいたし、母は娼婦だったから、ぼくは王家ではかなり冷遇されていたと思う。

そんなぼくは十歳のときに公爵家に引き取られた。

展望のない世界から、ぼくを引き取ってくれた養父には感謝してもしきれない。養父のカルル・ロス・リアレス公爵は、立派な人物だった。

自分にも他人にも厳しい、理想の貴族。

ただ、彼はぼくに親切だったが、決して家族らしい関係にはなれなかった。厳格な性格の養父と、臆病なぼくでは、距離を縮めることはできなかった。

かといって、公爵夫人も積極的にぼくに関わろうとはしなかったし、近い年頃の子どもなんて、ほとんどいない。

だから、公爵家に来た当初、ぼくは必然的に孤立した。

大勢の使用人たちは身分が違う。そもそも王族の屋敷では使用人はぼくに暴力さえ振るう冷たい存在だった。

親しくなれるはずもない。

ただ、たった一人だけ、まったく違った立場の子がいた。

クレア・ロス・リアレス。ぼくの姉となった人だ。

初めてお屋敷に来た日、彼女を見て、ぼくは心を奪われた。

深い茶色の髪は長くて、とてもつややかだった。同じ茶色の瞳は、綺麗に澄んでいて、ぼくをまっすぐに見つめていた。

青色の上品なドレスに身を包んだその子は、とても……美しくて……。

ぼくは思わず、彼女に駆け寄ろうとした。

けれど、彼女は興味なさそうにぷいと横を向くと、早々に立ち去ってしまった。

執事に連れられて、ぼくは屋敷の中を案内されたけれど……でも、頭のなかはその少女のことでいっぱいだった。

執事は、彼女がクレアという名で、ぼくの姉になる人だと教えてくれた。ぼくより二つだけ年上だというのに、姉上は、ぼくよりもずっと大人びて見えた。

執事はまるで自分のことかのように、誇らしげに「クレアお嬢様は王太子殿下の婚約者なのです」と告げた。

そのときの彼女は……みんなから将来を期待されている、みんなに必要とされている存在だった。

ぼくとは違った。

ぼくは公爵家の跡継ぎになったとはいえ、一部の人からは歓迎されていなかったし……よそ者と思われていたんだろう。

そんなぼくにとって、クレア様は輝かしい存在に見えた。ぼくとは違って、みんなに愛されている存在。

そして、そんな彼女は、ぼくの姉でもある。

ぼくは、なんとかして彼女と仲良くなりたいと思った。

王族の屋敷では血のつながった兄弟姉妹がいたけれど、彼ら彼女らは娼婦の子であるぼくを、兄弟だとは思ってくれなかった。

でも……この家では、もしかしたら違うかもしれない。

あの子は……クレアという女の子は、とても優しそうに見えた。

ぼくは期待に胸を膨らませて、思い切って、クレア様の部屋を訪ねていった。もしかしたら、ぼくを弟として認めてくれて、そして、ぼくは彼女を「クレアお姉ちゃん」と呼んだりして……。

でも、そんな甘い期待は、そのときはかなわなかった。

クレア様は部屋からちょっと顔をのぞかせて、幼い茶色の瞳でぼくをちらっと見る。

「あの……クレア様と……」

一緒に遊びたい、とぼくは言いたかった。

でも、言い出す勇気がなくて……。

ぼくが続きを言う前に、クレア様は不思議そうに首をかしげ、そして、「悪いけど……わたし、勉強が忙しいの」と言って扉を閉めてしまった。

ぼくはがっかりした。クレア様の冷たさにではなく、自分の勇気の無さに。

やっぱり……ぼくは必要とされることなんてないんだろうか？

次の公爵になるなんて、全然、実感が湧かない。

扉の前で落ち込むぼくに、一人の少女が手を差し伸べた。

「フィル様、どうされたんですか？」

にっこりと微笑む少女は、くすんだ灰色の髪と目をしていて、真っ黒なメイド服を着ている。

たしか、準男爵家出身の上級使用人で、クレア様の専属メイドだったはずだ。

「……アリスさん？」

ぼくが彼女の名前を呼ぶと、アリスさんはぱっと顔を輝かせた。

「覚えていてくださったんですね、光栄です！」

「ええと、うん……」

ぼくが事情をアリスさんに説明すると、彼女は「まあ」と手を口に当てて驚いた。

そして、腕を組み、「う～ん」とわざとらしく悩んでみせる。

「こんな可愛いらしい弟君に興味を示さないなんて……」

「か、可愛らしい……？　ぼくが……？」

「そうですよ。お嬢様は頭のなかが、王太子殿下のことでいっぱいだから、フィル様の魅力に気づかないだけです」

「そうかなあ」

「はい。フィル様がクレアお嬢様と仲良くなりたいと望めば、きっといつか、本当に仲良しになれますよ」

そう言ってアリスさんは微笑んだ。

「それに、クレアお嬢様はとても優しい方ですから」

そのアリスさんの幸せそうな笑みに、ぼくはなぜだか胸騒ぎがした。

どうしてだろう。

アリスさんが……ぼくがいることで……いつか不幸になってしまうような……。

でも、ともかく、ぼくには一人の味方ができた。

アリスさんは、ぼくにとても親切で、まるで弟のようにぼくを可愛がってくれた。

この人を姉と思うことも、ぼくにはできたはずだ。

それでも、ぼくはなぜかクレア様のことが気になった。クレア様と仲良くなりたかったし……姉弟らしくなりたかった。

そのことを、ぼくがアリスに言うと、アリスはくすっと笑った。

「フィル様にとって、クレアお嬢様は運命の方なのかもしれませんね」

「運命なんて……大げさだよ」

「フィル様は、預言の本のことを聞いたことがありますか？」

「預言の……本？」

「はい。王家に伝わる秘宝で、聖ソフィアの預言というんですけれどね。そこにはこの世界の過去から未来のすべてが記されているんだそうです。伝説ですけれどね。でも、もしそんな本があったら……」

「あったら？」

「あたしや、フィル様や……クレアお嬢様の運命も書かれていると思うんです。そして、きっとフィル様にとって、クレアお嬢様が特別な存在だと書かれているんですよ。だから、クレアお嬢様は、きっとフィル様にとって特別な方なんです」

「アリスさんって……意外とロマンチックだね」

「わたしはいつでもロマンチックな乙女ですよ」

と冗談めかしてアリスさんが言う。

でも、そっか。

たしかに、ぼくにとって、クレア様は特別な存在だった。どういうわけか心惹かれる。そこに、何か見えない力でも働いていると考えるのは、それなりに素敵かもしれない。

「もし、そうなら、アリスさんは……その本に……どんなふうに書かれているの？」

アリスさんは一瞬、動きを止め、そして、にっこりと笑った。

「あたしは……ただのメイドですよ。今も、これからも」

そう言うアリスさんの笑みは、どこか寂しげだった。

☆

そんなある日。

ぼくは王立学園の入学試験のために、家庭教師の人から勉強を教えてもらっている。

いつもどおり授業を終えて、お屋敷を移動するときのことだった。

大勢の使用人がいるとはいっても、私室へと移動するときぐらいは一人だ。

三階に子ども部屋があって、ぼくとクレア様の部屋が並んでいる。部屋はこんなに近いのに、ぼくらの距離はとても遠い。

ぼくはそんなことを考えてため息をついた。

それが良くなかった。考え事をしていたせいで、ぼくは階段を踏み外してしまったのだ。

ふわっと自分が空に浮く感覚。

まずいことに、それなりの高さの段まで登ってしまっている。このままだと、真っ逆さまに落ちて、ぼくは頭を打って……。

恐怖に背中が凍りつき、ぼくは目を固く閉じた。

ところが、ぼくは怪我一つ負わなかった。

「わっ……きゃあっ」

きれいな悲鳴とともに、ぼくの身体が抱きとめられる。

恐る恐る目を開けると、深い茶色のきれいな瞳がぼくを覗き込んでいた。

「……く、クレア様……」

「何やってるの？」

クレア様が大きな瞳をぱちぱちとさせ、ぼくを見つめていた。

ぼくは階段から転げ落ちて、そして、通りがかったクレア様が、抱きとめて助けてくれたみたいだった。

良かった……。

もし、あのまま階段からおっこちていたら……きっと……大怪我をしていたと思う。運が悪ければ、死んでいたかもしれない。

そう思うと、さっきまでの怖さが蘇ってきて……。

「な、泣かないでよ」

クレア様が慌てて言うけれど、ぼくはぽろぽろと涙をこぼしてしまった。

とても困った表情を、クレア様は浮かべていた。

そんな顔を……させたいわけじゃない。でも、ぼくは泣き止むことができなくて。

そんなぼくの目元に、クレア様はそっと、細い指先を当ててくれた。そして、ぼくの涙を優しく拭ってくれた。

「こんなことで泣いたらダメ。フィルは次の公爵なんだから」

ぼくは驚いた。クレア様が、ぼくの名前を呼んでくれたのは初めてだった。それが嬉しくて、ぼくは思わず泣き止んだ。

それに、もうひとつ気になる言葉があった。

「ぼくが……次の公爵？」

「そうなるためにフィルはこの公爵家の養子になったんでしょう？　本当はわたしが公爵になりたかったんだけど、でも、お父様が決めたんだから、仕方ないし」

「ごめんなさい」

「どうしてあなたが謝るの？　わたしの弟なんだから、もっと堂々としていてよ」

と、クレア様が不機嫌そうに口を尖らせて言う。

でも、やっぱり、ぼくにとっては、その言葉も嬉しかった。

無意識だと思うけど、クレア様がぼくのことを弟と呼んでくれた。

「どこか怪我したり、痛いところとかあったりしない？」

クレア様がぼくに尋ねた。

ぼくはびっくりして、まじまじとクレア様を見つめる。

どうして、今日はこんなにクレア様は優しいんだろう？

クレア様はぼくの視線を受けて、恥ずかしそうに目をそらした。

その雪のように白い頬が赤く染まっている。

「か、勘違いしないで！　フィルになにかあったら、わたしがお父様に怒られちゃうでしょう？　べつに心配しているわけじゃないんだから」

子どものぼくにもわかるぐらい、クレア様の態度はわかりやすかった。

本当は心配してくれているんだな、と思う。

「それに……最近、フィルってアリスと仲が良いんでしょう？」

「……うん」

仲が良い、というよりは可愛がられていると言ったほうがいいかもしれないけど。

でも、アリスさんがぼくのことを気に入ってくれているのは、事実だった。

「なら、フィルになにかあったら、アリスが悲しむもの。わたし、アリスを悲しませたくないの」

「アリスさんのことが大切？」

ぼくの質問に、クレア様はこくりとうなずいた。

「アリスは……わたしのお姉ちゃんみたいなものだから。わたしのそばにずっといてほしいなって」

アリスさんがクレア様のことを妹のように可愛がっているのと同じように、クレア様もアリスさんのことを姉代わりのように慕っている。

ぼくは羨ましくなった。

ぼくも……クレア様とそんな関係になりたい。どうすれば……いいんだろう？

「あ、でも、わたしからアリスを取っていっちゃダメなんだからね？」

とクレア様がびしっとぼくに指を突きつける。

ぼくはふるふると首を横に振った。

「クレア様からアリスさんをとっていったりしないよ」

そんなことはできないと思う。

ぼくとアリスさんの関係よりも、クレア様とアリスさんの関係のほうがずっと長い。そして、お互いを大切に思っているのは明らかだった。

アリスさんにぼくが可愛がられているのは、クレア様の弟だからという理由もあると思う。

「そう。それは良かったわ。でも……」

「でも？」

「その『クレア様』って呼び方、変じゃない？　いちおうあなたはわたしの弟なんだし」

言われてみれば、そうかもしれない。

でも……ぼくはクレア様に、姉と呼びかけていいのかわからなかった。

クレア様がぼくを弟なんて認めていないと思っていたから。

「お姉ちゃん」と呼んでみたい気もするけど……そんな勇気はないし。

それに……ぼくにとっても、クレア様は姉というよりも……。

ぼくの思考は中断された。クレア様が続きを言ったからだ。

「『姉上』とか、そういう呼び方で良いでしょう？」

「あ……うん。クレア様が……姉上がそれで良いなら」

そう言いながらも、ぼくには、その呼び方がしっくりこなかった。

なんでだろう……？

よそよそしい感じがするからかもしれない。

けれど、姉上、つまりクレア様は上機嫌にうなずいた。

「まあ、いいんじゃない？」

そして、彼女は微笑んだ。

初めて見るクレア様の笑顔に、ぼくはどきりとする。

その笑顔は、とても……優しそうで、そして美しくて。

クレア様は足取り軽く三階へと上がっていった。後に残されたぼくは、もう一度クレア様の笑顔を思い出して……頬が赤くなってきた。

笑うと……あんなに可愛いんだ。

ぼくはまた、クレア様の笑ったところを見てみたい、と思うようになった。

クレア様にとっては些細なことだったと思うけれど、でも、ぼくにとってはとても印象的な出来事だった。

もし、何もなければ、時間をかけて、ぼくたちは打ち解けて、普通の姉弟らしくなっていたかもしれない。

でも……それは叶うことのない期待だった。

☆

一月も経たないうちに、アリスさんが死んだ。

きっかけは、ぼくが娼婦の子だということで……公爵家の後継者としてふさわしくない、と噂されたこと。

その噂を消すために、ぼくは洞窟に行き、宝石をとってくるという儀式に挑戦した。儀式に成功すれば、リアレス公爵家の当主としての力量を認められる。

でも、ぼくは無力で、臆病で……。

だから、アリスさんが儀式の介添人として、手を挙げてくれた。

アリスさんは「心配しないでください」と言って、優しく微笑んでくれたけど……アリスさんは洞窟で事故死してしまった。

ぼくだけが生き残って、宝石を持ち帰って……そして、次の公爵として認められた。

けど、代わりにぼくはアリスさんを失い、そして、クレア様と仲良くなる機会を永遠に失った。

あのときと同じ、三階へ向かう階段で、ぼくとクレア様は向かい合っていた。

クレア様は虚ろな表情で言う。

「どうしてアリスを……洞窟なんかへ連れ出したの？」

「それは……」

本当の理由を言うことなんて、できなかった。

ぼくが公爵になるために、アリスさんを犠牲にすることになったなんて……。

だから、ぼくとアリスさんが洞窟に遊びに行って事故にあった、とクレア様は思ったようだった。

クレア様は、美しい茶色の瞳に涙をためて、そしてぼくを睨む。

「わたしから……アリスをとっていかないって言ったのに！」

ぼくはクレア様に許しを乞おうと思った。

でも、なんて言えばいいんだろう？　ぼくはクレア様からアリスさんを奪ってしまった。アリスさんは二度と戻ってこない。

「……あなたのことなんて、大嫌いなんだから！」

とクレア様は言って、そしてその場から走り去ってしまった。

ぼくは呆然とその場に立ち尽くす。

嫌いだと言われたのも、辛いけれど。

それ以上に、クレア様が、ぼくのことを「フィル」という名前ではなく「あなた」と呼んだことがショックだった。

もう、ぼくは……クレア様の弟ではいられない。

こうして、アリスさんを「死なせた」ぼくは、クレア様から遠ざけられるようになった。

関係を修復することは……絶望的だった。

たった一人の味方だったアリスさんを失って、そして、クレア様からはますます遠ざけられるようになって。

これがぼくとクレア様の関係の最初の転換点だった。

そして、二番目の……最後の転換点が起きたのが、ぼくが十五歳のときのことだった。

☆

ぼくは公爵家の次期当主として、王立学園に入学した。

最初は学園に馴染めずに、誰も友達もいなくて、大変だったけれど……そのうち、どういうわけか、ぼくの周りにはたくさんの女の子が集まるようになった。

二年生になるころ、ようやく、客観的に見て、自分の容姿が優れている、ということをぼくは自覚した。「まるで女の子みたいな美少年」といって騒がれたけど、それはそれで……ちょっと恥ずかしかった。

ぼくの同級生となったレオンくんは、リアレス公爵家の使用人だったけれど、親しくなったのは学園に入ってからだった。彼は「フィルが人気なのは、王族出身で次期公爵という高貴な身分なのに、気取らず率直に話すからだ」と言ってくれた。

といっても、ぼくとしては、王家の屋敷では不要な存在として扱われていたわけで、傲慢になれるはずもなかった。

レオンくんや、クラスメイトの女の子のセレナさんといった友達も少しだけどできて、必ずしも孤独ではなくなっていた。

でも……ぼくの心には、いつも死んでしまったアリスさん、そして姉であるクレア様がいた。

ぼくがいなければ……きっとアリスさんは生きていて。今もクレア様は、アリスさんと一緒に幸せそうに笑っていたはずだった。

胸にずきりと痛みが走る。

そう。ぼくさえいなければ……。

アリスさんがいなくなってから、クレア様は未来の王妃になるための勉強に、ますます没頭していった。それしか見えていない、というぐらいに。

そんなクレア様は、学園で最も高貴で華やかな女性として有名だった。ぼくには……手の届かない存在になっていったのだ。

その頃には、もう、クレア様と口を利くこともほとんどなくなっていて、ただ……ぼくは、クレア様に対する罪の意識とかなわぬ憧れを抱くのみだった。

状況が変わったのは、シアという女の子が学園に現れてからだったと思う。

シアは高等部から入学したのだけれど、学園でたった一人の平民出身者だった。だからその身分のせいで多くの貴族の生徒たちからいじめられていた。

ただ、どういうわけか、クレア様がシアを助けた。クレア様は学園では圧倒的な影響力があったし、シアはその庇護を受けて、孤立から救われたということになる。

そして、シアはクレア様のお気に入りとして、その取り巻きの一人になったのだ。学園の廊下ですれ違ったとき、クレア様とシアはとても楽しそうで、まるで本当の姉妹のように見えた。

羨ましくなかったといえば、嘘になる。

本当なら……シアの立っている位置は、ぼくがいるべき場所だったはずだ。ぼくが……クレア様の弟なんだから。

でも、今のぼくはクレア様にとっては、きっとなんでも無い存在だ。弟だなんて思ってもくれていないだろう。

ここで話が終わっていれば、クレア様とシアは幸せだったに違いない。

国王の暗殺や、大規模な内戦の発生といった暗雲は垂れ込めていたけれど、でも、まだ学園は平和だった。

問題は、王太子アルフォンソ殿下が、シアに告白したことだった。つまり……王太子はクレア様を捨てて、シアを選んだということになる。

王太子だけじゃない。いつのまにか多くの男子生徒が（女子生徒も）シアに好意を持つようになっていた。かつて学園で最も華やかな存在は、クレア様だった。

けれど、神秘的な美貌のシアが、クレア様からすべてを奪っていった。いまや、王太子の心を手に入れ、多くの取り巻きを引き連れているのは、シアになっていた。

ぼくはシアを憎んだ。ぼくの姉を不幸にした存在を。

シアはクレア様に助けられながら、恩を仇で返したことになる。

時折、学園の廊下で見かけるクレア様は、憔悴《しょうすい》しきっていて、とても疲れた表情をしていた。

なんとかしてぼくは彼女を助けたかった。彼女に……また、笑っていてほしかった。ぼくのせいで、アリスさんをクレア様から奪ってしまった。なら、今度はぼくがクレア様の大事なものを取り戻させないといけない。

王太子の心が離れたことが、クレア様にとって、最も衝撃だったはずだ。

なら、王太子の心をクレア様に取り戻させればいい。

それにはどうすればいいか？　王太子はシアに夢中になるあまり、クレア様のもとから離れた。

その原因を取り除けばいい。

今の所、シアは思わせぶりな態度をしておいて、王太子からの告白を受け入れていないらしい。

つまり、王太子とシアを引き離してしまえば良いんだ。

といっても、もちろんシアを直接排除するわけにはいかない。シアの評判を落とすのはもはやぼく一人の力では不可能だ。シアを殺害するなんてとんでもないことをするつもりもない。

なら、どうすればいいか？

とりあえず、ぼくはシアに近づいてみることにした。勇気を出して話しかけると、意外にも、ぼくはシアとあっさりと仲良くなれた。

シアはぼくがクレア様の弟だと言うと、とても喜んだ。

「私……クレア様のことが大好きなんです。孤独だった私を……クレア様だけが救ってくれましたから」

と頬を赤くしてシアは言った。その言葉に嘘偽りはなさそうで、ぼくは困惑した。シアをクレア様を裏切った悪女だと決めつけていたけど……違ったのかもしれない。

「王太子殿下からの告白も……お断りしました。だって、殿下はクレア様の婚約者なんですから」

とシアははっきりと宣言した。

断ったにもかかわらず、シアにいまだに執着しているのは、王太子殿下の方だと言う。

「誰か別の方と恋人になれば……王太子殿下も諦めてくれるのかもしれませんが……」

「それならすぐにでも誰かを選べばいいんじゃないかな。シアは人気者だから、毎日誰かから告白されているんだよね？」

「それはフィル様も同じじゃないですか。でも、どのお方ともお付き合いはされていないでしょう？」

と言われて、ぼくは肩をすくめる。

まあ、たしかにそうだけど……。

「わたしも同じで……男の人って苦手なんです……」

「なら、ぼくはどう？」

と自然に言葉が出てきたのに我ながら驚く。

シアも真紅の瞳をぱちぱちとさせて、びっくりしたように固まった。

これでは……告白しているようなものじゃないか。

でも、シアは少し考え込み、ぽんと手を打った。

「フィル様は、あまり苦手じゃないかもしれません。女の子みたいに可愛いですし、それにクレア様の弟ですし」

これはチャンスかもしれない。幸い、ぼくには婚約者がいない。

次期公爵のぼくがシアと付き合い、彼女を正式に婚約者とすれば、王太子はシアのことを諦めざるを得ないだろう。

シアを利用するみたいで気が引けるけど、クレア様のためになればと思う気持ちは同じだ。

裏の利害も一致している。

それに、シアは悪い子じゃないみたいだし。しかも、もともとシアはクレア様の親友だ。だから二人が仲直りすれば、ぼくがクレア様と親しくなる手がかりになるかもしれない。

ぼくは胸を踊らせて、シアに自分と付き合わないかと告白してみた。シアはぱっと顔を輝かせた。

「少し考えさせてください」と彼女は言ったけれど、かなり前向きだったと思う。

このとき、すべて順調だ……と思ったぼくは愚かだった。

これが破滅への決定的な一歩だった。シアはクレア様に、ぼくの告白のことを相談したらしい。そして、その最中にクレア様はシアを平手打ちした。

クレア様にとっては……弟のぼくすら、シアに惹かれたことがショックだったらしい。

二人は仲直りするどころか、決裂してしまった。落ち込むシアは……まるでかつてのぼくのようだった。

シアはぼくを振った。が、ぼくが振られることなんて、どうでも良かった。ぼくの浅はかな考えのせいで、シアを、そしてクレア様を傷つけてしまった。

そして、クレア様はついにシアを殺そうとして……処刑されることとなった。クレア様は「夜の魔女」なのだという。暁の聖女シアに、そしてこの国全体に災いをもたらす存在。

王太子殿下は私室にぼくを呼び出し、そして簡潔に告げた。

次期リアレス公爵として、身内の後始末をせよ、と。つまり……ぼくがクレア様を殺さないといけない。

「シアを殺そうとしなければ、擁護の余地もあったのだが、やむを得ない」

王太子殿下は部屋の奥にいて、豪華な赤い椅子に端然と座っていた。一方、ぼくは途方に暮れて、扉の近くに立っていた。

「聖女暗殺未遂は……たしかに重罪です」

「『我々の』大事なシアを殺そうとしたわけだ。許せないだろう？」

王太子は皮肉っぽく「我々の」という部分を強調した。王太子からしてみれば、ぼくはシアをめぐる恋敵の一人なわけだ。

ただ、ぼくにとっての王太子は……ぼくの姉を裏切った憎むべき存在だ。

「いずれにせよ、もはや君の姉は不要だ。王太子の婚約者としても、公爵令嬢としても。存在するだけで他人を不幸にする魔女なんだから」

クレア様をそんなふうにしたのは、あなたじゃないか！

……とぼくは叫びそうになったが、思いとどまった。相手は王太子殿下だ。何を言っても……無駄だ。

けれど、そのとき、ぼくは激しい怒りの瞳で王太子を睨んでいたと思う。

王太子は眉を上げた。

「へえ、君もそんな顔をするのか。君は……君なりに姉を愛していたというわけだ」

「当然です。クレア様は……ぼくの姉なんですから」

王太子は立ち上がり、そして、ぼくに近づくと、ぽんと肩を叩いた。

「悪いとは思っている。すべては預言のせいだ」

「預言……ですか？」

「聖ソフィアの預言。すべて我々は操られているに過ぎないんだ」

王太子は静かにそう言うと、部屋から出ていった。

残されたぼくは、呆然とする。

聖ソフィアの預言。

それは……五年前にアリスさんが口にした言葉だった。もしアリスさんの死も、クレア様の破滅も、その預言書のとおりだというなら、それは回避できないものだったのだろうか?

ぼくの疑問に答えてくれる人は、誰もいなかった。

☆

そして、ぼくは姉と呼ぶ人を殺した。拒否することはできなかった。

講堂に罪人として引き立てられ、ぼくに命乞いするクレア様に、告げる。

「あなたを姉だと思ったことなんて、一度もありませんでしたよ」

これは、本当のことだった。けれど……きっと、その本当の意味が伝わることはない。

ぼくはクレア様を姉だとは思わなかった。姉上、という呼び方に馴染めなかった理由も、今ならわかる。

ぼくはクレア様のことが好きだったのだ。姉としてではなく、一人の異性として。

だからこそ、ぼくは……クレア様に、ぼくのことを必要としてほしかったのだ。

胸を刺されて、倒れて血を流し、瞳を虚ろに濁らせていくクレア様を見て、ぼくは息もできないほど苦しくなる。

この世でただ一人の特別な存在を、ぼくはこの手で殺してしまった。

クレア様を……助けることができなかった。

「姉上……ぼくを許してください……」

瞳から溢れる涙で、視界がぼやける。

ぼくは涙をぬぐった。

すると、ぼくの目の前のクレア様は、一瞬だけ茶色の瞳に明るい輝きを取り戻した。そして……かつて見せてくれたような、優しい微笑みを浮かべる。

「フィル……ごめんね。悪いお姉ちゃんで」

……名前を呼んでくれた。そのことがぼくには驚きで、嬉しくて。

悪い弟だったのは、ぼくの方だ。

クレア様が周りから見捨てられ絶望しているときに、ぼくは選択を誤った。

シアを利用して王太子とクレア様の仲を取り持とうなんて、そんな愚かな小細工は、ぼくのやるべきことじゃなかった。

もし、一人になったクレア様に、ぼくだけはあなたのことが必要だと言い、そして「クレアお姉ちゃん」と呼びかけていたなら。

ぼくは彼女のことを救えていたのではないか。

「……クレアお姉ちゃん……ごめんなさい」

ぼくは小さくつぶやいて、そして、クレアお姉ちゃんの手をとった。

まだ、その手は温かかったけれど、すぐに、ふわりとその手から力が失われて。

そして、お姉ちゃんは瞳を閉じて……眠るように、死んでいた。

ぼくの大事な人は、ぼくの手からは永遠に失われた。

もし時間を巻き戻すことができたなら。やり直すことができたなら。聖ソフィアの預言から逃れられたなら。

ぼくはクレア様の理想の弟に……いや、大事な人になれるんだろうか？

シアが何かを叫んでいる。でも、その言葉は、なぜか遠くで響いていた。

次の瞬間、ぼくの意識は……ゆっくりと暗転した。

魔女ソフィアの預言

リアレス公爵邸の地下書庫。その埃っぽく、薄暗い場所に私はいた。

私は、シア・ロス・リアレスという名を与えられ、養子となった。

だから、公爵家のなかをある程度自由に移動できる。私がリアレス公爵家の養子になったのは、一つはクレア様のそばにいたいから。だけど、もうひとつ理由がある。

クレア様を救うためには、情報が必要だ。

ここは乙女ゲーム『夜の欠片』の世界……少なくとも、『夜の欠片』によく似た世界のはずだけれど、『夜の欠片』の情報だけでは何も重要なことがわからない。

この世界の歴史は、どうなっているのか。どうして魔法が失われたのか。聖ソフィアの預言とは何か。そして、夜の魔女、つまりクレア様は、いったい何者なのか。

その秘密を解く手がかりの一つが、公爵家の書庫に眠っているはずだった。

私は怪しまれないタイミングを狙って、書庫に忍び込むことにした。……ちょうど今、クレア様たちが、フィル様を女装させているみたいで、楽しそうだった。

本当を言えば、そちらに参加したかった気もするけれど。でも、わたしが興味があるのは、クレア様だけで、フィル様ではないから、諦めもつく。

すべてはクレア様を救うため！

初代リアレス公爵は、カロリスタ王国の救国の英雄だという。けれど、公爵となる前から、リアレス家の先祖は歴史に名を残す存在だったらしい。

私は調べるうちに、意外な事実を突き止めた。

預言者にして聖女であるソフィア。

はるか昔、魔法が失われる前の世界のその女性と……深い関係にいた人物がいる。

名前は、アラン・リアレス。……リアレス公爵家の先祖だという。

そして、その人物の残した日記の写本がこの書庫にあるらしい。

私は書架から、古びた一冊の本を見つけ出す。解読書を引きながらなら、なんとか読めるかもしれない。興奮とともに、そのページをめくりはじめた。

☆

統一暦二八六年、冬のことだった。
三時間乗った旅客鉄道の二等車から、俺は降りた。
厳しく冷たい風に、身にまとった黒のインバネスコートが翻る。
ここは、統一ソレイユ帝国の帝都アポロニア。そのターミナル駅だった
アポロニアは大陸最大の魔法都市であり、世界の半分の価値があるとすら言われる。

初めて帝都で鉄道を降りれば、駅のガラス張りの威容に心を奪われるはずだ。

駅の外に出れば、どこまでも広がる市街地に感嘆することになるだろう。

だが、俺の心を占めるのは、もっと別のことだった。

大事なことを、大事な人に言わないといけない。

軍の銀時計を開く。その蓋には、一枚の写真がはめ込んであった。

金色の美しく長い髪に、翡翠色の瞳をした美しい少女だ。

それは俺の義姉の、十年前の写真だった。

「お待ちしておりました、アラン・リアレス少佐」

声に振り向くと、青い軍服姿の青年が立っている。帽子をかぶったままの作法で、彼は敬礼する。

階級章をちらりと見てから、俺はゆっくりと言う。

「出迎えご苦労、クロウリー中尉」

尊大な言葉とは裏腹に、俺はなるべく穏やかな口調で言った。

俺も彼も、統一ソレイユ帝国軍の軍人である。俺は少佐で、彼は中尉と階級差こそあるが、年齢は俺とほぼ同じで、二十代の半ばだった。

俺はぽんと封筒に入った書類の束を差し出す。軍情報部の扱う機密情報だった。

「オトラント情報部長にはこれを渡しておいてほしい」

「少佐はすぐに情報部には向かわれないのですか？」

「ああ、少し寄るところがあってね」

「それは……ソフィア様のお見舞いに……」

中尉は俺の義姉の名前を口にしかけて、言葉を濁した。気を使っているのだろう。

俺はひらひらと手を振ると、別れを告げてその場から立ち去った。一人で帝都の街を歩いていく。

川を渡り、西地区に入ると、軒並み旧帝国時代の古めかしい建物ばかりになってくる。そのなかでもひときわ目立つのが、大時計塔を擁するバール＝アポロ聖堂だった。

そこに俺の姉、聖女ソフィアは住んでいた。

聖堂の扉を開き、二階の礼拝室へと入る。荘厳で、やや薄暗い広間の奥に、祭壇がある。

小さな、しかし美しい祈りの歌が聞こえてきた。

「神はわたしを導く羊飼い。わたしは満たされています。……死の陰の谷を歩くときでさえ、わたしは災いを恐れないでしょう。神がわたしとともにあるがゆえに」

俺は入り口に立ったまま、その賛美歌を聞いていた。

歌声の主は、礼拝室の隅に座っていて、そして、ようやく俺に気づいたようで、歌うのを止めて、こちらを振り向いた。

彼女の純白の服のスカートがふわりと揺れる。

頬を赤らめるその女性は、ほとんど少女といって良い、可憐な容姿の人だ。

翡翠色の瞳は、俺を熱っぽく見つめている。金色の髪が燭台の光に照らされて輝き、恥ずかしさと嬉しさの混ざった表情が、彼女の顔には浮かんでいた。

「アランくん……来ていたなら、早く言ってくれればよかったのに。恥ずかしいから……」

「ソフィア様の歌に聞き惚れていまして」

「様付けは禁止でしょう？　わたしたちは姉弟なんだから」

と言い、俺の姉であるソフィアは、くすっと笑った。そして、人差し指で、ちょこんと俺の額をつつく。

思わず、頬が緩むのを感じる。

ソフィアは俺より二つ年上で、二十七歳になる。けれど、見た目はほとんど十年前の少女時代の写真から変わっていない。

それは、彼女の病ゆえだった。

原因不明の不治の病。歳を取らない代わりに、急速に命の炎を燃やし、あと余命は数年も持たないだろう、と言われている。

こんなにも普通に笑う姉が、後少しで死んでしまうなんて、俺には信じられなかった。

……魔術の急速な進歩と体系化は、「魔法科学」とも呼ばれる一大理論の誕生をもたらした。

かつて魔術師たちのみが行う秘儀だった魔術は、いまや普遍化し、日常生活で誰もが利用する技術へと変化している。

大量の魔鉱石を消費し、魔術は機械によって行使される。製鉄工場も、鉄道も、軍艦も、魔法科学の発展によって生まれたものだった。

ソレイユ帝国は二百年前には大陸片隅の小国にすぎなかった。そんな国が大陸を統一できたのも、魔法科学のおかげだった。

医学もその恩恵の例外ではなく、魔法理論の発展は、黒死病などの多くの恐ろしい病を過去のものとした。

しかし、それでも治らない病がある。救えない人がいる。

目の前で微笑むソフィアが……俺の大事な姉が、そうだった。

「何を考え込んでいるの？」

「いや……べつに」

と俺は肩をすくめてみせる。ふうん、とソフィアはつぶやき、首をかしげる。

俺は平凡な軍人の家庭に生まれ、ごく普通に両親に愛されて育ったと思う。

ただ、十歳のときに、平凡でも普通でもないことが起きた。

ソフィアが俺の姉となったのだ。父は、ソフィアを戦地で拾った孤児だと言い、それ以上、多くを語らなかった。

ソフィアは、旧トラキア帝国時代の同名の聖女の血を引くという。けど、そんなことはどうでもよくて、幼い俺にとって、ソフィアは……とても印象的で……可愛らしい少女だった。

そのとき、「あなたがわたしの弟になるの？」とソフィアは俺に問いかけた。ソフィアのあまりの可憐さに、俺は答えることができなかった。彼女は、くすっと笑うと、俺の頭をくしゃくしゃっと優しく撫でてくれたのだ。

俺は彼女を姉だとは思えなかった。初めて会ったその瞬間から、俺はソフィアに魅了されてしまったのだから。

俺は……軍の情報将校となった今も、ソフィアを見るたびに、くらりとするような、不思議な甘い感覚に襲われる。

ソフィアは飛び級で大学を卒業し、魔術理論について、掛け値なしの天才的研究者となった。

聖職者の資格もあったから、教会はその功績を称えて「聖女ソフィア」という称号まで与えている。

その先祖と優れた容姿のこともあり、帝都ではかなり有名な存在だった。

ほとんど完全無欠といって良い彼女には、だが、はじめから多くの時間は用意されていなかった。

彼女は早くから自分の運命を知っていたらしい。

だからこそ、命を燃やすように、この聖堂を研究所と定め、人付き合いを絶って研究に没頭しているのだった。

「ねえ、アランくん。カロリスタの情勢はどう？」

「反帝政派の活動はいちおう収まったけど……良くはないね。もっとも、帝国の辺境では、どこも反乱だらけだと思うけれど」

栄華を誇る統一ソレイユ帝国も、いまや斜陽であることは否めなかった。

かつては魔法科学の技術を中央政府が独占していた。だが、それも、過去のこと。帝国辺境では、現地勢力が力をつけた結果、紛争が続発している。

そうした反乱を陰から抑えようと、俺たち情報部の将校が活動しているわけだが、上手くいっているとは言えない。

だが、俺にとっては、久々に辺境のカロリスタから帝都に戻ってこれて、ソフィアの顔を見られるのが嬉しかった。

「はい、紅茶。飲む？」

「もちろん」

冷えた身体を、ソフィアの淹れてくれた紅茶が温めてくれる。

こんな幸せも、もう、あと何度も味わえないのだ。

小さな手で、ティーカップを手に取るソフィア。その幸せそうな横顔を見ていて、俺はためらった。

これまで、何度も言おうとして、諦めてきたこと。いま……言わなければ、きっと二度と言えない。

「ソフィア……」

「なに？」

ちょこんと、ソフィアが首をかしげ、金色の髪がさらりと流れる。

俺は意を決した。

「軍をやめようと思うんだ」

「え？」

「それで……あー、えっと、その、もしソフィアさえ良ければ、その、ずっと、そばにいてもいいかな」

死ぬまで、とは言わなかった。でも、ソフィアには、十分に意味が伝わったようだった。

みるみるソフィアは頬を真っ赤にして、そして、ふっと目をそらした。

「それって……もしかしてプロポーズ……みたいな？」

口調は冗談めかしていたけれど、その翡翠色の瞳は揺れていた。

「そのとおり」

俺はためらいなく言い切った。

そして、不安になってくる。どんな反応が返ってくるんだろう？

もし、ソフィアに拒絶されたら……。

けれど、ソフィアは、甘えるように、俺の胸に顔をうずめた。

「そ、ソフィア……」

「いま、顔を見られたくないの。顔、真っ赤になってると思うし、恥ずかしくて……」

「さっきからそうだったけどね」

「アランくんの意地悪……」

そう小さくつぶやくソフィアの声は、言葉とは裏腹に、歌うような、幸せそうな音色だった。

「最後まで……わたしと一緒にいてくれるんだよね？」

「だから、勇気を出して、こんな恥ずかしいことを口にしたんだよ」

と俺が言うと、ソフィアは俺からほんの少し、そっと離れて、そして、きれいな微笑みを見せた。

ずきりと胸が痛む。

俺は彼女に……何もしてあげられない。

そして、ソフィアは礼拝室の祭壇の奥を指差した。

「アランくん……お願いしたいことがあるの」

そこには何の変哲もない、青と白のステンドグラスが、窓の外からの光を透かしていて……。

いや。

建物の構造的に、その先は屋外ではなく、別の部屋のはずだ。

案の定、ソフィアがそのステンドグラスをこんこんと叩くと、扉のようにガラスが二つに分かれた。

ソフィアは何も言わず、俺を奥の部屋へと招き入れた。

礼拝室と同じぐらいの広さは、無機質に真っ白だった。まばゆいばかりの照明は、すべて魔力によるものだろう。

その中央のテーブルにチェス盤が置かれていた。

そして、さらに奥に、人の身長の二倍はあるだろう機械があった。無機質な鉄の箱に、無数の歯車が取り付けられている。

なぜだか……その姿はとても禍々しく感じた。

「これは……？」

「アランくんは階差機関《ディファレンス・エンジン》、って知ってる？」

俺が首を横にふると、ソフィアは妖しく微笑んだ。

「かつて偉大な魔法工学者が作り上げた計算機のこと。それをわたしが発展させたのが、大事なこの装置」

ソフィアは魔法科学の研究者だ。俺には理解できない、変わったものに手を出すことも多かったが……それが、俺への「お願い」とどう関係があるんだろう？

ソフィアは愛おしそうにその機械の表面をそっと撫でた。

「この機械はね、すべての未来の歴史を紡ぎ出すの」

一瞬、言い間違いかと思った。歴史は過去のことで、未来のことじゃない。

けれど、ソフィアは俺の心の内を見透かしたように、チェスのルークの駒を弄びながら言う。

「すべてが予言できるなら、たとえ未来のことであっても、それはもう歴史になっている。そうは思わない？」

「仮にそうだとしても……この機械が……そうなの？」

「うん。この階差機関《ディファレンス・エンジン》は、魔法と科学の力を使って動く……預言者なんだ。神がその指の御業で作り上げた天と地の、その変遷をすべて計算して……未来のことを予測するの」

ソフィアは嬉しそうに、無邪気に語る。そして、「アランくんにしか、このことは、まだ、話していないんだよ」とささやいた。

天才ソフィアの発想は、俺には理解不能だった。

仮にそんなことができれば、たしかにそれは神の領分だ。

しかし、もしこの無機質な機械に未来が予測できるというのなら、その未来というのは……。

「統一暦四一〇年、蛮族による帝都の侵略と虐殺が起きるの。この頃には、帝国は完全に衰退していて……」

ソフィアは歌うように、当たり前のようにつぶやいた。

「統一暦四七六年、統一ソレイユ帝国は滅亡する。次の二百年は、大陸は無数の小国ができて、魔法科学による戦乱の時代となって……そして、その後の二百年は、アレマニア専制公国、カロリスタ王国、トラキア共和国の大国が成立し、さらに激しい戦争が続く時代。そして、戦争のなかで文明は衰退していき、魔法も科学もすべてが失われるの」

そこで、ソフィアは言葉を切り、間を置いた。

ソフィアの言っているのは、帝国の滅亡という未来だ。それを、ソフィアはあくまで淡々と、むしろ何の恐れもなく、言ってのける。

「その次の二百年は？」

ソフィアは黙ったままで、俺はしびれを切らした。

「何もないよ」

「え？」

ソフィアは一冊の真っ赤な表紙の本を手渡した。

そこにはソフィアの言う通りの歴史が書かれていた。これが、階差機関《ディファレンス・エンジン》から出力された歴史ということだろう。

けれど、その本は、半分から後は白紙になっていた。

「統一暦八〇〇年……その頃には暦も失われているけど……そこで歴史は終わり。真っ白になるの」

「それは、その先の預言ができないということ？」

「ううん、語るべきことがなくなるの。だって、人間はいなくなるんだもの」

ソフィアの言葉の意味を考え、俺は慄然とする。つまり、ソフィアの言う通りなら、人間は滅びる存在ということだ。

普通であれば、そんな預言を聞いても、与太話だとして片付けるだろう。

だが、天才にして聖女ソフィアが言うことなのであれば……それは真実なのだ。

ソフィアはそこで人差し指を立てた。そして、優しそうに、聖女らしい笑みを浮かべた。

「魔法を失った人類は、そのままだと滅びるよ。だから、それを阻止しないといけないの。そのために、歴史の正しい道を設定しないといけない」

チェス盤のクイーンをソフィアは動かす真似をした。

「これから一四〇〇年にわたって、わたしが設定する人類の道『ソフィア・ルート』を歩めば、人類はふたたび魔法科学を取り戻して、かつての繁栄を蘇らせ……破滅のコースを回避できる」

ソフィアの言葉は、まるで預言者めいた……いや、神がかったような、不思議な情熱の言葉になっていた。

俺は気圧されながらも、反論する。

「たとえソフィアに未来が予測できたとしても、それを修正するのは不可能だ」

「そう。わたしは死んじゃうからね」

なんでも無いことのように言う。

「だから、代行者が必要になる。そのひとつが、直接、わたしの意思を受け継ぐ人々。もうひとつが、わたしの分身である英雄、聖女……そして魔女たち」

ソフィアはチェス盤のポーンを、人差し指で弾いた。

壮大な計画はすでに進んでいるのだという。ソフィア・ルートを推し進める人々は、今後、一四〇〇年間にわたって、ソフィアの計画を秘儀として受け継ぎ、遂行する。

一方で、ソフィアの分身である人々は、選ばれた英雄や聖女……魔女として生まれ、二百年ごとに、その時代の危機を救うことになる。彼ら彼女らは自分がソフィアの意思に操られていることを知らず、盤上の駒として振る舞うわけだ。

ソフィア・ルートで修正された緻密な預言では、その聖女と魔女がどんな人物かまで、わかっているようだった。

大災害から世を救う聖君。正しい教えを広める司教。そういった人々が、一四〇〇年の歴史のなかに散りばめられていく。

ソフィア・ルートで修正された歴史。そのほとんど最後まで来たとき、ソフィアはふっと不安そうな顔をした。

「ねえ、アランくんは、わたしとずっと一緒にいてくれるんだよね？」

「あ、ああ……もちろん」

俺はさっき、そう約束した。

それは本心だった。俺はソフィアのことが好きで、可能な限り、一緒にいたい。ソフィアが死んでしまわなければ、いつまでも一緒にいたい。

けれど、ソフィアの言葉には、何か別の意味が含まれているような……。

「良かった」

ソフィアは、心底安心したように、つぶやいた。

「アランくんにお願いしたいのはね。わたしと一緒に未来の歴史を見守ってほしいの」

「未来の歴史を見守る……？」

俺の疑問に、ソフィアは答えなかった。

そして、詩を読み上げるように、預言の最後を読み上げた。

「ソフィア・ルートが完成するのは、一六九四年。人類最後の災いをもたらす存在、『夜の魔女』と呼ばれる少女が現れる。あらゆる罪を背負って、その子はルートを完成させるの。その名は……」

ソフィアはその女神のような美しい顔に、幸せそうな、甘えるような、素敵な表情を浮かべた。

「クレア・ロス・リアレス。アランくんとわたしのあいだにこれから生まれる子どもの……一四〇〇年後の子孫だよ」

弟より可愛いものはない

わたしは、深呼吸をして、そして伸びをする。

ああ……春って素晴らしい！

三月の暖かい日の昼下がり。

公爵家の屋敷の広い庭。その芝生の上に、小さなテーブルと椅子を置いて、わたしはフィルと一緒にお茶を楽しんでいた。

真っ白なティーカップを置くと、フィルがポットから紅茶をそっと注いでくれる。そして、フィルがきれいな黒い瞳でわたしを見つめ、微笑みかける。

アリスやシアや他のみんなが一緒にいるのも良いけれど、たまには、こういうふうにわたしがフィルの笑顔を独占できるというのも悪くない。

……というよりかなり良い！

「楽しそうだね……クレアお姉ちゃん」

「そう見える？」

「うん、とても」

たしかに、わたしはこれまでになくリラックスしていた。

冬来りなば春遠からじ、というけれど、本当にあっという間に冬は終わった。

殺されてやり直したときから、季節は冬だった。

そして、フィルがこの屋敷にやってきて、わたしの弟になって、一緒に洞窟に行って。そして、王都へ行って、王太子殿下に監禁されて、魔女崇拝者と戦って……とめまぐるしい出来事が終わって、そうして冬は終わったんだ。

いろいろ大変だったけれど、問題はひとまず解決したし。

学園への入学というイベントは控えているけれど、さしあたり、命の危険とかは全然ないし。

フィルと一緒にいる時間を、いくらでも作れてしまう。

「あっ、フィル、もっとお菓子、食べる？」

「あ……うん、そうだね」

わたしは白焼菓子《ポルボロン》を手にとった。

小麦粉を豚脂とともに焼いて、真っ白な砂糖をこれでもかというぐらいにかけたものだ。普通の焼き菓子と違って、口の中でホロホロとした不思議な感触がして、とても心地よい。

今回はフィルが作ったものじゃなくて、王太子殿下が王都から送ってくれたものだった。いつもフィルにお菓子を作ってもらうわけにもいかないし。

「ね、フィル。あーん、してあげようか？」

「そ、それは……恥ずかしいからダメ」

とフィルは頬を赤くして、小さく首を横に振った。

残念。

いつかフィルに「あーん」してあげたいと思うんだけど、もっと「お姉ちゃん」度を上げないといいけないのかもしれない。

そんなことを考えていたら、かなり遠くの庭の端を、金髪の幼い少年が横切るのが見えた。

使用人のレオン……だった。

珍しい。この時間はたしかに休憩時間だったと思うけど、レオンが庭を歩いているところは初めて見た気がする。

フィルがつぶやく。

「最近、レオンくんの様子が変なんだ」

「変?」

「うん、話しかけても上の空で……今みたいに、庭に一人で出かけることも多いみたいだし」

いつのまにか、フィルとレオンはだいぶ仲良しになっているようだった。屋敷にいる幼い男の子は多くないから、自然といえば自然なことなのかもしれない。

でも、前回の人生で、お屋敷でフィルとレオンが親しくしているところを見たことはなかった。今回、二人が友達になっているのは、前回の人生よりも、いろんな状況が良くなっている証拠なのかも。

……わたしはレオンと仲良しになれていないのは、前回と同じだけれど。

まあ、それより、今はレオンが何をしに行くつもりなのか、気になった。

公爵邸はかなり広いし、庭は見渡せないほどの広さがある。わたしたちがいる場所は開けた芝生だけど、場所によっては木々が鬱蒼と生い茂っている。

森があるといっても、大げさじゃないぐらいだ。

そして、レオンが向かった方向にあるのは、森のようになっている場所で、普通は用事がないはずの場所だ。

このままだとレオンは、すぐに視界から消えるけど……。

そういえば……前回の人生でも、レオンが屋敷の庭で、こそこそ何かやってることがあったような気がする。そして、他の使用人にだいぶ怒られていたはずだ。ただ、具体的に何があったかは、わたしは知らなかった。

……やっぱり、レオンが何をしているのか気になる。

「ねえ、フィル。レオンを追いかけてみない？」

「え？」

「ちょっとした冒険みたいで、素敵だと思うの」

「でも……それはレオンくんに悪いような……」

「レオンのこと、心配なんでしょう？」

「うん……それは……心配だよ」

「もし危ないことをしていたら、止めてあげないと」

フィルは迷いつつも、わたしの言葉にうなずいてくれた。

ちょうど、レオンは、道が森へと入る部分にさしかかり、その姿が見えなくなった。

わたしたちは、さっと立ち上がって、気付かれないように、そっとレオンの跡を追うことにする。

自然と、わたしはフィルの手を握ってみた。フィルは恥ずかしそうにしながらも、わたしの手を握り返してくれる。

フィルの手を引きながら、道をたどっていくと、森はどんどん深くなっていって、薄暗くなってい考え直した。


った。

少し……怖いかも。

この先に何があるんだろう？

「お姉ちゃん……このまま進んでも、大丈夫なの？」

フィルのささやきに、わたしはよっぽど引き返そうと言いかけて、考え直した。

もしこの先が危険な場所なら、なおさらレオンのことを放っておけない。

「任せて。お姉ちゃんは……無敵なんだから」

自分に言い聞かせるように、そう言ってみる。

でも、フィルは安心したようにくすっと笑ってくれた。

レオンに追いつくのは、それほど時間がかからなかった。

しばらく歩いたら、森の奥に小さな木製の小屋があった。

水車小屋……のようなものだったけど、肝心の水車はボロボロでこわれていた。水も流れていない。

わたしとフィルは顔を見合わせ、そして、そっと小屋の扉を開けてみた。

そこには、レオンがいて、こちらを振り返る。

青い瞳を大きく見開き、とても慌てた様子だった。

「ふぃ、フィル様!?　それにお嬢様も……どうしてここに？」

「それはこっちのセリフ。こんなところに何の用？　危ないことをしてるんだったら容赦しないんだから」

「お嬢様には関係のないことですよ」

「関係あるもの。だって、フィルがあなたのことを心配していたし、フィルを心配させるやつのことは許さないんだから」

とわたしが腕を組んで、しかめっ面をして言う。

フィルが「は、恥ずかしいから、言わないでよ……」とわたしの袖を引っ張った。しまった……フィルがレオンのことを心配していたのを、ばらしちゃった……。

レオンは目をぱちぱちとさせ、そして、フィルを見つめる。

「俺のことを心配してくれていたんですか？」

「うん……だって、最近、レオンくん、変だったし……」

「すみません。フィル様を心配させるつもりはなかったんですが……」

「何をしていたのか、教えてほしいな」

とフィルが言う。

レオンは困ったような表情を浮かべ、やがて諦めたようにこくりとうなずき、小屋の奥を指差した。

「わふっ」

と小さな、可愛らしい鳴き声がする。

そこには……白くて、ふわふわの生き物がいた。

「それ……子犬？」

わたしが言うと、レオンはしぶしぶといった感じで、うなずいた。

「はい……先週、屋敷の庭に迷い込んでいたのを見て……お腹をすかしていたみたいで、ご飯をあげたら懐いてしまって……」

それで、ここでこっそり飼っていたということなんだ。使用人のレオンには犬を飼ったりすることはできないし、そもそも、そんなことができる部屋もない。

「言ってくれれば、わたしがお父様にかけあって許可をもらったのに」

「本当ですか？　……でも、旦那様が……良いと仰ってくれるでしょうか？」

「お父様は厳格な方だけど、理不尽なことは言わないから。ちゃんと飼えると証明できれば、許してくれると思うの」

わたしがそう言うと、レオンはぱっと顔を輝かせた。その顔は、いつもの生意気な感じじゃなくて、あどけない、可愛らしい雰囲気だった。

フィルを見ると、フィルも微笑んで、「良かったね」とレオンに言う。

それから、わたしとフィルはひとしきり、子犬を撫でた。フィルは最初こそ恐る恐るといった感じだったけれど、でも、子犬が人懐っこかったおかげですぐに慣れた。

帰り道、森を歩いている中で、フィルが言う。

「……可愛かったね、あの子」

「そうね」

「お姉ちゃんも、動物を飼ってみたいと思う？」

「うーん、わたしはいいかな。だって、わたしにはフィルがいるし」

わたしがそう言うと、フィルは頬を赤くした。

「……ぼくはペットじゃないよ」

「もちろんフィルがペットだなんて、思っていないわ。だって、フィルはわたしの大事な家族だもの」

「あ、ありがとう……」

フィルはますます恥ずかしそうに、うつむいた。

やっぱり……フィルは可愛い。

「フィルも、抱きしめて撫でてあげたくなるけどね」

とわたしが冗談めかして言うと、フィルはむうっと頬を膨らませた。

「もうっ。姉バカなんだから……。そうやって、すぐにぼくをからかうし」

「抱きしめたいのは本当だもの」

「……ぼくも、お姉ちゃんのこと……可愛いと思う」

「え？」

「今のは、わ、忘れて……」

フィルはふいっと横を向いた。フィルの言葉を反芻して、わたしは自分の頬が赤くなるのを感じた。

うん。やっぱり、わたしには、子犬は必要ないと思う。

フィルより可愛い存在なんて、この世界にいないんだから。

あとがき

こんにちは。軽井広です。二シリーズ三冊目の本を出すことができて嬉しく思います。前作の年の差ラブコメファンタジー『追放された万能魔法剣士は、皇女殿下の師匠となる』もコミカライズが連載されていると思いますので、よろしくお願いいたします！

小説には作者の願望が詰まっていると思うのですが、この『やり直し悪役令嬢は、幼い弟（天使）を溺愛します』という小説は、美少女の主人公が年下の可愛い男の子を溺愛する話です。すると、私は美少女になって、ショタを愛でたいという願望があるということになりそうで、我ながらなかなか業《ごう》が深い……もとい大変健全だと思うのですが、とっても楽しく書くことができました。女性主人公を書くのはほぼ初めてなのですが、意外となんとかなるものです。

主人公は、弟が大好きな「姉バカ姫」の公爵令嬢クレア。その弟が、気弱でショタ、そして姉が大好きなフィルです。どちらも個人的な好みと願望の詰まった存在です。

なお、『追放された万能魔法剣士は、皇女殿下の師匠となる』とは、地名や人物などの世界観にも一部共通点があるので、気になった方は探してみていただけると嬉しいです。

最後になりましたが、透明感のあるとても可愛いイラストを描いていただいたさくらしおり様、ありがとうございました！　すごく好みの雰囲気のイラストだったので、クレアやフィルたちを見ることができて非常にテンションが上がりました。

『追放された万能魔法剣士』に続き、編集のＦ様には大変お世話になりました。諸々丁寧にアドバイスいただきありがとうございます！　また、関わっていただいた方々にも深く感謝いたします。

そして、お読みいただいた皆様、ありがとうございました。本作の二巻やコミカライズもぜひよろしくお願いいたします！

NOVEL
「お姉ちゃんポジション」を盤石にするため、
挑むは波乱の……
全学舞踏会!?
フィルといたいだけなんだけど…
僕のお姉ちゃんに触るな…!
破滅回避をかけた――
愛する弟《フィル》との
学園生活が始まる!
やり直し悪役令嬢は、幼い弟（天使）を溺愛します2
[著]軽井広
[イラスト]さくらしおり
2021年夏発売予定!

COMIC
えっと……
クレアお姉ちゃん
2021年秋、
コミカライズ始動!
か、可愛い……
Comicコロナ
にてお楽しみに!
[漫画]馬場彩玖
[原作]軽井 広
[キャラクター原案]さくらしおり

広がる
第二部
本のためなら
巫女になる! V
漫画:鈴華
2021年
4/15
発売!
新刊、続々発売決定!
2021年
5/15
発売!
第三部
領地に本を
広げよう! Ⅳ
漫画:波野涼
6/15
発売!
本好きの下剋上
公式コミックアンソロジー ⑦巻
7月
発売!
本好きの下剋上 コミカライズ
第四部 貴族院の図書館を救いたい! ②巻

「本好き」世界へGO!

Welcome to the world of "Honzuki"

アニメ	コミカライズ	原作小説
第一期 1～14話 好評配信中! BD&DVD 好評発売中! 	**第一部** 本がないなら作ればいい! 漫画:鈴華 ①～⑦巻 好評発売中! 	**第一部** 兵士の娘 Ⅰ～Ⅲ
第二期 15～26話 好評配信中! BD&DVD 好評発売中!  続きは原作「第二部Ⅲ」へ	**第二部** 本のためなら巫女になる! 漫画:鈴華 ①～④巻 好評発売中!  原作「第二部Ⅲ」を連載中!	**第二部** 神殿の巫女見習い Ⅰ～Ⅳ
STAFF 原作:香月美夜／イラスト:椎名優 TOブックス刊 監督:本郷みつる 副監督:川崎芳樹 シリーズ構成:國澤真理子 キャラクターデザイン:柳田義明 海谷敏久 アニメーション制作:亜細亜堂 CAST マイン:井口裕香 フェルディナンド:速水奨 ルッツ:田村睦心 ベンノ:子安武人 トゥーリ:中島愛 ギュンター:小山剛志 エーファ:折笠富美子 オットー:日野聡 マルク:前野智昭 フリーダ:内田彩 ギル:三瓶由布子 フラン:狩野翔 デリア:都丸ちよ ロジーナ:鈴木みのり ヴィルマ:安野希世乃	**第三部** 領地に本を広げよう! 漫画:波野涼 ①～③巻 好評発売中!  原作「第三部Ⅱ」を連載中!	**第三部** 領主の養女 Ⅰ～Ⅴ
TVアニメ第三期制作決定! 詳しくはアニメ公式HPへ booklove-anime.jp	**第四部** 貴族院の図書館を救いたい! 漫画:勝木光 ①巻 好評発売中!  原作「第四部Ⅰ」を連載中!	**第四部** 貴族院の自称図書委員 Ⅰ～Ⅸ

原作小説

第五部 女神の化身

Ⅰ～Ⅴ　好評発売中!

著:香月美夜　イラスト:椎名優

貴族院外伝 一年生

短編集 1

COMIC CORONA TOcomics

TOブックスが贈るWEBコミック

ニコニコ静画、pixivコミックにて好評連載中!

ニコニコ静画 seiga.nicovideo.jp/manga/official/tocomics/

pixivコミック comic.pixiv.net/magazines/198

※2021年4月現在の情報です。

〝大飢饉〟回避
の命運をかけた
食べまくって
やりますわ！
シリーズ最大・文字量収録！
さすがは
ミーアさま…！

上洛を目指す義昭が
顕如の凶刃に散る!?
そして、堅綱の甲斐攻めの
ゆくえはいかに?
殺
最新第十一巻
2021年夏発売予定!

凶
［著］イスラーフィール
［絵］碧風羽《みどりふう》
淡海乃海
水面が揺れる時
三英傑に
嫌われた不運な男、
朽木基綱の
逆襲

強くなれ。
人の心の機微に
疎くなるのではなく
悪意に怯まぬように——
誕生日
おめでとう！
舞台
3月上演！
詳しくは
公式HPへ！
初夏発売決定

新年。レグルスの
誕生祝いに届いたものは——？
菊乃井・母との
全面対決へ！
白豚貴族ですが
前世の記憶が
生えたので
ひよこな弟育てます
やしろ
illust. keepout
V
2021年

幼女、
少女ユリアーナ、
冒険者になる!?

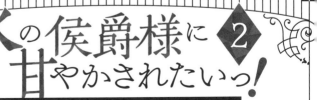

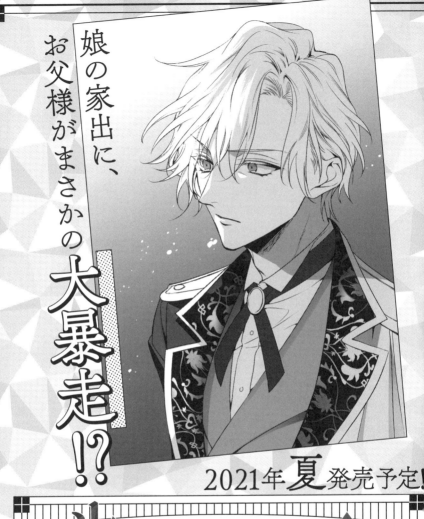

やり直し悪役令嬢は、幼い弟（天使）を溺愛します

2021年5月1日　第1刷発行

著　者　**軽井広**

発行者　**本田武市**

発行所　**TOブックス**
〒150-0002
東京都渋谷区渋谷三丁目1番1号　PMO渋谷Ⅱ　11階
TEL 0120-933-772（営業フリーダイヤル）
FAX 050-3156-0508

印刷・製本　中央精版印刷株式会社

ISBN978-4-86699-201-3

Printed in Japan